Ammianus-Verlag

Die Autorin

Manu Wirtz ist Jahrgang 1959 und gebürtige Solingerin.

Nach einer Lehre absolvierte sie an der Bergischen Universität Wuppertal ein Studium zur Kommunikationsdesignerin. Seit Jahren arbeitet sie im Marketing, in der Werbung, für Buchverlage und Druckereien. Daneben ist sie Autorin von Krimis, Kurzgeschichten und Sachbüchern.

Manu Wirtz lebt in der Eifel mit ihrem Ehemann und der Katze Jule. Sie hat bereits mehrere Katzenkrimis verfasst und Anthologien herausgegeben.

www.katzenkrimi.com

Manuela Wirtz

Murilega

Historischer Katzenkrimi

Impressum

Erste Auflage
November 2014

Wikimedia Commons, Stèle funéraire d'une fillette, Fotograf: Symac / Sylvain Machefert
Portraitfoto der Autorin: Regnerybild.de
Wikimedia Commons, Birds drinking, Roman mosaic: Marie-Lan Nguyen
Katzenfoto Jule: Manuela Wirtz

Umschlaggestaltung: Manuela Wirtz
Lektorat: Angelika Kiel
Satz: Michael Mingers
Druck: tz-Verlag

ISBN: 978-3-945025-04-8

www.ammianus.eu
www.facebook.com/AmmianusVerlag

Dramatis personae

Muri (Abk. von Murilega) = Ägyptische Falbkatze, kommt als eine der ersten Hauskatzen ins Rheinland
Lucius Ovinius Secundus = Beneficiarier in der Station Ulmena
Gaius Fabricius Magnus = reicher Bankier mit einer Villa bei Ulmena
Rufinus = Sklave von Gaius Fabricius Magnus
Aineas = kaiserlicher Sklave und Beauftragter für Zoll und Steuereinnahmen
Antonius Laetorius = Mainzer Statthalter
Marcus Glaucus = Centurio in der Mainzer Legionsstadt, Vorgesetzter von Lucius Ovinius
Quintus Vorenus = Beneficiarier von Altiaia, Freund von Lucius
Dimetrius Silvanus = Beneficiarier von Borbetomagus, Freund von Lucius
Hatto = Goldschmied und Münzfälscher
Gernot = Hattos Sohn und Gehilfe
Irmingard = Hattos Tochter
Baldruus = Dorfvorsteher von Ulmena
Merenptah = Priester im Heiligtum der Isis

Prolog

Die Lichtung lag mitten im Wald hinter einem Erdwall. Die Strahlen der Morgensonne flirrten durch die Blätter der Buchen und Kiefern und zeichneten Kringel auf den alten Pfad, der das Gelände durchschnitt. Eine schwarze Katze mit weißen Absätzen an Pfoten und Brustfell ging mit hoch emporgehobenem Schwanz durch das hohe Gras. Sie schlich auf einen vergessenen Friedhof zu, hin zu den verwitterten Grabsteinen und Efeu-umrankten Mausoleen. Dieser Teil des Waldes wurde nur sehr wenig besucht. Und wenn, waren es eher Menschen auf der Suche nach frischen Pilzen und Beeren, denn Angehörige zog es schon lange nicht mehr in diese Ecke.

Zielstrebig schlich das Tier auf eine zerfallene Mauer zu, in der ein uralter Grabstein eingelassen war. Das darin eingemeißelte Relief war stark verwittert, aber in der Mitte war eine antike Skulptur erhalten geblieben. Sie zeigte die Figur eines Kindes in einer langen Tunika. Das Gesicht war von Locken eingerahmt und die Kleine hielt eine Katze an sich gedrückt. Von der Inschrift war nur noch der römischen Name LAETVS vollständig zu entziffern. Die Alten nannten den Ort deshalb auch Laetus' Tochter. Das war der Lieblingsplatz der Katze – hierhin zog es sie jeden Morgen.

Vor dem Grabstein war eine Sitzbank aufgestellt, die von den Sonnenstrahlen langsam erwärmt wurde. Die schwarze Katze sprang mit einem Satz hoch und hockte sich hin. Sie blinzelte ihrer steinerne Artgenossin kurz zu und begann, sich die weißen Pfoten zu putzen. Dann rollte sie sich auf die Seite und leckte sich das Fell, bis es in der Sonne glänzte wie poliertes Metall. Sie dehnte ihren Oberkörper und legte die Pfoten entspannt übereinander.

Ihre grünen Augen blickten unverwandt auf die Steinkatze. Zum wiederholten Male suchte sie in den Erinnerungen nach einer Antwort auf ihre Frage, wer diese Vorfahrin gewesen war. Die schwarze Katze atmete tief ein – heute wollte sie ganz weit zurückgehen in ihrer Rückschau. Bis in die Zeit, aus der die Statue stammte.

Sie wusste, wenn sie nur tief genug in ihre Träume versank, würde sie den Pfad der weitergehenden Erinnerungen betreten können. Diese Fähigkeit war allein femininen Katzen eigen. In direkter Linie nahmen sie schon im Mutterleib die Erinnerungsstücke ihrer weiblichen Vorfahren in ihr wachsendes Gehirn auf. Aber nur eine sehr starke Versenkung ermöglichte ihnen den Zugang zur Vergangenheit.

Die grünen Augen blinzelten erneut, die Pupillen waren zu einem dünnen Strich zusammengezogen. Auf dem uralten Friedhof war es jetzt vollkommen ruhig. Selbst das Vogelgezwitscher in den Bäumen klang in ihren feinsinnigen Ohren gedämpft wie durch Watte. Die Katze legte den Kopf auf ihre Pfoten und schloss die Augen. Langsam und misstrauisch folgte sie dem Pfad der Bilder in die rückwärts gerichtete Zeit.

Sie sah Blitze von Maschinengewehren und Granatexplosionen, die die Erde ausrissen. Soldaten liefen durch das Bild, fielen auf den Boden und blieben regungslos liegen. Große Panzer mit rasselnden Kettengliedern fuhren über sie hinweg. Als Nächstes kam sie zu einem einfachen Bauernhof. Ein Kind lief barfuß hinter einem mageren Schwein her und trieb es in einen heruntergekommenen Stall. Auf dem Feld ging ein Mann hinter der Pflugschar, die von zwei Rindern gezogen wurde. Mühsam bearbeitete er den kleinen Acker.

Wieder hallte Kanonendonner und die Katze sah Soldaten in weißen Uniformen mit blauen Röcken und langen Gewehren in Reih und Glied vorbei marschieren. An ihren merkwürdigen Hüten trugen sie blau-weiß-rote Kokarden.

Pulverdampfnebel verhüllte die Szene und Klänge eines Cembalos drangen an ihr Ohr. Nun war sie in einer Gartenfeier; Damen in langen Kleidern mit weit ausgestellten Röcken tanzten mit elegant gekleideten Herren. Auf einer langen Tafel waren üppige Speisen aufgetischt. Ein paar kleine Hunde – Spaniels – stritten sich um Essensreste, die von den Gästen auf den Boden geworfen wurden.

Plötzlich hatte die schwarze Katze Brandgeruch in ihrer Nase. Sie fürchtete sich vor der kommenden Szene. In früheren Träumen war sie an dieser Stelle immer umgekehrt, weil es so entsetzlich war. Feuer loderte vor ihr auf. Durch die Flammen konnte sie das verzerrte Gesicht einer jungen Frau erkennen. Eine johlende Menschenmenge stand um den Scheiterhaufen herum, auf dem eine Hexe verbrannt wurde. Ein schwarz gekleideter Mann in langer Kutte warf einen geflochtenen Korb in das Feuer hinein. Ein schriller Schrei kam aus dem Korb, indem eine Katze gefangen war. Angst und Trauer überkam die Katze und schnürte ihr die Kehle zu. Sie wandte ihren Kopf ab und ging weiter durch die Jahrhunderte.

Gemächlich wanderte sie durch eine mittelalterliche Stadt. An vielen Türen der Stadthäuser sah sie rote Kreuze aufgemalt. Ratten und Mäuse huschten durch die verlassenen Gassen. Nur ein Karren stand auf dem kleinen Marktplatz. Auf ihm stapelten sich mehrere Leichen. Die Katze sah schwarze Flecken und Pusteln auf den Gesichtern und Körpern der Verstorbenen.

Von weitem hörte sie das metallische Klirren eines Schwertkampfes. Zwei schwer gerüstete Ritter zu Pferde kämpfen miteinander. Dann wurde es für eine Weile dunkel um die Katze. Kurze Bilder von bäuerlichen Siedlungen, Klöstern und aufblühenden Städten blitzen auf. Auch Kämpfe und Überfälle, Raub, Feuer und Zerstörung folgten.

Der gleichmäßige Schritt vieler Menschen ließ das kleine Tier neugierig auf ihrem Pfad anhalten. Auf einer gepflasterten Straße kam ihr eine lange Kolonne mit Legionären entgegen, die ein berittener Offizier anführte. Dahinter folgten etliche Wagen. Auf einem der Trosswagen hockte eine sandfarbene Katze mit hellgrünen Augen. Sie war an einem Halsband angeleint und lag wie eine Sphinx auf den Kisten. Die Ägyptische Mau blickte die schwarze Katze so unverwandt an, als wenn sie diese wirklich sehen konnte. Das Herz klopfte ihr bis zum Hals. Sie vertraute ihrem Instinkt und folgte den Legionären.

Idus Ianuariis anno 874 ab urbe condita (13. Jan. 121 n. Chr.)

»Schau es dir an, Lucius Ovinius«, sagte der Centurio Marcus Glaucus, »das ist die Station, die du übernimmst.« Er zeigte mit dem Finger auf einen Punkt der Landkarte, die auf dem großen Tisch ausgebreitet lag. Der Angesprochene trat an den Tisch und beugte sich über die Karte. In der gebleichten Oberfläche waren die Städte, Dörfer, Legionslager und Stationen der Germania Superior markiert. Fein gezeichnete Linien kennzeichneten Flussläufe und Geländemarkierungen. Der Finger des Centurios deutete auf einen Punkt südlich von Mogontiacum, mit der Bezeichnung VLMENA, Ulmena.

»Es ist eine strategisch sehr wichtige Beneficiarierstation«, so Marcus Glaucus weiter, »sie verbindet Mogontiacum mit Altiaia. Hier kreuzen sich zwei wichtige Handelsrouten, einmal die Nord-Süd-Verbindung von hier nach Argentorate und dann die Straße von Borbetomagus nach Bingium. Setz dich«, forderte Glaucus seinen Gast auf und wies auf einen Korbsessel vor dem Tisch. Er selbst ging zu seinem Platz und ließ sich bequem nieder.

»Beim Statthalter häufen sich die Beschwerden über Schmuggelgeschäfte. Das nimmt in letzter Zeit überhand. Dein Vorgänger ist das spezielle Problem wohl nicht energisch genug angegangen«, der Centurio kratzte sich am Kopf und brummte: »Wobei ich eher glaube, dass der vom Schmuggel selbst profitiert und die Abgaben auf Garum, Seide und Wein unterschlagen hat. Vielleicht besteht der Statthalter deshalb darauf, dass wir den nächsten Beneficiarius stellen.« Er sah Lucius durchdringend an. »Du hast eine verantwortungsvolle Aufgabe vor dir, also pass auf und mach keine Fehler. Das fällt auch auf mich zurück.«

Lucius Ovinius Secundus zeigte das offene Gesicht eines jungen Mannes von Ende zwanzig. Er hatte die dunklen Haare und Augen der Mittelmeerbewohner, die weit oberhalb von Rom in Etruria geboren wurden. Seine Familie genoss ein großes Anwesen am Meer und war mit Wein und Handel zu Wohlstand gekommen. Als Zweitgeborener hatte er schon früh die militärische Laufbahn eingeschlagen.

Die attraktiven Gesichtszüge waren gut konturiert mit einer schmalen Nase und dem energischen Kinn. Mit seinen fast sechs Fuß war Lucius für einen Römer durchschnittlich groß, aber sein schlanker Körper war durch jahrelanges Exerzieren und Kämpfen gestählt und geschmeidig. Er hatte mehrere Feldzüge mitgemacht und sich dabei durch Geschick und Tapferkeit ausgezeichnet. Nach seiner Beförderung zum Optio hatte er sich vor drei Jahren als Leibwache des Statthalters beworben, da er sich hier mehr Karrierechancen ausrechnete. Die Ernennung zum Beneficiarius war eine bedeutende Stufe. Von hier aus konnte er die höhere Laufbahn als Offizier anstreben. Vielleicht, so hoffte er, führte ihn das ja auch irgendwann ins Zentrum der Macht: nach Rom.

Lucius fühlte seine Haut kribbeln vor freudiger Erregung. Er machte sich keine Sorgen, dass er die neue Aufgabe nicht bewältigen könnte. Mit seiner Ausbildung bei der römischen Legio XXII Primigenia und den verschiedenen Aufgaben, die seine Laufbahn bereits begleitet hatten, war er prädestiniert für die Stellung eines Beneficiarius.

Dieser hatte die Aufgabe, an den Fernstraßen des Reichs Polizeifunktionen wahrzunehmen. Sie übernahmen sogenannte Beneficiarierstationen, die sich an Straßenkreuzungen, Flussübergängen und anderen neuralgischen Punkten der Provinzen befanden. An den Außen-, aber auch an wichtigen Binnengrenzen des Reiches kontrollierten die Beneficiarier den Warenverkehr als Aufsichtsbehörde über die eigentlich Verantwortlichen. Um ihre Unabhängigkeit gegenüber den lokalen Dienststellen zu stärken, wurden sie in einem halbjährlichen Turnus versetzt. Dafür bekamen sie den anderthalbfachen Sold.

Lucius hatte sich den Ruf eines nachrichtendienstlichen Experten und geschickten Ermittlers erworben. Er lehnte sich in seinen Stuhl zurück und suchte in seiner Erinnerung nach Bildern zu der Station. Die schwarzen, halbmondförmigen Augen blickten grübelnd auf die Landkarte.

»Ich glaube, ich bin in Ulmena schon mal durchgekommen, auf dem Weg von Argentorate nach Mogontiacum. Die Station liegt in einem kleinen Tal, nahe der Salusia.«

Der Centurio nickte ihm zu und antwortete: »Es gibt eine Siedlung in der Nähe, die Bewohner gehören zum Stamm der Aresacen. Sie fertigen überwiegend Keramikgefäße an«, er zeigte auf einen hübschen Trinkkrug, der auf dem Tisch stand, »aber auch andere Gewerke sind dort ansässig. Es gibt auch einen Markt, der regelmäßig an den Nundinae stattfindet. Das bringt mich zum nächsten Punkt: du wirst nicht allein dorthin reisen. Ein kaiserlicher Sklave begleitet dich. Sein Name ist Aineas, ein Grieche. Imperator Caesar Traianus Hadrianus Augustus hat in seiner göttlichen Weisheit der Provinzverwaltung wichtige Teile der Finanzkontrolle entzogen. Die ausgesandten Sklaven berichten direkt an ihn. Aineas wird als Tabularius die Zollgebühren und die Steuerangelegenheiten in der Region kontrollieren. Er ist dir nicht unterstellt und hat seinen eigenen Verantwortungsbereich. Aber lass dir nicht von ihm in deine Aufgaben reinreden. Soweit gehen seine Befugnisse nicht. Ich schätze, Cäsar will vor Ort eigene Nachrichten-Quellen installieren. Du hast also eine kaiserliche Laus im Pelz, der dich bespitzelt.«

Centurio Glaucus erhob sich und kam um den Tisch auf Lucius zu. Der stand ebenfalls auf, bis sich beide Männer gegenüberstanden. »Du kannst dir für die Station zwei bis drei Legionäre von der XXIIten auswählen, die den Posten aufstocken; im Augenblick halten zwei erfahrene Hilfskräfte die Stellung, bis du kommst. Nimm auch noch einen Koch und ausreichend Vorräte mit. Der Winter ist zwar mild, aber es dauert doch ein paar Wochen, bis du frische Lebensmittel auf dem Markt direkt kaufen kannst. Ein halbes Jahr geht schnell herum. Mach das Beste draus und du hast die Referenz für höhere Posten in der Zukunft. Der zusätzliche Verdienst ist ja auch nicht zu verachten«, Severus klopfte dem jungen Lucius auf die Schulter, »Diese Schmuggelgeschichte muss vor allem aus der Welt. Also, ich wünsche dir den Segen der Götter.«

In den frühen Morgenstunden des übernächsten Tages setzte sich ein kleiner Zug in Bewegung, bestehend aus zwei voll beladenen Transportwagen mit vier Männern und einem Unteroffizier zu Pferd. Die schweren Trosswagen wurden von je zwei kräftigen Maultieren gezogen. Auf einem der Fahrzeuge saßen die Legionäre Claudius Tiberius und Vitus Lanatix, auf dem anderen Wagen hatten sich der Koch Caelius und Aineas zusammengefunden.

Lucius Ovinius saß auf einem rassigen rotbraunen Pferd und hielt mit einer Hand die acht Fuß lange Beneficiarier-Lanze als sichtbares Zeichen seines Auftrags. Diese Lanze war weniger eine Verteidigungswaffe, mehr ein Ausweis der Polizei- und Militärgewalt in der eingesetzten Region. Er trug heute zum ersten Mal den langen, roten Wollumhang seiner neuen Uniform, der über die Schultern gelegt und mit einer Fibel zusammengehalten wurde. Ein breiter Lederriemen quer über der Brust hielt den Umhang fest. Wegen der frischen Temperaturen hatte er sich auch eine wollene Tunika und Dreiviertelhosen, eine Mode, die man von den Kelten übernommen hatte, angezogen.

»Habt ihr alles gesichert?«, fragte Lucius die beiden Legionäre und kontrolliere jedes Detail an den vorbeiziehenden Wagen. Er sah den Transporter mit dem Koch Caelius und dem kaiserlichen Zollbeamten Aineas näherkommen. Hoch aufgetürmt stapelten sich die Kisten und Säcke mit den Vorräten und Gegenständen des täglichen Bedarfs zum Unterhalt der Station.

Aineas war Ende zwanzig und erwartete im nächsten Jahr seine Freilassung aus der Sklaverei. Er hatte eine sehr schlanke, feingliedrige Gestalt. Das Gesicht des Griechen besaß einen olivfarbenen Hautton, der in der Januarkälte etwas grau wirkte. Seine Augen sprühten dagegen vor Humor und Intelligenz.

Nach seiner Unterredung mit Centurio Glaucus war Lucius sofort losgezogen, um für seinen Auftrag Mannschaft und Versorgung zu organisieren. Im Legionslager wurden ihm zwei Legionäre aus seiner alten Zenturie zugeteilt. Es gelang ihm auch, der Mensa den Koch Caelius abspenstig zu machen und ihn zu überreden, seine Kochkunst zur Abwechslung doch besser ein paar wenigen Genießern vorzuführen als den Massen an Vielfraßen in der Legion, die einfach nur satt werden wollten. Der dicke Caelius packte seine Töpfe und Kellen zusammen und berechnete auch die Vorräte einer 7-Mann-Station für zwei Monate.

Das Pferd hatte Lucius von der Leibwache übernommen. Alle Pferde hier kamen aus dem Stammesgebiet der Treverer und waren rassige, ausdauernde Tiere. Jetzt grummelte sein Hengst und spitzte zum Wagen gewand die Ohren.

Zwischen Caelius und Aineas war ein kleines braunes Köpfchen mit spitzen Ohren aufgetaucht. Schräg gestellte grüne Augen blickten neugierig zu Lucius auf. Der stutze, da er für einen Moment nicht erkannte, was für ein seltsames Tier das war. Er hob die Hand und der Wagen hielt an. Mit leichtem Schenkeldruck steuerte er das Pferd näher an das Gespann heran, um sich das sonderbare Wesen aus der Nähe anzusehen.

»Was haben wir denn da?«, fragte er Caelius verblüfft. Der Koch lachte gemütlich auf: »Sag bloß, du kennst keine Katzen?«, gab der zurück.

Lucius war für einen Augenblick stumm. »Doch, schon«, antwortete er, »ich habe Katzen allerdings nicht sehr oft zu Gesicht bekommen, weil sie sehr scheu sind. Und so eine Farbe habe ich noch nie gesehen. Woher hast du sie?«

Das Pferd reckte den Hals neugierig zur Katze, weitete die Nüstern und schnaubte kurz auf. Das hellbraune Köpfchen schüttelte sich heftig und eine kleine rosa Zunge leckte über die Nase.

Caelius streichelte den Kopf der kleinen Falbkatze und erklärte: »Sie stammt ursprünglich aus Ägypten. Dort werden sie hoch verehrt und leben mit den Menschen eng zusammen. Sie ist aus der Provinz nach Rom als Souvenir mitgebracht worden«, er zwinkerte verschwörerisch mit einem Auge, »Nach Mogontiacum kam die Katze mit dem Nachschub für die Legio XXII. Ich habe sie beim Würfeln gewonnen. Wir können froh sein, dass wir sie haben. Sie wird unser Vorratslager von der Mäuseplage befreien.«

»Ist sie nicht zu klein dafür?«, fragte Lucius zweifelnd. Unter dem sandfarbenen Fell sah er einen zierlichen Körper mit geschmeidigen Muskeln.

»Oh nein«, widersprach Caelius, »Katzen eignen sich besser als Frettchen dazu, das Vorratslager mäusefrei zu halten. Sie stinken nicht so fürchterlich und sind auch nicht solche Eierdiebe. Außerdem habe ich sie schon bei der Jagd beobachtet. So klein, wie sie ist, steckt doch ein listiges Raubtier darin. Dabei hat sie ein Fell so weich wie die Haut der schönsten Hafenhure von Ostia.« Aineas lachte schallend auf und auch Lucius grinste.

»Soso, eine kleine Murilega, eine Mäusefängerin, haben wir in unserer Mannschaft«, sagte Lucius und blickte direkt in die grünen Augen der Katze. Sie blinzelte kurz und öffnete die Schnauze zu einem hellen »Mau.«

Caelius kicherte: »Der Name scheint ihr zu gefallen. Nennen wir sie doch so. Was meinst du? Murilega, hmm?« Er kraulte das Tierchen unter dem Kinn und ein leises Schnurren kam aus der Brust.

»Dann ist ja alles klar. Auf geht's«, befahl Lucius und wendete sein Pferd. Geschickt setzte er sich an die Spitze des Zuges und gab das Zeichen zum Aufbruch.

Die Aresacen von Ulmena

Am späten Abend erreichten sie die Beneficiarierstation. Die Haupttüre öffnete sich und zwei Männer traten mit Fackeln heraus und steckten sie in Halterungen an den Säulen des Vordaches. Der ältere der beiden kam auf Lucius zu und begrüßte ihn: »Willkommen Herr, wir haben euch schon erwartet.« Lucius stieg vom Pferd und übergab dem Mann die Zügel.

»Danke. Wir wollten schon früher da sein, hatten aber unterwegs Probleme mit einem Wagenrad. Wir haben es notdürftig in Gang gesetzt, aber es muss so schnell wie möglich repariert werden.« Er tätschelte sein Pferd am Hals und sah dem Stationshelfer ins Gesicht. »Ich bin Lucius Ovinius, vom Statthalter als Beneficiarier für diese Station ernannt. Ich komme mit zwei Legionären von der XXIIten, dem Koch Caelius und Aineas, vom Kaiser als Steuereintreiber eingesetzt«, stellte er sich und die anderen Männer, die auf den Transportwagen jetzt vor der Porticus anhielten, vor.

»Ich bin Arnulf«, sagte der Gehilfe zu Lucius und zeigte auf seinen Kollegen, »Der da ist Sunno. Wir kommen aus der Umgebung, aber weiter weg als die Siedlung. Ich bin schon viele Jahre hier auf der Station.« Lucius wischte sich kurz mit der Hand über sein Gesicht, um die Müdigkeit zu vertreiben und überlegte die nächsten Schritte.

»Wir haben das Essen am Feuer noch warm stehen, Herr. Auch Wein und klares Wasser stehen bereit. Warum erfrischen du und die Männer euch nicht zuerst? Sunno und ich versorgen inzwischen schon mal die Tiere. Die Wagen laden wir später aus. Die laufen uns nicht weg.« Dankbar nickte der Beneficiarier ihm zu und betrat die Station Ulmena durch das Portal.

Das schlichte, zweckmäßige Gebäude hatte Grundmauern aus Stein. Darauf war eine Fachwerkkonstruktion; die Gefache waren mit lehmverputzten Flechtwänden ausgefüllt. Neben der Station war der Weihebezirk mit seinen Altarsteinen. Daneben standen noch kleinere Anbauten und der Stall. Die Station entsprach dem gängigen Grundriss, welche die Römer für solche Dienstgebäude zu Grunde legten und der in der Germania Superior, wie auch in den anderen Provinzen hundertfach kopiert wurde.

Lucius betrat einen großen Raum mit mehreren einfachen Tischen und Sitzbänken. Ein großer Schreibtisch mit einem Sessel, Holzregale mit Schriftrollen an der Wand dahinter und eine große, eisenbeschlagene Holzkiste zeigten seinen künftigen Arbeitsplatz. Weiter geradeaus gelangte er zu der Porticus, die in den Innenhof führte. Das Atrium war hübsch mit Brunnen und Pflaster angelegt. Ein paar Korbsessel luden zu gemütlichen Runden unter dem Nachthimmel ein. Seine Vorgänger hatten es verstanden, ihre Dienstzeit bequem zu gestalten.

Vom Innenhof aus gingen mehrere Türen ab. Flechtwerkwände teilten das Gebäude in verschiedene Kammern für Mannschaft, Waffen, Werkstatt, Küche, Vorratsräume und Therme. Sogar eine Zelle mit vergittertem Fenster gab es.

Lucius kehrte in den Hauptraum zurück, wo sich seine Reisegefährten inzwischen an den Tisch gesetzt hatten und erschöpft ihre Nachtmahlzeit einnahmen. Nicht einmal der Koch Caelius meckerte über die Qualität der einfachen Speise, die bestimmt nicht seinem Niveau entsprach. Allmählich kam wieder Leben in die Gesellschaft und die Männer fingen an, sich zu unterhalten und Scherze zu machen.

Lucius ging vor die Porticus, um nach dem Rechten zu sehen. Die beiden Hilfskräfte führten gerade die Maultiere zu dem benachbarten Stall. Ein quengelndes Maunzen rief Lucius zum Wagen. Die hellbraune Falbkatze hockte auf der Sitzbank und sah ihn mit schräg gestellten Ohren an. Sie war mit einem Halsband angeleint und wütend darüber, dass man sie einfach vergessen hatte. Ihr Schwanz schlug auf und ab.

Der neue Beneficiarier ging zu dem Wagen hin und befreite die Katze von ihrer Leine. »Mach dir nichts draus, Murilega«, sagte er grinsend zu dem Tierchen, »Wenn die Jungs Hunger haben, kennen die keine Treue mehr.« Er zwinkerte der Katze zu, nahm sie auf seinen Arm und ging mit ihr ins Haus. In dem großen Saal ließ er sie auf den Boden, wo Murilega sofort neugierig durch den Raum ging und überall schnüffelte. Er setzte sich an den Tisch und schlang jetzt auch hungrig seine Mahlzeit hinunter.

Bis spät in die Nacht packten alle Männer mit an, um die Transportwagen auszuladen und die Sachen zu verstauen. Lucius ließ sich seine

Schlafkammer von Arnulf zeigen und richtete sich häuslich ein. Aineas und die Legionäre teilten sich mit den beiden Hilfskräften ein gemeinsames Mannschaftszimmer. Der Koch stellte seine Liege in der Küche auf.

Murilega schlich durch das große Haus und inspizierte jeden Winkel. Die Räume waren um einen kleinen Innenhof angeordnet. Die Katze schritt an der Porticus entlang bis zu einem Brunnen. Sie sprang auf die Einfassung und schleckte etwas Wasser. Dann blickte sie zum Himmel auf. Ein blasser Halbmond schimmerte durch eine dünne Nebeldecke. Sterne konnte sie selbst mit ihren scharfen Augen kaum erkennen. Die Katze atmete tief ein. »Ob ich jemals den klaren Sternenhimmel meiner Jugend wieder sehen werde?«, fragte sie sich, »wie nahe mir die Himmelsgötter immer waren. Ich konnte fast meine Pfoten nach ihnen ausstrecken.«

Murilega hatte eine lange Reise hinter sich, die sie von Ägypten bis nach Germanien geführt hatte. Katzen galten im Wüstenland als wertvolles und heiliges Gut, von den Göttern beschützt. Obwohl die Ausfuhr von ihnen durch strenge Regelungen verboten war, reizte gerade dieser Umstand Schmuggler wie auch römische Legionäre zum Diebstahl. Und so kam es, dass die Phönizier auf ihren Schiffen die ersten Katzen nach Italien, Gallien und Griechenland schmuggelten. Perser nahmen sie von ihren Kriegszügen als Geschenke mit nach Hause, und römische Legionäre brachten sie nach Rom und in die besetzten Gebiete. Auch Murilega war so an den Ufern des Nils eingefangen und verschleppt worden.

Die hellbraune Katze stand auf und sprang vom Brunnenrand herunter. Sie warf einen letzten Blick auf den hellen Schimmer am Nachthimmel und trollte sich wieder ins Haus.

Ihren Arbeitsbereich hatte sie schnell in der Vorratskammer entdeckt und bei der Gelegenheit gleich Jagd auf ihr Abendessen gemacht. Nachdem sie zwei Mäuse erwischt und gefressen hatte, suchte sie nach einem weichen Platz zum Schlafen. Im großen Schlafsaal schnarchten fünf Männer um die Wette. Ein paar wälzten sich unruhig im Schlaf umher. »Wie soll ich hier in Ruhe meinen Träumen nachhängen«, schüttelte sie zweifelnd den Kopf und ging in den nächsten Raum.

In den frühen Morgenstunden kam sie auf leisen Pfoten in die Schlafkammer von Lucius und sprang auf sein Bett. Am Fußende rollte sie sich zu einer Fellkugel zusammen und schlief sofort ein.

Als Lucius an Morgen aufwachte, spürte er auf seinen Füßen ein Gewicht. Er blickte auf und sah die hellbraune Katze unten liegen. Er zog die Füße unter ihr fort, aber sie blinzelte nur träge und schlief einfach weiter. »He, so haben wir aber nicht gewettet«, protestierte er und stupste sie an. Murilega murrte kurz auf und erhob sich mit einem hohen Katzenbuckel. Dann dehnte sie ihren Körper lang aus und riss dabei das Maul zu einem herzhaften Gähnen auf. Dabei zeigte sie ihre spitzen Raubtierzähne. Sie hockte sich hin und legte den Schwanz über ihre Pfoten. Im Morgenlicht schimmerten die hellgrünen Augen der Kätzin geheimnisvoll. Sie maunzte leise und kam ein paar Schritte auf ihn zu. Die kleine rosa Nase stupste ihn am Kinn und Murilega schmiegte ihren Kopf an sein Gesicht.

Lucius war überrumpelt von der Zärtlichkeit des kleinen Pelzträgers und wusste zuerst nicht, was er tun sollte. »Muri, jetzt ist aber genug«, wehrte er ab und warf die Decke weit von sich. Dabei rollte die Katze aus dem Bett und landete mit einem ungnädigen Murren auf dem Boden. Empört schüttelte Murilega den Kopf und ging beleidigt davon. Lucius sprang auf und schlüpfte in seine Tunika. Dann verschwand er eilig durch die Tür in Richtung Bad. Als er nach seiner Morgenreinigung in die große Wachstube kam, saßen seine Männer bereits beim Frühstück mit Fladen, gedörrtem Obst, Käse und Oliven.

»Ich werde mir heute die Siedlung ansehen«, erklärte er seinen Leuten. An Arnulf gewandt fragte er: »Steht für diesen Tag etwas Besonderes an?«

Der zuckte mit den Schultern: »Eigentlich nicht, in zwei Tagen ist Markt in Ulmena. Da werden morgen ein paar Händler hier durchkommen, die sich früh einen guten Platz sichern wollen.«

Der Legionär Claudius Tiberius sagte: »Lucius Ovinius, wenn du nach Ulmena reitest, kannst du dann nach einem Stellmacher fragen wegen des kaputten Rads?«

»Das hatte ich ohnehin vor. Arnulf, sattelst du mir schon mal das Pferd?« Lucius setzte sich an den Tisch, griff sich einen frischgebackenen Fladen aus dem Korb und bedeckte ihn mit etwas Honig.

Als er gesättigt war, ging er nach draußen, wo der Hilfsgeselle schon mit dem braunen Hengst wartete. Lucius stieg auf und steckte die Beneficiarierlanze in eine Halterung im Sattel. Dann wendete er das Pferd und galoppierte die Straße runter zur Siedlung.

Nach ein paar Meilen erreichte er den Vicus Ulmena. Das Dorf lag in einer weitläufigen, sanft gewellten Landschaft am Fluss. Streifenfelder waren um die Siedlung herum angelegt. In der blassen Januarsonne sah Lucius die nackte Erde. Es war noch zu kalt für die Frühsaat, aber die Schollen waren schon bearbeitet.

Ein paar Häuser standen direkt am Fluss, andere waren um eine große Freifläche in der Dorfmitte gebaut. Eine mächtige Ulme mit knorrigen Ästen beherrschte den Platz. Aus allen Dächern stiegen Rauchfahnen in die kalte Morgenluft. Vor der Siedlung weideten ein paar Kühe auf der mageren Wiese. Lucius ritt auf den Marktflecken zu.

Man hatte ihn mit seiner Lanze schon von weitem entdeckt, er sah einen Mann zum Dorfrand kommen. Ein paar blonde Kinder und Frauen liefen schnell zu ihren Häusern. Männer mit mittellangen Haaren und Schnauzbärten traten aus den Haustüren und starrten den neuen Beneficiarius an, der jetzt durch den Ort ritt. Lucius lenkte sein Pferd zum Dorfbaum und hielt dort an. Dann stieg er aus dem Sattel.

Ein älterer Dorfbewohner mit vielen grauen Strähnen in seinen Haaren kam freundlich lächelnd auf ihn zu. Begleitet wurde er von zwei großen Männern mit breiten, kräftigen Schultern. Er winkte einen Jungen heran und gab ihm ein Zeichen, dass er sich um das Pferd des Beneficiarius kümmern solle. Dann stand er vor Lucius und hob seine Hand zum Gruß.

»Ich bin Baldruus, der Dorfälteste«, stellte er sich vor, »Das sind Gunnar und Indutio, sie gehören zum Rat unserer Siedlung.« Die Drei überragten Lucius eine Handbreit. Bei dem Älteren blickte er in ein reifes Gesicht mit einer großen Nase und starkem Kinn. Die blauen Augen waren von vielen kleinen Fältchen umkränzt. Weiße und graue Strähnen durchzogen seine Haare und Kinnbart. Ein paar verzierte Metallringe waren in seine Haare geflochten. Baldruus blickte freundlich und gelassen zu dem kleineren Römer herunter. Die Begleiter verzogen keine Miene.

»Lucius Ovinius Secundus ist mein Name«, antwortete Lucius, »ich bin der neue Beneficiarius auf der Station an der Heerstraße.«

Eine Frau mit langen, rötlichen Zöpfen kam auf die Gruppe zu, in der Hand hielt sie einen Krug und einen Becher. Vor Lucius blieb sie stehen und bot ihm frisches Wasser an. Er nickte, denn er hatte Durst und trank dankbar ein paar Schlucke. Er blickte sich ein wenig im Dorf um, »Stellst du mir dein Dorf vor?«, fragte er Baldruus und die Gruppe setzte sich in Bewegung.

»Ihr seid Treverer?«, erkundigte er sich bei dem Dorfältesten.

»Das ist der große Stamm«, antwortete der, »wir gehören zur Familie der Aresacen. Es gibt nicht mehr viele, kaum mehr als diese Siedlung hier. Bei Mogontiacum sind noch zwei verstreute Vici. Wir treffen uns einmal im Jahr zu einem gemeinsamen Fest für unsere Götter. Das ist dann auch eine gute Gelegenheit zur Brautschau«, lächelte er verschmitzt, »Indutio ist Germane, seine Vorfahren ließen sich nach dem großen Aufstand in der Umgebung nieder und er ist hier geboren.« Die Gruppe erreichte die Uferböschung des Flüsschens. »Am Fluss sind eine Getreidemühle und eine Gerberei; die Lederverarbeitung steht ein wenig abseits, weil es dort ziemlich stinkt. Das Leder kommt zum Teil von unseren eigenen Kühen; wir bekommen die Häute auch von anderen Dörfern geliefert und verarbeiten sie hier nur weiter. Wenn das Leder fertig gegerbt ist, wird es abtransportiert, um Schuhwerk, Zelte oder Sättel daraus zu fertigen. Wir mahlen auch das Getreide von den anderen Siedlungen ringsum. Wir liefern das Mehl an die Legion in Mogontiacum. Ansonsten ist Ulmena mehr ein Marktplatz für den Handel.«

»Was für Handwerker habt ihr noch in Ulmena?«, fragte Lucius neugierig.

»Hauptsächlich Holzverarbeitung: einen Zimmermann, Stellmacher und ein paar Böttcher. Unsere Fässer werden bis nach Augusta Treverorum transportiert«, sagte Baldruus stolz, »Einen Schmied haben wir auch im Dorf. Und was wir sonst noch brauchen, fertigen wir meistens selbst an. Fast jedes Haus macht kleine Töpferarbeiten.«

»Das trifft sich gut, den Stellmacher würde ich gerne kennenlernen. Wir hatten auf dem Weg zur Station Probleme mit unserem Wagen gehabt«, warf Lucius kurz ein.

Indutio, der bis jetzt kein Wort von sich gegeben hatte, trat vor und sagte: »Das bin ich. Was gibt es denn zu tun?«

Lucius sah zu dem kräftigen Mann hoch, »Ein Rad muss repariert werden. Es wäre gut, wenn du zur Station kommen würdest.«

Der Germane nickte und meinte: »Dann komme ich morgen mit meinem Werkzeug zu euch.«

Baldruus breitete seinen Arm zu einer Einladung aus: »Kommt in mein Haus. Wir nehmen das Frühstück gemeinsam ein. Dann können wir uns weiter unterhalten.«

In dem Langhaus des Dorfältesten hatten die Frauen und Kinder eine Tischplatte auf Böcke gestellt und Schinken, Brot, Oliven, Eier, Nüsse und Käse aufgetischt, dazu Honigwein, Milch und Wasser in Kannen. Baldruus' Haus bestand aus einem dreischiffigen Holzgerüst, die Dachbalken wurden von zwei Säulenreihen aus Eichenstämmen im Hausinneren getragen. Die Wände waren aus Flechtwerk und mit Lehm verputzt. An den Längsseiten waren zwei gegenüberliegende Türen, die das meiste Licht einließen. Durch kleine Luken kam weitere Frischluftzufuhr. In der Mitte des Wohnteils diente eine offene Feuerstelle zum Kochen und als Licht- und Wärmequelle. Der Rauch zog durch ein Loch im Dach ab. Mehrere kleine Kammern führten zu den Schlafräumen der Familie.

In der anderen Hälfte des Hauses war der Stall mit mehreren Boxen untergebracht, wo Kühe und Schweine eingepfercht standen. Er war durch eine Trennwand abgeteilt, die für Wärme und Ausdünstung aber durchlässig war, wie Lucius beim Eintreten feststellte und kurz die Luft anhielt. Die gesamte Großfamilie, Männer, Frauen und Kinder, Knechte, Mägde und die Tiere hielten sich im gleichen Haus auf. Daher musste sich der Römer erst einmal mit dem starken Geruch abfinden. Für eine Weile atmete er durch den Mund, bis er sich an die schlechte Luft gewöhnt hatte.

Dafür war es in der großen Wohnhalle angenehm warm und gemütlich. Die Männer setzen sich auf einfache Schemel. Nur der Hausherr und sein Gast saßen auf Holzstühlen am Tisch. Die Frauen schenkten die Getränke aus und hielten sich meist im Hintergrund. Leise tuschelten sie miteinander.

Lucius unterhielt sich mit Baldruus und seinen Männern über die Markttage und Waren, die am meisten dabei umgeschlagen wurden. Er fragte, welche Händler regelmäßig durch Ulmena kamen und die Strecken, die sie dabei benutzten. Geschickt versuchte Lucius herauszufinden, wo in der Gegend die Schmuggelwege verliefen. Ebenso geschickt wusste Baldruus, die Fragen zu beantworten, ohne dabei mehr als Allgemeinwissen zu verraten. Lucius stellte amüsiert fest, dass er Spaß an dem geistreichen Geplänkel mit dem älteren Mann hatte.

Dann wechselten sie das Thema und er fragte Baldruus, womit er denn seinen Tag verbrachte. Baldruus beschrieb sich belustigt als Mischung aus Häuptling, Priester, Heiler, Bauer und auch Schreiber. Lucius staunte nicht schlecht, als er ihm stolz Rollen mit kopierten Gedichten des Catull und Reden Ciceros zeigte. »Unser Nachbar, Gaius Fabricius Magnus, war so großzügig, sie mich abschreiben zu lassen. In seinem Landhaus hat er eine exzellente Bibliothek. Die solltest du dir anschauen. Und das Haus auch, es ist ein Wunder an Luxus und Kunsthandwerk. Die Feste, die er gibt, sind legendär. Gaius Fabricius ist reich und hat mächtige Freunde in der Germania Superior und in Rom.«

Der eigenartige Unterton, der in dem letzten Satz mitschwang, ließ Lucius einen Seitenblick auf Baldruus nehmen, aber die blauen Augen des Dorfvorstehers gaben nichts preis. Der Dorfälteste gefiel ihm zunehmend, er zeigte sich intelligent und weltgewandt. Am Nachmittag verabschiedete sich Lucius von der Gesellschaft mit dem Versprechen, zum nächsten Markttag wiederzukommen und ritt aus dem Dorf.

Die erste gemeinsame Cena in der Beneficiarierstation war sogleich ein Triumph für Caelius' Kochkunst, der glücklich war, sich endlich kulinarisch entfalten zu können. Aus den mitgebrachten Vorräten zauberte er: heißen Grünkohl, dann folgte Thunfisch mit gestückelten Eiern, Würstchen in Brei, Bohnen in Speck sowie als Nachtisch Rosinen, kandierte Äpfel und geröstete Kastanien.

Abends saß Lucius mit Aineas im Atrium unter einem leuchtenden Sternenhimmel. Sie hatten eine Feuerschale aufgestellt, die ein wenig Licht und Wärme verbreitete. Ein Becher mit heißem Würzwein tat sein Übriges, die Kälte der Januarnacht abzuhalten. Murilega hatte die günstige Gelegenheit genutzt und war so lange um Lucius' Beine gestrichen und hatte bettelnd miaut, bis dieser sich seufzend ergab. Nun lag sie zusammengerollt auf dem Schoß und ließ sich von ihm das Fell kraulen. Lucius vergrub seine Hand in den weichen Haaren und seine Finger wurden schnell warm. Aineas hatte sich über die Anhänglichkeit der Katze amüsiert und etwas von »Kletten« gelästert.

Die restliche Mannschaft saß drinnen und vergnügte sich bei einem Würfelspiel. Immer wieder drang ihr Lachen in den stillen Hof. Lucius erzählte Aineas von seinem Gespräch mit Baldruus. Aineas hatte vor, den Beneficiarius zum Markt zu begleiten. Er wollte eigene Beobachtungen machen und Listen für seine Zoll- und Steuerberechnungen aufsetzen. Der Tabularius stimmte ihm zu, dass die Dorfbewohner weitaus mehr über den Schmuggelhandel wussten, als sie preisgeben würden. »Wir sollten den Stellmacher morgen etwas auf den Zahn fühlen, wenn er den Wagen repariert«, schlug Lucius vor.

»Mir ist übrigens heute aufgefallen, dass die beiden Hilfskräfte erstaunlich wenig über das umliegende Straßennetz wissen, obwohl sie angeblich doch schon Jahre hier leben«, sagte Aineas.

Lucius hob eine Augenbraue, »Schau an. Vielleicht sehe ich mir die Personallisten noch mal genauer an, aus welcher Trevererecke sie tatsächlich stammen.« Er lehnte sich zurück und dachte wieder an den Dorfältesten.

»Was mich stutzig macht, ist die Art, wie Baldruus über Gaius Fabricius Magnus gesprochen hat«, sagte Lucius, »Er hat ihn über den Klee gelobt und geradezu betont, was für ein einflussreicher Mann mit mächtigen Freunden er sei. Ich frage mich nur, was Baldruus mir über ihn sagen wollte, wo ich ihn noch gar nicht kennengelernt habe. Was weißt du über Gaius Fabricius?«

»Nur so viel: Seine Familie gehört in Rom zu der obersten Klasse. In jeder Generation gibt es mindestens einen Senator, Consul oder Legaten, meistens sogar alles gleichzeitig. Interessant ist, dass sie sich vornehmlich in reiche Provinzen versetzen lassen. Die Handelsbeziehungen untereinander umspannen inzwischen das gesamte Römische Reich. Gaius selbst ist der wichtigste Argentarius mit eigenem Geldverleih in Obergermanien. Kaum zu glauben, dass er das von einem unscheinbaren Vicus wie Ulmena aus lenkt.«

»Vielleicht zeigt er der Welt ja nur, was sie sehen soll«, meinte Lucius, »Einen reichen Epikureer, der in Ruhe seinen Luxus genießt. Er sitzt hier wie die Spinne in ihrem Netz und hält die Fäden zusammen. Und wir sind von der tollen Villa und der Pracht so geblendet, dass wir nicht mehr erkennen, wohin die Fäden laufen und an welchen er gerade zieht. Meinst du das?«

Aineas zuckte die Schultern: »Schon möglich, jedenfalls würde ich mir dieses Wunderhaus gerne mal von innen ansehen und seinen Wert taxieren«, schmunzelte er. Lucius lachte auf und schenkte beide Becher mit dem heißen Würzwein noch einmal voll.

Auf der Spur

Indutio tauchte schon früh am Morgen mit einem Maultier auf, das eine Menge Werkzeug, Hölzer und Eisenbänder auf seinem Rücken trug. Arnulf fing ihn schon am Porticus ab und führte den Stellmacher direkt zum Schuppen, in dem die Wagen eingestellt waren. Lucius sah zufällig, wie die beiden die Köpfe zusammensteckten. Er beobachtete sie eine Weile. Als der Hilfsarbeiter den Beneficiarius entdeckte, verstummte er und Indutio ging sofort an seine Arbeit.

Den ganzen Tag über kamen Händler auf dem Weg nach Ulmena an der Station vorbei. Jeder Wagen wurde von Aineas geprüft und Händlernamen und Warenlisten für die Festsetzung der Abgaben, den hundertsten Teil, notiert. Um die Mittagszeit staute sich die Wagenreihe vor der Porticus. Trotzdem bestand Lucius darauf, dass jedes Fahrzeug kontrolliert wurde.

Am frühen Nachmittag kam Indutio in die Wachstube und meldete, dass er den Wagen fertig repariert hätte. »Ich sehe mir das an«, sagte Lucius und stand auf. Gemeinsam gingen sie zu dem Fahrzeugschuppen und begutachteten die Arbeit.

»Ich habe einen neuen Eisenring um das Rad gelegt und aufgenietet und zwei der Speichen ausgetauscht, sie waren angerissen und wären bei nächster Gelegenheit gebrochen«, erklärte Indutio seine Arbeit.

Lucius fühlte über den neuen Radlauf und meinte: »Saubere Arbeit, gut gemacht«, er richtete sich auf und sah den Stellmacher an, »Komm mit, dein Geld bekommst du sofort.« Sie gingen zurück in die Wachstube und Lucius holte eine mit Eisen beschlagene Kassette aus der schweren Truhe.

»Was verlangst du für das Material und deine Arbeit?«, fragte er den Stellmacher.

»Nun, die neuen Speichen waren schnell gemacht«, überlegte Indutio, »aber das Eisen ist teuer. Ich will zwei Sesterzen für meine Arbeit und sechs für das Metall.«

Lucius öffnete die Geldkassette und wühlte in den Geldstücken. Er wählte zwei Silberdenare aus und warf sie auf den Tisch. Dabei gab eine der Münzen einen anderen Pling-Ton ab. Lucius stutzte und nahm sie wieder in die Hand. Der Denar hatte die Form und Prägung wie die anderen, aber der Beneficiarius fühlte, dass etwas hier nicht stimmte. Zum Vergleich griff er einen weiteren Denar und verglich beide. Beim flüchtigen Hinsehen waren sie kaum zu unterscheiden, aber sie hatten abweichende Gewichte und einen leichten Farbunterschied. Erst bei genauer Betrachtung entdeckte Lucius, dass eine Münze matter war und leichter.

»Das hier ist aber kein echter Denar«, sagte er zu Indutio und hielt die kleine Münze ins Licht.

»Sieh her«, er hielt beide Münzen nebeneinander in den Fingern und zeigte Indutio die Unterschiede. »Die hier ist matter und leichter als die echte Silbermünze. Anstatt Silber hat sie nur eine Zinnoberfläche und wahrscheinlich einen Bleikern.« Der Stellmacher sah das Geldstück nur verständnislos an und richtete seinen fragenden Blick auf den Beneficiarius.

»Ich meine damit, das ist Falschgeld. Ich muss den Denar aussortieren, er darf nicht weiter in Umlauf bleiben«, erklärte Lucius näher.

Indutio zuckte gleichgültig mit den Schultern: »Na gut, dann gib mir einen anderen dafür.«

Lucius furchte die Stirn und suchte verdrossen eine neue Münze aus der Kassette. Er sonderte die falsche Münze aus und gab dem Stellmacher seinen Arbeitslohn. Indutio steckte das Geld in den Beutel, drehte sich um und ging aus der Station.

Der Beneficiarer suchte nach einem Stück Stoff und wickelte die falsche Münze darin ein. Dann packte er die Kassette und schüttete sie auf der Tischplatte aus. Sorgfältig prüfte er jede Münze. Nach einer Stunde hatte er noch ein paar gefälschte Geldstücke in dem Gemenge gefunden und aussortiert. Lucius ärgerte sich darüber, dass sein Vorgänger so gleichgültig das Stationsgeld verwaltet hatte.

Der Wagen des gallischen Händlers war voll beladen. Aineas und er standen an der Pritschenwand und zählten die gelagerten Holzkisten. Zur Stichprobe hatte Aineas zwei Kisten rausgegriffen und öffnen lassen. Sie enthielten rot gebrannte und mit Glanztonüberzug versehene Teller und

Schüsseln. Sie waren mit Stroh und Moos umwickelt, um sicher transportiert werden zu können.

Lucius beobachtete die Kontrolle von seinem Fenster in der Wachstube aus. Die hellbraune Stations-Katze kam auf den Wagen zugeschlichen und streckte ihren Hals, die Schnurhaare zitterten. Murilega schnüffelte von unten an der Ladefläche und leckte sich dabei die Schnauze.

Lucius stand auf und trat ans Fenster, das Verhalten der Katze weckte seine Neugierde. Murilega hockte sich unter der Rückwand auf die Hinterbeine und hangelte mit den Vorderpfoten nach der Holzreling. Sie streckte den Kopf vor und leckte genießerisch an der Holzkante. Mit ihren Krallen kratzte sie unablässig an den Ritzen herum, um sich dann auch die Pfoten abzuschlecken. Lucius runzelte die Stirn und wunderte sich über ihr merkwürdiges Gebaren. Er hatte genug gesehen und ging nach draußen an den Transportwagen.

»Sind das die einzigen Waren, die hier geladen sind?«, fragte er den Händler.

»Ja Beneficarius«, antwortete der Mann eilfertig, »Der Tabularius hat schon den Inhalt geprüft, es ist alles in Ordnung.« Er war ein dunkelhaariger, stämmiger Mann mit einem kräftigen Schnauzbart. Über einer dunklen Tunika trug er einen langen, wollenen Umhang mit Kapuze.

Lucius ging auf die Wagenrückseite, streichelte die Katze und schubste sie zur Seite. Er befühlte die Stelle, die Muri so genussvoll geleckt hatte, und fand eine feuchte Stelle, an der eine ölige Flüssigkeit hervorquoll, er schnupperte an seinen Fingern. Sie rochen stark nach Garum, einer teuren Fischsauce. »Bist du dir da ganz sicher?«, hakte er nochmal nach.

Der Händler sah ihn irritiert an und lächelte unsicher, »Aber natürlich. Ich weiß doch, was ich geladen habe.« Aineas hatte seine Notizen bereits unterbrochen, als der Beneficiarius zu der Gruppe getreten war, und wartete neugierig, auf was Lucius hinaus wollte.

Der packte die Katze vom Boden und hob die auf die Ladefläche. Sofort kletterte Murilega zwischen den Kisten herum, um einen Weg zu dem köstlichen Geruch zu finden, der ihre Nase so reizte. Aus den Zwischenräumen hörten die Umstehenden eifriges Scharren und Kratzen. Aineas verstand sofort und winkte die beiden Hilfskräfte herbei. Der Händler machte plötzlich ein betretenes Gesicht.

»Abladen«, rief Aineas ihnen zu, »Alles. Jede Kiste wird geöffnet.«

Lucius packte den Händler an seinem Arm und sagte: »Du kommt mit nach drinnen. Ich glaube, die Liste solltest du nochmal überdenken.«

Der Händler wand sich und jammerte: »Das kannst du nicht machen, es ist doch alles korrekt. Das dauert doch Stunden, bis ich wieder alles aufgeladen habe. Und dann sind die besten Plätze auf dem Markt schon weg.«

Lucius interessierte das wenig. »Wie ist dein Name?«, fragte er den untersetzten Mann.

»Man nennt mich Angus, ich komme aus Durocotorum und liefere Waren zwischen Treverorum und Mogontiacum«, sagte er.

Aineas öffnete unterdessen jede Kiste, die man vor ihm hinstellte, und durchwühlte sie. Aber in allen Kisten waren nur die angemeldeten Keramiken enthalten. Er schüttelte den Kopf in Richtung Fenster.

»Da siehst du es«, polterte der Gallier los, »Das war nicht nötig gewesen. Ich bin ein korrekter Mann. Ich habe noch nie Probleme mit dem Zoll gehabt.«

In dem Moment sah Lucius den Schwanz von Murilega über der Seitenwand des Wagens erregt zittern und hörte sie an einem Stapel Fließe und Decken scharren. »Abwarten«, sagte er und hob die Hand. Aineas sah jetzt auch das verrückte Treiben der Katze und stieg auf die leere Ladefläche. Er packte die Decken und warf sie über die Seitenwand auf den Boden. Murilega schnüffelte an einem Astloch im Boden des Wagens und steckte ihre Pfote hinein, um darunter etwas zu erreichen. Sie zog ihre Pfote wieder heraus und leckte eifrig daran. Erneut pulte sie mit der Pfote in dem Loch herum.

Der Auxiliar Vitus bückte sich und blickte unter den Wagen. Dann sah er prüfend die Ladefläche und die Seitenwand an und sagte zu Aineas: »Die Wand ist außen höher als innen.«

Lucius hörte das und lächelte grimmig, er drehte sich zu dem Händler um. »Du hast die Wahl: Wir schlagen deinen Wagen kurz und klein, um zu sehen, was du vor uns verbirgst oder du öffnest freiwillig den doppelten Boden mit deiner Schmuggelware.« Angus presste die Lippen aufeinander. Lucius packte den Händler am Arm und zerrte ihn vor die Station. »Öffne das Versteck«, schnauzte er ihn an.

Der Mann sah ihn ängstlich an. Dann senkte er den Kopf und trat an den Wagen. Unter dem Fahrersitz betätigte er einen Riegel, es gab ein klackendes Geräusch und Angus konnte den Fahrersitz nach vorne kippen. Darunter kam eine Hohlkammer zum Vorschein, in der jede Menge kleine Amphoren auf Stroh lagerten. Durch die Öffnung konnten nun die eingelassenen Bodenbretter herausgezogen werden. Die beiden Hilfskräfte begannen, den verborgenen Laderaum freizulegen. Als das Versteck offen lag, zählten Lucius und Aineas 24 Amphoren mit der kostbaren Fischtunke. Bei einer Amphore hatte sich der Verschluss gelockert und tropfte. Das war das Rinnsal, das Murilega in der Nase gereizt hatte. Die hellbraune Katze war entzückt davon, dass sie jetzt die Ölpfütze direkt vor sich hatte, und machte sich mit Vergnügen daran, die Fischsauce aufzuschlecken.

»Beim Jupiter. Das ist doch mal ein Glückstreffer«, sagte Aineas und streichelte Murilega über den Rücken, »Wie gut, dass du so ein feines Näschen hast.« Lucius lachte kurz auf, dann drehte er sich zu Angus um. Er winkte den Legionär Claudius Tiberius zu sich und zeigte auf den Händler: »Bring ihn nach drinnen, wir sprechen gleich weiter.«

Lucius wies Arnulf und Sunno an, den Wagen hinter die Station in einen Unterstand zu fahren und die Amphoren und Keramikartikel in das Lager zu schaffen und ging in die Station. Der Händler saß auf einem Schemel vor dem Schreibtisch und starrte ängstlich vor sich hin. Ein paar Schweißperlen glänzten an seiner Stirn. Lucius trat vor Angus, lehnte sich an den Tisch und verschränkte die Arme.

»Woher hast du die Amphoren und wohin sollen sie geliefert werden?«, fragte er direkt.

Angus sah kurz auf: »Herr, ich kann dir nichts darüber sagen. Ich wusste nichts von der Fischsauce. Der Wagen gehört mir nicht. Ich fahre im Auftrag. Dafür darf ich meine eigene Ladung mitnehmen. Ich ha ...«. Weiter kam er nicht.

Lucius schrie ihn an: »Falsche Antwort. Nochmal: woher hast du die Ware und wohin sollte sie gehen?« Der Händler sah ihn überrascht an.

»Wenn das nicht dein eigener Wagen ist, kann es dir ja gleich sein, ob er beschlagnahmt wird – mitsamt der Ladung natürlich, auch der regulären«, drohte Lucius.

Der kräftige Mann blickte entsetzt hoch: »Das wäre ja mein Ruin. Das kannst du nicht machen«, rief er heiser aus.

Lucius sah ihn ungerührt an und lehnte in lässiger Haltung an dem Tisch. »Von wem hast du die Amphoren«, fragte er nachdrücklich. Der Gallier senkte verstockt den Kopf. Der Beneficiarius gab den beiden Legionären ein Zeichen. Vitus packte den Händler unter den Armen, hob ihn mit einem Ruck aus dem Schemel und hielt ihn fest. Claudius stellte sich vor den Mann, holte aus und rammte dem Schmuggler die Faust in den Magen. Mit einem Ächzen kippte Angus nach vorne. Ein Schwinger traf ihn am Kinn und sein Kopf flog nach oben. Die zwei Legionäre ließen den Mann los und er sank auf dem Schemel zusammen.

Benommen blinzelte Angus zu Lucius. »Also, von wem?«, fragte der ruhig.

»Herr – bitte. Ich bin erledigt, wenn das herauskommt. Ich verstehe das nicht. Ich hatte hier noch nie solche Probleme gehabt«, klagte er. Lucius merkte auf.

»Wer hatte dich denn bisher an dieser Station kontrolliert?«, hakte er sofort nach.

»Mal dieser, mal jener«, wich der Gallier aus.

»Bei Mars, ich lasse dich auspeitschen, wenn du nicht endlich den Mund aufmachst«, brüllte Lucius los. Seine schwarzen Augen funkelten wütend und sein Mund war zu einem Strich zusammengepresst. Angus sah die Entschlossenheit in dem Gesicht des Beneficiarius und erbleichte.

»Nein, ich bitte dich. Es ist mein Wagen. Ich gebe es ja zu«, er schaute zu Boden, »Ich habe die Amphoren in Augusta Treverorum geladen. Sie werden in Gallien über die Flüsse Rhodanus und Mosella verschifft. Ich kann dir nur den Namen des Galliers in Treverorum nennen. Weiter reicht die Kette nicht. Ich sollte die Ladung nach Bingium bringen, von wo aus sie weitertransportiert wird«, er sah Lucius flehentlich an, »Bitte, mehr kann ich dir nicht sagen.«

Der Beneficiarius gab den beiden Bewachern die Anweisung, auf den Händler zu achten und ging vor die Porticus, wo sich die Kisten mit den Keramiktöpfen und die Amphoren mit der Fischsauce noch stapelten. Er nahm eine der Keramikkisten auf und trug sie in den Wachraum.

Lucius stellte sie vor die Füße des Gefangenen und nahm eine Schale aus dem Stroh heraus. Es war eine schöne Arbeit, die Keramik hatte die warme braunrote Farbe des Tons und glänzte an der Oberfläche. Mit den Fingern fühlte Lucius über die kunstvollen Prägungen und Ornamente, die das Gefäß verzierten. Er blickte dem Händler in die Augen und sagte: »Schönes Stück. Dafür kannst du auf dem Markt in Ulmena einen guten Preis erzielen. Aber du bist ein ewiger Lügner und ich habe nicht die geringste Geduld, um mir deine Ausreden weiter anzuhören.«

Er ließ die Schüssel los und sie zerschellte auf den Steinplatten. Dann nahm er das nächste Stück aus der Kiste. »Namen«, sagte Lucius einfach.

Angus sah ihn mit offenem Mund an. Die zweite Schüssel klirrte auf den Boden und zersprang in kleine Bruchstücke.

»Nein, nicht«, schrie der Händler auf, »Dafür habe ich doch die Steuern bezahlt. Das kannst du nicht machen.« Er streckte die zitternden Hände nach Lucius aus, »Ich kenne doch nur meine Kontakte in Treverorum und Bingium, wo ich die Fischsauce hinliefern soll. Bitte.«

Lucius hatte inzwischen zwei Teller aus der Kiste gegriffen. Mit Schwung knallte er die aneinander, dass sie zersprangen. Die Kiste war nun leer und die Wachstube mit Tonscherben übersät. Der gallische Händler jammerte lautstark über die ungerechte Zerstörung seiner ordnungsgemäß verzollten Waren. Die Legionäre Vitus und Claudius grinsten hämisch. Lucius sah ihnen an, dass sie auch ihren Spaß haben wollten, und sagte laut: »Holt euch einen Knüppel und zerschlagt alles.«

»Neiiiiin«, der Händler sprang von seinem Stuhl hoch und kam mit ausgestreckten Händen auf Lucius zu, als wollte er ihn an seinem Hals packen. Blitzschnell schlug der den Arm weg und landete einen Schlag an der Schläfe des Angreifers. Benommen ging Angus auf die Knie. Die beiden Wächter sprangen hinzu und packten ihn fest an den Armen.

Lucius packte den Gallier an seiner Tunika: »Du sagst jetzt die Wahrheit oder weder dein Geschirr noch du selbst kommen hier heil vom Hof«, drohte er leise.

»Du ruinierst mich. Ich kann hier nie wieder Geschäfte machen, wenn das rauskommt, dass ich meine Quellen preisgebe«, jaulte er auf.

Lucius drehte seine Faust und der Stoff der Tunika zog sich enger um den Hals des Gefangenen. Sofort wimmerte Angus vor Angst auf. Durch den Tränenschleier sah der Gallier das Gesicht des römischen Soldaten dicht vor sich. Die zusammengezogenen Brauen und das energische Kinn zeigten deutlich die Entschlossenheit des Beneficiarius. Ein metallischer Glanz hatte das Schwarz seiner Augen überzogen und sahen ihn kalt an.

»Es ist Alus aus Augusta Treverorum. Er bekommt die Lieferungen aus Arelate. Von Bingium aus werden sie in die Colonia Claudia Ara Agrippinensium und den Rhenus aufwärts weitertransportiert. Auch ins Gebiet der Germanen«, er senkte den Kopf, »Der Händler in Bingium heißt Hatto. Er hat ein Lager am Hafen und gute Verbindungen hinter den Limes.«

»Wer hat dir hier in der Station geholfen?«, fragte Lucius weiter.

Die Augen des Händlers weiteten sich angstvoll. »Nein, das nicht. Herr, ich bitte dich. Das kann ich nicht sagen«, flüsterte er zitternd.

»Ich lasse dich auspeitschen«, sagte Lucius langsam.

»Du kannst mich zum Krüppel schlagen, aber wenn ich den nenne, ist mein Leben keinen Sesterz mehr wert«, klang Angus' Stimmer schrill.

Lucius überlegte schnell. Dann gab er den zwei Legionären einen Wink, dass sie ihn alleine mit dem Gefangenen lassen sollten.

Als beide aus dem Raum waren, blickte Lucius zu dem Mann runter: »Wir sind ganz alleine. Keine List, oder du verlierst dein Leben sofort. Du sagst mir den Namen und ich werde schweigen. Ich habe andere Mittel, einen korrupten Mann zu erwischen. Rede jetzt«, befahl er harsch.

Der Händler sah sich vorsichtig um, ob nicht doch in einer dunklen Ecke ein Lauscher saß. Dann flüsterte er: »Es ist Sunno. Er und Hatto sind vom selben Stamm, ich glaube sogar, aus derselben Familie.« Beschämt senkte er den Kopf: »Wir arbeiten schon seit Jahren zusammen.«

»Sieh an«, dachte Lucius ironisch, »die Chatten errichten auf unserem Straßennetz einen florierenden Handel mit Schmuggelgut.« Dann fiel ihm etwas ein und er wurde ernst: »Wie sieht es mit Waffen aus? Werden die auch durchgeschleust?«

»Lenus Mars, nein Herr«, rief Angus erschrocken aus, »Nur Luxusgüter, Stoffe, Delikatessen, Wein und Gewürze«, er erklärte sich näher, »Der Waffenhandel lohnt sich heute nicht. Zuviel Risiko bei zu wenig Gewinn. Der letzte Aufstand liegt zwei Generationen zurück. Heute leben die Menschen besser. Und sie wollen auch das, was ihr Römer schon lange gewohnt seit: sich mit den schönen Dingen aus allen Ecken des Reiches umgeben. Selbst der kleinste Bauer will seinen Gerstenbrei mit ein paar Gewürzen schmackhafter machen und seine Frau möchte vielleicht Seide aus Lugdunum an den hohen Festen tragen.«

»Ist Sunno der Einzige aus der Station hier?«, frage Lucius eindringlich nach. Er hatte das Bild vor Augen, wie Arnulf und Indutio heimlich miteinander flüsterten.

»Ja«, antwortete der Gallier, »Das kann ich beschwören.«

Lucius holte vom Tisch einen Krug Wasser, schüttete einen Becher voll und reichte ihm den Händler. Gierig trank Angus ihn in einem Zug leer.

»Du kommst in die Arrestzelle. Dort bleibst du, bis wir dich nach Mogontiacum mitsamt deiner Schmuggelfracht bringen. Alles Weitere wird dort über dich entschieden«, sagte Lucius, »Ich gebe dir einen guten Rat: Ich will den ganzen Schmuggelring haben, die Lieferanten, Zwischenhändler und Kuriere. Hilfst du uns, wird deine Strafe gering ausfallen. Mit etwas Glück und einem guten Advocaten kommst du mit einer Geldstrafe davon. Unser römisches Recht ist gerecht.«

Er packte den Mann unter den Armen und hob ihn vom Schemel auf. Dann brachte er ihn in die vergitterte Zelle und schob ihn hinein. Benommen ließ sich Angus auf einem Bett nieder. Mit einem Zipfel seines Mantels wische er den Schweiß von seinem Gesicht.

»Ich schicke dir den Koch, er soll sich die Beule mal ansehen«, sagte Lucius und verriegelte die Türe. Der Beneficiarius ging sofort in die Küche und sprach mit Caelius: »Der Gallier ist in der Arrestzelle. Seine Wunde muss verbunden werden. Außer dir und mir darf keiner zu ihm. Gib mir sofort Bescheid, wenn einer der anderen in die Zelle will, unter welchem Vorwand auch immer. Hier ist der Schlüssel«, er sah die Katze auf dem Boden, wie sie ein Schüsselchen mit Fleischresten fraß, über das Caelius großzügig Fischsauce geschüttet hatte.

Lucius lachte auf: »Na du Götternase. Die Belohnung hast du dir aber redlich verdient.« Er bückte sich und streichelte den hellbraunen Rücken. Murilega blickte auf und rieb ihr Köpfchen an seiner Hand. Zufrieden machte sie einen Katzenbuckel und schnurrte. Sie freute sich darüber, dass Lucius sie lobte und kraulte. Im Allgemeinen war er eher abweisend und duldete sie nur in seiner Nähe. Umso mehr beglückte sie das Streicheln seiner Hand.

Der Koch lachte mit, »Die eine Amphore ist kaputt und ich dachte, bevor die schöne Fischtunke verdirbt, können wir es ja vielleicht brauchen.«

Lucius grinste ihn mit hochgezogenen Brauen an. »Naja«, meinte Caelius ausweichend, »bis Mogontiacum hätte es sowieso nicht mehr gehalten.«

»Dann bin ich mal gespannt, was du heute zur Cena für uns zaubern wirst«, sagte Lucius und erhob sich.

Der Beneficiarier ging auf die Rückseite der Station, wo Aineas mit den Hilfskräften beim Einlagern der Sachen war. Lucius stellte sich neben ihn und schaute auf die Liste, die der Zollinspektor in die Wachstafel geritzt hatte.

»Es ist zwar keine große Menge, aber wenn er regelmäßig damit durchgekommen ist, summiert sich das zu einem sehr großen Haufen Geld. Auf dem freien Markt bezahlt man 300 Sesterzen für die Amphore Garum. Ich schätze, er bekommt ungefähr 80 bis 100 Sesterzen für jede Amphore, die er transportiert. Hat er noch was gesagt, sein Gebrüll war ja nicht zu überhören«, fragte Aineas weiter.

Lucius schüttelte den Kopf und sagte sehr laut: »Nein, der ist schweigsam wie ein Hügelgrab.« Er hatte sich dabei mit dem Rücken zu den beiden beschäftigten Auxiliaren gestellt. Aineas wunderte sich über die Lautstärke und sah kurz auf, aber die schwarzen Augen Lucius' gaben nichts preis. Da verstand er und reagierte sofort. »Schade, ich hätte die Kassen Roms gerne noch weiter gefüllt«, sagte er, ebenfalls deutlich zu hören. Leise fragte er weiter: »Und was geschieht nun mit ihm?«

»Wir warten den morgigen Markttag noch ab. Übermorgen schicke ich ihn samt Ladung nach Mogontiacum.«

Caelius hatte sich selbst übertroffen und aus den dürftigen Vorräten mit der Fischsauce ein Abendessen kreiert, das ihm großes Lob und zufriedene Rülpser einbrachte. »Die Qualität des Garum ist Liquamen, aus byzantinischem Thunfisch. Das Beste, was man kriegen kann«, erläuterte Caelius.

Murilega hatte sich zu ihnen gesellt und putzte sorgsam ihr Fell. Satt und schläfrig verschob die Katze ihre Arbeit, die Vorratskammer mäusefrei zu halten, auf die späteren Nachtstunden. »Mit vollem Bauch jagt es sich nicht gut«, dachte sie.

Die Männer saßen um den Tisch und unterhielten sich lebhaft über den Tag. Schmuggel war in den Augen der meisten kein schweres Verbrechen. Ein freier Handel wäre ihnen noch lieber gewesen. Aineas erklärte, dass mit den Einnahmen ja auch das Straßennetz gebaut wurde, mit dem eben dieser Handel erst schnell und komfortabel ablaufen konnte.

Lucius spielte die gute Laune mit und vermied es sorgsam, Sunno zu oft anzusehen. Er wollte den Germanen in Sicherheit wiegen und seine weiteren Schritte beobachten.

Die Katze stand auf und streckte sich lang aus. Sie gähnte herzhaft mit weit geöffnetem Maul und zeigt dabei ihr Raubtiergebiss. Dann sprang sie von der Bank und schlich in Richtung Schlafkammer. Auf dem Weg kam sie an der Arrestzelle vorbei. Der Gefangene sah durch die Gitter ihre grünen Augen funkeln und knurrte sie an: »Mistvieh!« Beleidigt zog Murilega davon.

Falschmünzen auf dem Markt

Am nächsten Morgen sattelte Lucius sein Pferd, während Aineas und Sunno den Wagen anspannten. Lucius wollte den Germanen nicht unbeobachtet in der Station lassen. Von Caelius hatten sie eine Einkaufsliste bekommen. Sie sollten auf dem Markt in Ulmena vor allem nach Gemüse, Fleisch und Fisch schauen. Lucius nahm die lange Lanze in die Hand und stieg in den Sattel. Er trug seinen roten Umhang.

Nach einer Stunde erreichten sie den Vicus Ulmena. Schon von weitem war das Gedränge von Wagen und Zelten zu sehen. Das Dorf war vollgestopft mit Menschen und Marktständen. Sunno lenkte das schwere Gefährt so nahe wie möglich an den Dorfrand und stellte es an einem Baum ab. Lucius band sein Pferd an und gemeinsam betraten sie den Markt.

Die Wagen und Stände hatten sich ringförmig um den Dorfplatz gruppiert. In der Mitte unter der Ulme flackerte schon ein munteres Feuer, über dem sich ein Ochse am Spieß drehte. Eine bunte Händlerschar pries mit lautstarkem Singsang ihre Ware an. Lustige Geschichten und freche Sprüche gehörten zum Verkaufsritual ebenso dazu wie das hartnäckige Feilschen um den Preis. Die drei von der Beneficiarierstation hörten neben dem Latein verschiedene Dialekte aus dem Trevererland, Gallien und Germanien.

Im Gedränge wurde Lucius von Baldruus entdeckt und angerufen: »Beneficiarius«, rief er und kam auf ihn zu, »Na, was hältst du von unserem Markt?« Die Lachfältchen um seine Augen vertieften sich und er blickt stolz umher.

»Viel los für einen kleinen Vicus«, antwortete Lucius und begrüßte den Dorfvorsteher von Ulmena.

»Aus den umliegenden Höfen kommen auch regelmäßig Leute, um sich hier mit allerlei Dingen einzudecken, die ihre Höfe nicht selber herstellen können. Komm mit, ich führe dich herum.« Lucius stellte Aineas vor und gab Sunno den Auftrag, die Lebensmittel für Caelius zu kaufen.

Baldruus führte sie zu einem Stand mit verschiedenen Gemüsesorten. Die Auswahl zeigte verschiedene Kohlsorten und Zwiebeln sowie eingelegte Oliven und mehrere Wurzelsorten. Jetzt am Ende des Winters waren die Feldfrüchte nicht mehr ganz frisch, aber sie sahen trotzdem sehr gut aus.

»Wir haben einen tiefen Erdkeller, Herr. Darin lagern wir das Gemüse nach der Ernte auf Sand. So bleibt es über Wochen noch frisch und schmackhaft. Hier«, der Mann gab Lucius eine Möhre, »probier selbst.«

»Danke«, antwortete der Beneficiarius und biss in das Gemüse, »schmeckt wirklich gut.« Lucius gab Sunno ein Zeichen, mit dem Einkauf hier zu beginnen und ging mit dem Dorfältesten und Aineas weiter. Ein Händler pries auf seinem Tisch Honig und Gewürze an. Ein weiterer hatte Wildfleisch von Rehen, Hasen und Wildschweinen sowie Wildvögel im Angebot.

Der Keramik-Händler zeigte ihnen die feinen Verzierungen und dunklen Farbtöne des schwarzen Geschirrs. »Um diese Schattierungen zu erhalten, werden die Töpfe und Kannen schwarz geschmaucht«, erklärte der Mann die Arbeiten ausführlich. Die Gefäße waren mit einem Linien- und Rädchendekor versehen und sahen sehr elegant aus.

»Beneficiarius«, rief eine dunkle Stimme aus der Menge. Lucius drehte sich zu dem Rufer um und sah einen großen Mann auf sich zukommen. Er blickte in ein sehr hageres Gesicht mit dunkel getönter Haut. Eine rosa Narbe verlief quer über die Wange, sie reichte von der Schläfe bis ans Kinn. Unter buschigen Brauen blickten schwarze Augen stolz hervor.

»Verzeih«, sprach der Mann und verbeugte sich leicht, »ich bin Rufinus, Hausvorsteher auf dem großen Anwesen von Gaius Fabricius Magnus. Mein Herr hat mich beauftragt, dich zu einer Feier in zwei Tagen in seine Villa einzuladen. Er bittet dich, sein Ehrengast zu sein. Das Anwesen ist nur wenige Meilen westlich von hier.«

»Ich danke deinem Herrn für die Freundlichkeit und nehme gerne die Einladung an«, sagte Lucius formell zu dem Haussklaven, »Ich stelle dir meinen Begleiter Aineas vor. Er ist kaiserlicher Sklave und Beauftragter für Zoll- und Steuerangelegenheiten.«

Rufinus lächelte etwas, was sein Gesicht zu einer grotesken Grimasse verzerrte. »Selbstverständlich betrifft die Einladung auch den kaiserlichen Sklaven«, sagte er glatt und verbeugte sich kurz vor Aineas. Der

Steuereintreiber presste die Lippen aufeinander, er wusste nicht, ob das Benehmen des Mannes nur überheblich oder respektlos war. Steif lächelte er zurück. Lucius war die feine Bissigkeit nicht entgangen und feixte heimlich im Inneren. »Kleiner Wettstreit unter Sklaven?«, fragte er sich still. Rufinus verbeugte sich zum Abschied vor Lucius und sagte: »Mein Herr wird sich über euer Kommen sehr freuen«, drehte sich um und verschwand in der Menschenmenge.

»Ich weiß, er kann ja nichts dafür, dass er so hässlich ist«, sprach Baldruus, »Aber ich fühle mich in Gegenwart dieses Mannes immer unwohl.« Er schüttelte sich leicht.

Lucius sah ihn mit hochgezogenen Brauen fragend an. Baldruus versuchte, sich näher zu erklären: »Es wird einem kalt in seiner Gesellschaft, als wenn böse Geister ihn begleiten würden.« Verstimmt brummte er auf: »Jetzt klinge ich schon wie ein altes Waschweib. Jedenfalls habe ich bei Rufinus immer das Gefühl, ich müsste mich umsehen.«

»Er hat wirklich ein Gesicht zum Fürchten«, lächelte Lucius, »Aber ich glaube, das weiß er auch.«

»Du meinst, er spielt gerne den Kinderschreck?«, prustete Aineas los und korrigierte sich sofort, »Oh, verzeih Baldruus.« Aber anstatt beleidigt zu sein, lachte der Dorfälteste herzhaft auf.

»Jaja, lästere nur über mich alten Esel.« Lachend gingen die drei weiter.

Am nächsten Stand lagen feine Lederwaren auf der langen Holzplatte ausgebreitet. Eine Reihe von Gürteln in verschiedenen Farbtönen und Abmessungen bot ein gedrungener Mann mit grobporigem Gesicht und einer Knollennase an. Seine Kleidung war im Gegensatz zu dem hässlichen Gesicht von auserwählter Eleganz und Schneiderskunst.

Auf seinem Kopf trug er eine Kappe aus glatt gekämmtem Filz. Sein Lederüberwurf hatte glänzende Metallnieten und -verzierungen. Hinter dem Händler stapelten sich gegerbte Tierhäute. »Livius Rufus kauft bei uns die fertigen Häute und verarbeitet sie selbst zu Gürteln, Taschen und Schuhen«, stellte Baldruus den Lederhändler vor, »Er ist ein wahrer Meister seines Fachs. Schau dir nur die Caliga an. Sie halten Jahre.« Aineas fragte den Händler, wie viel Häute er geordert hatte und überschlug im Kopf die Menge an Produkten, die daraus gefertigt werden konnten.

Lucius sah sich inzwischen bei den Gürteln genauer um. Sein eigener war brüchig und an vielen Stellen kaputtgegangen. Einen Riss hatte er bereits vernähen müssen. Er öffnete die Schnallen und zog seinen Gürtel aus. Dann suchte er nach einer passenden Farbe. Eilfertig sprang Livius Rufus hinzu: »Herr, probier diesen hier aus, er müsste passen. Das Leder ist sehr stark und haltbar. Wenn du deinen alten Gürtel öfter mit einem Fett behandelt hättest, wäre er nicht so brüchig geworden. Ich habe hier auch Tiegel mit speziellem Lederfett. Warte, ich tausche die Schnalle aus.«

Geschickt löste der Mann die Haken aus der Schnalle und zog den verschlissenen Gürtel heraus. Schnell hatte er das neue Lederband durchgezogen und gab Lucius den Gürtel zurück. Der zog ihn gleich an und lächelte zufrieden. »Was bekommst du für den Gürtel? Einen Tiegel Fett nehme ich auch gleich mit«, fragte Lucius.

»Zwei Sesterzen, Herr«, antwortete der Händler. Lucius kramte in seinem Geldbeutel und gab dem Mann die abgezählten Münzen.

»Wir können auch gleich die Marktgebühren einkassieren«, mischte sich Aineas in den Handel ein. Der Lederhändler machte ein sauertöpfisches Gesicht.

»Natürlich«, meinte er sarkastisch, »kaum hat man ein paar Münzen eingenommen, nimmt Rom es einem wieder weg.« Aineas zuckte nur gleichgültig mit den Schultern. Verstimmt schüttete Livius Rufus ein paar Münzen in seine Hand und zählte den Betrag für die Marktgebühr zusammen.

Lucius fielen dabei Aureii mit unterschiedlichen Größen auf und fragte: »Verzeih, darf ich?« Er griff sich zwei Münzen heraus, betrachtete sie von allen Seiten und wog beide in den Händen. »Es scheint, dass diese Münze hier weniger Gewicht hat«, meinte er, »Hast du einen Wetzstein bei dir?«

Der Händler nickte verwirrt. »Gib ihn mir«, forderte Lucius ihn auf. Er rieb die Kante einer Münze an dem Schmirgel. Schnell veränderte sich die Farbe von Gold zu dunklem Grau. Lucius zeigte Livius Rufus die abgeschliffene Stelle.

»Diese Münze hat einen Bleikern. Sie ist gefälscht«, sagte er zu ihm. Das Gesicht des Mannes wurde dunkelrot vor Ärger.

»Den soll doch Pluto holen, so ein Schuft«, fluchte er, »Lumpenhund!« Lucius gab ihm die echte Münze wieder zurück und sah sich das Falschgeld genauer an. Oberfläche und Prägung waren wie die offiziellen Aureii gestaltet. Die gefälschte Münze war aber etwas größer und hatte einen gleichmäßigeren Rand wie das gültige Zahlungsmittel.

»Nicht schlecht gemacht«, sagte Aineas leise zu ihm, »Dadurch, dass sie größer ist, fällt der Gewichtsunterschied nicht sofort auf. Und man lässt sich schneller von den Münzen täuschen.«

»Von wem hast du das Geld?«, fragte Lucius den Lederhändler.

Der überlegte kurz: »Heute ganz früh kam ein Mann, es war noch dunkel«, erinnerte er sich und zog wütend die Augenbrauen zusammen, »Er hat einen Schulterriemen gekauft und ich habe fast mein ganzes Wechselgeld dabei gelassen. So ein ehrloser, gesetzloser Schuft, Geldgeier, gieriger und neidischer, diebischer, räuberischer ...«, erschöpft hielt er mit dem Schimpfen inne. Lucius hielt die Münze hoch, »Die Götter meinen es heute nicht gut mit dir. Ich muss das Falschgeld einkassieren und einen Ersatz gibt es nicht«, sagte er.

Livius Rufus riss die Augen auf, »Beim Jupiter, Herr, das sind meine halben Markteinnahmen. Das kannst du mir nicht antun«, rief er aus.

»So will es das Gesetz«, sagte Lucius fest. Er wandte sich zu Aineas und Baldruus um: »Wir prüfen alle Verkäufer, ob noch mehr Falschmünzen aufgetaucht sind.« Beim Fortgehen hörten sie den vierschrötigen Mann noch kräftig vor sich hin fluchen.

Die drei Männer fragten bei jedem Stand nach dem Bargeld und überprüften die Münzen. Beim Salzhändler, bei den Keramikwaren und den Gewürzen wurden sie fündig. Alle Verkäufer berichteten übereinstimmend von einem Mann, der in der Morgendämmerung bei ihnen eine Kleinigkeit gekauft und diese mit einem Aureus bezahlt hatte. Inzwischen hatte Lucius auch eine Beschreibung des Fremden. Er wurde als mittelgroß mit braunen Haaren ohne Bart und mit schlichter Tunika beschrieben.

»Ein Durchschnittsgesicht«, meinte Aineas enttäuscht.

»Die beste Tarnung«, entgegnete Lucius ironisch. Der Grieche grunzte nur dazu. Baldruus war verärgert. Dass auf seinem Markt Händler betrogen wurden, konnte nur schlecht für Ulmena sein.

»Ich hoffe sehr, dass die Händler jetzt nicht wegbleiben«, sagte er besorgt, »Niemand will um sein Geld betrogen werden.«

»Ich verstehe nicht, warum das den Männern nicht schon früher aufgefallen ist. Wenn man die Aureii vergleicht, merkt man den Unterschied doch«, sagte Aineas. Baldruus zuckte lakonisch mit den Schultern.

»Ist dir aufgefallen, dass es sich bei den betrogenen Händlern zum großen Teil um Einheimische handelt?«, fragte der Dorfälteste und lieferte die Erklärung gleich nach, »Wir haben fast immer vom Tauschhandel gelebt. Den Umgang mit Zahlungsmittel habt ihr Römer erst eingeführt. Den meisten Treverern ist Geld egal. Sie rechnen immer noch in Rinder oder Scheffel Getreide um.«

Am Abend saßen Lucius und Aineas zusammen am Schreibtisch und betrachteten die Falschmünzen genauer. Im Vergleich mit den echten Aureii waren sie etwas leichter. Dafür hatten sie einen breiteren und glatteren Rand. Die Prägung mit dem Kopf des Kaisers war sehr gut gelungen und vom Original kaum zu unterscheiden. Nur an den Rändern waren die Falschmünzen glatter und runder gearbeitet als das Original, deren Rand meistens unregelmäßig war.

»Da werden Kleinigkeiten von geringem Wert gekauft und mit einer teuren Münze bezahlt«, fasste Aineas ihre Erkenntnisse zusammen, »Die Händler lassen dabei ihr Wechselgeld und die Fälscher bringen echtes Geld mit nach Hause.«

»Der Aufwand muss sich wohl lohnen, selbst für so einen kleinen Markt wie Ulmena«, ergänzte Lucius, »Auf jeden Fall gehen sie geschickt vor. Beim nächsten Markt sollten wir vielleicht auch so früh dort sein und das Treiben beobachten.«

Die Katze Murilega hatte sich zu ihnen gesellt und hockte auf dem Tisch. Neugierig tatschte sie mit der Pfote nach den glänzenden Scheiben. Sie bekam eine Münze zu fassen und rollte sie über die Holzplatte. Mit glänzenden Augen sprang sie hinterher.

»Muri«, rief Lucius und packte die verspielte Katze, »Mit Geld spielt man nicht.« Er legte sie auf seinen Schoß und kitzelte sie am Bauch. Murilega ging sofort auf das neue Spiel ein und haschte nach seinen

Fingern. Sie packte die Hand zwischen ihre Krallen und biss herzhaft in einen Finger hinein.

»Au, du kleines Biest«, lachte Lucius und packte den Kopf der Katze in seiner Faust. Sie rangelten noch eine Weile, dann setzte Lucius die Katze auf den Boden. Murilega begann sofort, ihr Fell ordentlich zu putzen.

»Und was passiert mit dem gallischen Schmuggler?«, fragte Aineas.

»Den schicke ich morgen unter Bewachung nach Mogontiacum, mitsamt seiner Schmuggelware«, antwortete Lucius.

Ein Festgelage

Lucius und Aineas ritten auf das Anwesen des Gaius Fabricius Magnus zu. Der Gutshof lag an einem leicht abfallenden Hang. Eine Ausfallstraße führte bis zum Handelsweg, an dem auch die Beneficiarierstation lag. Felder und Weiden waren um die Villa angeordnet. Eine gut sechs Fuß hohe Hofmauer umschloss ein Areal von beachtlicher Größe. In ihrem Zentrum erhob sich anmutig eine helle Porticusvilla mit Eckrisaliten. Die Zweigeschossigen, aus der Front rausragenden Ecktürme verband eine breite Porticus. Von weitem sah man auch mehrere Wirtschaftsgebäude und Speicher auf dem Gelände verteilt. Die gesamte Anlage strahlte Größe und Wohlstand aus.

Eine Lindenallee führte von der Ausfallstraße auf das große Hoftor zu. »Beim Jupiter«, staunte Lucius, als sie an den Bäumen vorbeiritten, »Ich fühle mich fast wie zu Hause in Etruria. Nur nicht so riesig wie hier.«

Auch Aineas war beeindruckt: »Ich bin mal gespannt, wie es erst drinnen aussieht.«

Sie lenkten die Reittiere durch das offene Tor auf einen geschotterten Weg, der zum Haupthaus führte. Ein Jüngling kam ihnen entgegengelaufen, um Lucius' Pferd und das Maultier, das Aineas für den Ausflug gesattelt hatte, in Empfang zu nehmen. »Seid gegrüßt«, sagte der Knabe und nahm die Zügel entgegen, »Mein Herr erwartet euch schon.«

Die beiden römischen Inspektoren betrachteten die Villa. Die Fenster in den Eckrisaliten hatten Glasscheiben in den Kassettenfassungen. Ein paar Stufen führten zum Porticus hinauf. Der Laufgang war sehr tief. Lucius und Aineas gingen durch eine reich verzierte Haustüre in die Eingangshalle des Gebäudes. Dort wurden sie schon von Rufinus begrüßt.

Die Wände der hohen Eingangshalle waren bis unter die Decke farbig getönt und mit Wandmalereien verziert. Die Bildrahmen zeigten Landschaften und Gärten, Bäder, eine Bankettszene oder Opferrituale. Die Malerei war so lebendig gestaltet, dass Bilder und Realität Illusionen erzeugten und Fenster und Durchblicke ein Vorhandensein echter Durchbrüche vortäuschten. Lucius und Aineas sahen sich schwer beeindruckt an. »So eine Halle findest du höchstens in Rom«, flüsterte Aineas seinem Freund zu.

Rufinus führte sie ins Triclinium, wo der Hausherr sie bereits erwartete. »Willkommen in meinem Haus«, empfing sie Gaius Fabricius Magnus. Der Argentarius war ein älterer Mann mit einer souveränen Ausstrahlung. Gaius Fabricius hatte eine kräftige Statur mit einem ausladenden Bauch. Sein Gesicht mit dem kurzen, weißen Haar war leicht gerötet.

Mit ausgebreiteten Armen ging der Hausherr auf die Besucher zu und begrüßte sie herzlich. Dann stellte er Lucius und Aineas seinen weiteren Gästen vor. Es waren vor allem Männer aus den umliegenden Gütern, aber auch der stellvertretende Statthalter von Mogontiacum, Marcus Servilius, darunter.

»Ich freue mich, dass du heute mein Ehrengast bist«, sagte Gaius und führte Lucius zu den Liegen. Die drei Liegepolster waren um einen großen Tisch in der Mitte gruppiert. »Hier ist dein Platz«, Gaius zeigte auf den Ehrenplatz auf der mittleren Liege. Lucius legte sich auf das bequeme Polster und sah sich im Raum um.

Die Wände des Speisesaals waren farbig bemalt und reich mit Ornamenten und Girlanden verziert. In den Bildtafeln wurden die Götter Bacchus und Ceres durch üppige Speisen und Gelage verherrlicht. Ein Zierbrunnen in der Mitte des Saals sprudelte kleine Wasserfontänen in die Höhe. Im Hintergrund begleiteten drei Musiker das Essen mit ihrem Flötenspiel.

Gaius Fabricius Magnus dankte den Göttern und opferte ein paar Speisen auf einem kleinen Altar in einer Ecke. Sklaven füllten Honigwein in Becher und reichten sie den Gästen. Der Hausherr legte sich nun auch auf seinen Platz und reichte die Eier-Vorspeise herum.

»Du hast ein paar muntere Tage hinter dir, Beneficiarius«, schmunzelte Gaius und seine kleinen, runden Augen glitzerten amüsiert, »Einen Schmuggler erwischt und Falschmünzen gefunden, wie ich höre. Ein furioser Einstand für einen jungen Mann.« Lucius kaute gerade und dankte mit einem Kopfnicken.

»Der arme Baldruus«, sagte Gaius weiter, »Ich hoffe, du hast ihm jetzt nicht das Geschäft verhagelt.«

Lucius schluckte runter und erwiderte: »Ich glaube, so schlimm kommt es nicht. Die Händler werden in Zukunft genauer auf die Münzen schauen, das ist alles – hoffe ich jedenfalls. Wir werden zumindest die Augen offenhalten.«

»Das ist gut. Wir brauchen den Markt hier in Ulmena«, sagte ein Gast, »Mogontiacum ist zu weit, um die Dinge zu kaufen, die wir nicht selber auf unseren Ländereien herstellen können.«

Der Eintopf wurde in Schalen herumgereicht und eine Weile war nur das Löffeln und Kauen der Männer zu hören. Dann nahm Gaius den Faden wieder auf: »Sind die paar Falschmünzen denn wirklich so viel Aufwand wert?«, fragte er Lucius, »Es sind doch so viele inoffizielle Münzen im Umlauf, dass es auf ein paar Falschmünzen gar nicht ankommt. Ich halte das nicht für ein bedeutendes Problem.« Er sah Lucius dabei eindringlich in die Augen.

Er winkte den Sklaven, dass sie den Tisch für den nächsten Gang abräumen sollten. Die Gäste wuschen sich zwischendurch ihre Finger in den Waschschüsseln, die an jedem Tisch standen.

Lucius trocknete sich seine Finger an einem Tuch ab und sagte: »Dafür gibt es aber seit Jahren ein Gesetz, die Lex Cornelia testamentaria nummaria. Sie verbietet, Goldbarren minderwertigere Metalle beizumischen, Silbermünzen zu fälschen und falsche Silbermünzen auszugeben. Als Strafen werden Freie in die Verbannung geschickt und für Sklaven bedeutet es den Tod. Als Beneficiarius muss ich dem Fall nachgehen.«

Gaius zuckte gleichmütig mit den Schultern, »Ich meine, dass wir in der Germania superior zu wenig offizielle Münzen haben. Ich muss es ja wissen. Geld ist schließlich mein Geschäft. Die paar Falschmünzen gleichen eher einen Mangel aus.« Die Sklaven hatten den Tisch inzwischen üppig mit Braten, Fisch- und Geflügelspeisen gedeckt. Schüsseln mit Gemüse und Saucen ergänzten das köstliche Angebot.

Lucius erstaunte es nicht wenig, ausgerechnet einen Argentarius so locker über Falschgeld reden zu hören und fragte nach: »Wie kommt es, dass ausgerechnet du dich über den Umlauf von Falschmünzen so wenig aufregst?«

Gaius wählte mit Bedacht ein Hühnerbein aus und antwortete: »Natürlich ist es richtig, Falschmünzen aus dem Verkehr zu ziehen, weil sie den Geldwert beeinträchtigen. Aber das Schlimmste für einen Mann wie mich wäre der Stillstand. Wenn zu wenig Geld in die Wirtschaft kommt, bricht das System zusammen.«

»Das würde es aber auch, wenn durch zusätzliche Falschmünzen der Wert des Geldes sinkt«, warf Aineas in die Diskussion.

Der Argentarius schüttelte den Kopf: »Das ist leichter wieder in den Griff zu kriegen. Weitaus problematischer wäre es, den Menschen Geld zu entlocken, auf dem sie hocken bleiben, wenn es zu wenig davon gibt. Dann hortet jeder das, was er zu Hause hat«, sagte er und steckte sich eine kandierte Aprikose in den Mund. Gaius spülte das Essen mit einem Schluck Wein hinunter und wandte sich dann Lucius zu: »Ich an deiner Stelle würde nicht zu viel Energie auf diesen Fall verschwenden und besser die knappe Frist deiner Dienstzeit als Beneficiarier zu deinem Vorteil nutzen. Ich habe sehr gute Verbindungen und kann einem ehrgeizigen jungen Mann wie dir bei der Karriere behilflich sein.«

Spät am Abend ritten Lucius und Aineas wieder zurück zu ihrer Station. »Eine merkwürdige Einstellung für einen Argentarius, findest du nicht?«, fragte Lucius seinen Begleiter.

Aineas überlegte kurz und antwortete: »Von seinem Standpunkt aus betrachtet, vielleicht nicht. Ich denke, er versteht sich ganz geschickt auf die Geldwirtschaft und wird auch Falschmünzen akzeptieren, wenn es seinen Geschäften dient.«

Frühlingsgefühle

Erschrocken fuhr Lucius aus dem Schlaf. Ein langgezogener Klagelaut schallte durch den Raum. Verwirrt blickte er sich im Zimmer um. Im Mondlicht des Fensterrahmens sah er Muri sitzen und jammernd miauen. Sie hatte den Kopf gehoben und gab herzzerreißende Klagelaute von sich.

»Dis Pater«, fluchte er leise, stand auf und ging auf das Fenster zu. Muri sah ihn mit großen Augen an und drängte sich seiner Hand entgegen. Heftig rieb sie ihren Kopf und die Flanken an der Hand und tänzelte nervös auf ihren Pfoten hin und her. Dabei murrte und maunzte sie anhaltend und sah ihn mit verklärten Augen an.

»Was ist los mit dir?«, fragte er Muri. Lucius blickte misstrauisch aus dem Fenster, ob draußen etwas Ungewöhnliches vorging. Dann ging er zur Türe und öffnete sie leise. Die Porticus lag verlassen und ruhig da. Entfernt drangen Schnarchgeräusche aus dem Mannschaftsraum zu ihm. Der Frieden der Nacht war ungestört, bis auf das merkwürdige Verhalten seiner Katze. Lucius verschloss die Türe wieder und drehte sich um. Muri war inzwischen von der Fensterbrüstung gesprungen und hatte sich mitten im Raum auf die Fliesen gelegt. Sie rollte sich von einer Seite auf die andere und gab immer wieder Murrlaute von sich. Zwischendurch präsentiert sie mit durchgedrücktem Kreuz ihr Hinterteil und tänzelte mit den Pfoten auf der Stelle. Dann legte sie sich wieder auf die Seite und rollte und rollte und rollte.

Lucius war völlig überrascht von ihrem Verhalten und wusste nicht, was er davon halten sollte. Er sah keine äußerlichen Merkmale einer Verletzung oder Krankheit. Aber ihr eigenartiges Benehmen ließ ihn befürchten, dass die Katze krank war. Entschlossen drehte er sich um und ging leise durch das Haus zu der Kammer neben der Küche, um den Koch zu wecken. Caelius wachte sofort auf, als Lucius ihn an der Schulter packte. Er bedeutete ihm, leise zu sein und mitzukommen. Zu zweit gingen sie über den Innenhof zu Lucius' Zimmer. Muri rollte sich immer noch auf dem Boden hin und her und sah die beiden Männer in der Türe mit glühenden Augen an.

»Kannst du mir sagen, was sie hat? Ist sie krank?«, fragte Lucius den alten Koch. Caelius sah der Katze eine Weile bei ihrem merkwürdigen Treiben zu. Dann bebten plötzlich seine Schultern und er kicherte leise.

»Hihihi, mannstoll ist sie«, lachte er auf, »Sie schreit nach einem Kater.« Caelius hielt sich den dicken Bauch vor Lachen. »Schade, dass wir keinen hier haben, sonst könnte sie sich paaren. Aber so müssen wir die nächsten Tage ihr Liebesgeschrei ertragen.«

»Und wie lange soll das noch gehen?«, fragte Lucius konsterniert.

»Oh, das kann dauern«, bekam er die kichernde Antwort, »vielleicht eine Woche oder länger. Katzen bekommen diese Hitze zweimal im Jahr. Wenn sie dann nicht gedeckt werden, sogar öfter.«

Lucius seufzte auf und ließ die Schultern hängen. Caelius klopfte ihm auf die Schulter und ging wieder zurück zu seiner Kammer. Lucius hörte sein Kichern, bis der Koch durch die Küchentüre verschwand.

Er legte sich wieder in sein Bett und hielt das Kissen an seine Ohren gepresst, um das anhaltende Girren und Miauen der liebestollen Katze zu dämpfen. Am nächsten Tag ging Murilega lustlos und unkonzentriert ihrer Pflicht als Mäusejägerin nach. Auch ihr Appetit hatte schlagartig nachgelassen. Stattdessen umgarnte sie alle Männer auf der Station und rieb sich an allem und jedem.

Die Legionäre machen sich ihren Spaß daraus, die Katze an der Schwanzwurzel zu kraulen oder mit Stöckchen an ihrem Hintern zu streicheln und ihr nervöses Getrampel und Gemaunze damit noch zu verstärken. In den Nächten war an Schlaf nicht zu denken. Murilega veranstaltete auf dem Dach des Gebäudes unbeirrt ihr Katzenkonzert und klagte den Mond an, weil Lucius sie aus seiner Kammer verbannt hatte.

In der dritten Nacht bekam sie endlich Antwort. Aus der Ferne war ein auf- und abschwellendes »Meauau-mauauuu« zu hören. Muri spitzte die Ohren. Die kräftige Stimme kam aus dem Wald. Im schrillen Ton gab sie Antwort. Wieder hörte sie den nächtlichen Rufer. Da lief sie die Dachziegel entlang zu einem Baum, sprang auf einen Ast und kletterte den Stamm hinunter. In ein paar Sätzen war sie am Waldrand und verschwand in dem dichten Gestrüpp.

Murilega hatte sich noch nie weiter von der Station entfernt. Der große, dunkle Wald war ihr fremd und unheimlich. Mit weit geöffneten Pupillen sah sie sich um. Unbekannte Kleintiere huschten und krabbelten durch die Nacht. Viele Töne, die sie schon von der Station aus belauscht hatte, konnte sie nun erstmals einem bestimmten Tier zuordnen. Vorsichtig schlich sie durch den Farn und über Moosteppiche. Sie lauschte angestrengt nach dem Rufer und gab ab und zu einen Laut von sich. Plötzlich raschelte es seitlich im Unterholz und ein dunkler Kater mit einem mächtigen Kopf trat aus dem Gebüsch. Muri duckte sich und fauchte erschrocken.

Der Kater hatte eine massige und kraftvolle Gestalt. Als er näherkam, sah sie im Mondlicht, dass sein Fell grau war mit einer leichten Tigerzeichnung. Ein durchgehender schwarzer Strich folgte seinem Rücken bis zum Schwanz. Der war buschig und endete mit drei schwarzen Ringen. Seine Augen standen weit auseinander und leuchteten gelblich. Seitlich und über ihnen zeichneten sich schwarze Striche ins Fell. Murilegas Herz klopfte zum Zerspringen, als der Kater mit geschmeidigen Schritten auf sie zukam. Er sah beeindruckend aus.

Muri legte sich auf den Waldboden und rollte sich. Interessiert beobachtete der Kater ihr Ritual. Er hatte die Nasenflügel und sein Maul weit geöffnet und flehmte ihren Geruch ein.

»Wer bist du?«, fragte er, »Und was bist du? So ein Fell habe ich noch nie gesehen.«

»Man ruft mich Murilega, ich lebe in dem Haus vor dem großen Wald«, antwortete sie. »Ich wurde aber nicht hier geboren, sondern komme aus einem Land, in dem immer die Sonne scheint. Wer bist du?«

»Ich bin hier zu Hause, der Wald ist mein Revier. Mein Name ist Silvestris«, er streckte seinen Kopf nach vorne und stupste Muri begrüßend am Kopf an.

Die Kätzin sprang auf und lief ein paar Schritte weg. Dann blickte sie wieder zu dem Grauen und gurrte ihn herausfordernd an. Silvestris folgte ihr unverzüglich. Wieder rollte sie sich auf den Rücken, schlug aber gleichzeitig mit der Pfote nach ihm. Der Kater stierte sie mit glasigen Augen an. Er wollte sich paaren, aber immer, wenn er ansetzte, lief

Muri ein paar Schritte weg und rief ihn anschließend mit ihren Lockrufen. Das Liebesspiel wiederholte sich ein paar Mal, dann gab Muri ihre kokette Flucht auf.

Sofort sprang der Kater zu ihr hin, packte sie mit den Zähnen im Nackenfell und ritt auf. Nun ging alles blitzschnell, die eigentliche Begattung dauerte nur wenige Sekunden. Als Silvestris sich zurückzog, durchfuhr die Kätzin ein heftiger Schmerz. Muri stieß einen grässlichen Schrei aus und schlug aggressiv mit den Krallen nach dem Kater. Der erfahrene Silvestris war aber gewarnt und zog sich schnell zurück, bevor sie ihm ein paar Ohrfeigen verpassen konnte.

Entspannt lagen beide anschließend im Moos und putzten sich gegenseitig das Fell. Die ersten Sonnenstrahlen flirrten durch die Bäume. In der Morgendämmerung leuchteten Muris Augen hellgrün. Silvestris schaute sie entzückt an und leckte ihr über den Kopf.

»So eine Augenfarbe hat hier keine der anderen Katzen. Du bist von meiner Art, das weiß ich. Aber ziemlich fremdartig. Ein seltsames Fell hast du, so hell und kaum gezeichnet. Und ziemlich dünn; im Winter wirst du damit erfrieren«, sagte er.

»Ich bin eine Hauskatze. Bei Kälte habe ich es im Domus warm und gemütlich«, erklärte Murilega.

Silvestris zog die Nase kraus. »Ich bin im Wald zu Hause. Um die Zweibeiner mache ich einen großen Bogen. Eingesperrt sein, das wäre nichts für mich. Ich lebe frei.«

»Ich kenne es nicht anders«, erzählte die Kätzin, »Dort, wo ich geboren bin, werden Katzen hochgeehrt. Man hat sogar Tempel und Statuen für sie gebaut. Ich wurde immer sehr gut versorgt. Aber dann haben mich Legionäre, wie sich die Zweibeiner selbst nennen, über das große Salzwasser verschleppt. Eine Weile war ich in einer großen Stadt, Rom genannt. Dann wurde ich von ihnen hierhin mitgenommen. Eingesperrt bin ich eigentlich auch nicht. Ich lebe in einer Gemeinschaft mit einem Zweibeiner namens Lucius und halte die Mäuse aus seinem Haus. Dafür werde ich mit Leckereien und Streicheln verwöhnt.«

Murilega drehte sich auf den Rücken und streckte sich lang aus. Dann stupste sie den Kater mit der Nase an und sprang mit ein paar Sätzen davon. Silvestris verstand die Aufforderung und lief ihr hinterher. Das Liebesspiel begann von neuem.

Zwei Tage blieb Murilega im Wald. Silvestris zeigte ihr sein Revier und gemeinsam gingen sie auf die Jagd. Der Kater brachte ihr bei, wie man schnelle Eichhörnchen fängt. Muri fand auch Geschmack an den Waldmäusen. Zwischendurch paarten sie sich immer wieder leidenschaftlich und lautstark. Am Morgen des dritten Tages begleitete Silvestris die Kätzin bis an den Waldrand zurück. Der verliebte Kater hatte sie nicht überreden können, bei ihm im Wald zu bleiben.

Durch das Gestrüpp waren die Umrisse der Beneficiarierstation schon zu erkennen, als Murilega sich mit einem Nasenstüber von dem Wildkater verabschiedete. Silvestris sah ihr noch eine Weile sehnsüchtig nach, bis sie um die Hausecke verschwand. Dann drehte auch er sich um und verschwand im Wald.

Caelius staunte nicht schlecht, als eine zerzauste Murilega mit hoch erhobenem Schwanz in seine Küche geschlichen kam. Drei Tage war die Katze verschwunden und jeder in der Station machte sich Sorgen um das kleine Tierchen. Lucius hatte das ganze Gebäude auf den Kopf gestellt und überall nach ihr gesucht. Er hatte sogar seine Männer in die Umgebung auf Erkundung geschickt.

Jetzt hockte sich Murilega hin, gähnte und leckte sich die Schnauze. Der Koch schüttelte den Kopf und sagte: »Wo hast du nur gesteckt? Was bin ich froh, dass du wieder da bist.«

Er stellte ein Schälchen Milch auf den Boden, das Muri bis auf den letzten Tropfen aufschleckte. Dann ging die Katze in Lucius' Kammer und rollte sich müde auf seinem Bett zusammen. Sie wurde nicht einmal wach, als Lucius abends schlafen gehen wollte und sich neben sie hinlegte. Murilega schlief vierundzwanzig Stunden einfach durch.

Feuer

Eine kalte Sonne schien im Martius, als Lucius durch die große Porta Principalis Dextra in das Militärlager in Mogontiacum ritt. Er wollte Centurio Marcus Glaucus seinen Zwischenbericht vortragen und die Zolleinnahmen abgeben. Lucius' Vorgesetzter zeigte sich zufrieden mit seiner Arbeit und forderte ihn auf: »Sehr gut, mach weiter so. Ich bin deiner Meinung, Falschmünzerei sollte man nicht auf die leichte Schulter nehmen. Auch wenn viele denken, das ist ein lässliches Vergehen. Es ist Betrug an Rom, so sehe ich das. Versuche, so viel wie möglich über das Falschgeld herauszubekommen«, klopfte Severus ihm auf die Schulter, »Die Hälfte der Dienstzeit ist fast rum. Wenn du wieder hier bist, sprechen wir über deine neuen Aufgaben.«

»Was ist eigentlich aus dem gallischen Schmuggler geworden, den ich geschickt habe?«, fragte Lucius nach.

Der Centurio kratze sich am Kopf: »'ne komische Sache ist das. Wir haben ihn hier eingesperrt und gründlich befragt. Er wird vermutlich eine saftige Geldstrafe bekommen und ist dann wieder frei. Die Wachen in Augusta Treverorum hatten auch den anderen Schmuggler gefasst, diesen Alus. Aber der andere, wie hieß er noch ...«, überlegte Severus.

»Hatto aus Bingium«, half Lucius seiner Erinnerung nach.

»Richtig, Hatto«, sagte Severus, »Der ist wie vom Erdboden verschwunden und sein Speicher im Hafen ist völlig leergeräumt. Im Moment wird dieser Gallier – Angus – jeden Tag verhört. Wir wollen natürlich wissen, wohin Hatto gegangen ist. Obwohl ich schon denke, dass er sich hinter den Limes verkrochen hat.«

»Wenn das so ist, dann sehen wir ihn so schnell nicht wieder«, sagte Lucius enttäuscht, »Vielleicht hat er eine Warnung erhalten. Frage ist, von wem?«

»Das ist genau der Gegenstand unseres Verhörs«, brummte der Centurio.

In den langen Fluren des Statthalterpalastes traf er auf seine Kollegen, Beneficiarier aus Altiaia und Borbetomagus, die auch zum Rapport einbestellt waren. Lucius verabredete sich mit seinen Freunden für den Abend in einer Taverne im Vicus Novus.

Am Abend saß Lucius mit Quintus Vorenus aus Altiaia und Dimetrius Silvanus aus Bormetomagus in der Taverne Vinaria in der Siedlung vor dem Militärlager um einen runden Holztisch. Die Taverne war einfach und gemütlich eingerichtet. Unter der Gewölbedecke hingen zahlreiche Öllampen, die ein warmes Licht verbreiteten. Hinter dem breiten Holztresen brannte ein großes Kaminfeuer, über dem ein paar Kessel mit Speisen brutzelten. Ein köstlicher Geruch nach Braten und Saucen durchzog die Taverne.

Die Freunde hatten sich einen Krug mit wasserverdünntem Wein bestellt und eine Platte mit Fleisch und Gemüse. Nun spießten sie mit den spitzen Enden ihrer Löffel die Stücke auf und aßen hungrig. Alle drei hatten zeitgleich ihre Posten als Beneficiarier aufgenommen und jeder erzählte aus seinem Alltag.

»Du hast ja einen guten Fang gemacht mit dem Schmuggler, hab ich gehört«, sagte Silvanus und spülte das deftige Essen mit einem Schluck Wein hinunter.

»Anscheinend nicht ganz, wie ich heute erfahren habe«, antwortete Lucius, »Einer ist uns entwischt, muss wohl eine Warnung bekommen haben.«

»Man sollte meinen, bei mir an der Fernhandelsstraße müssten die Schmuggler doch Tag und Nacht unterwegs sein. Aber nein«, rätselte Quintus, »Alles ist ruhig, zu ruhig.«

»Ich hab den Verdacht, dass sie sich über irgendwelche Zeichen verständigen und alle abwarten, bis die Sache in Vergessenheit gerät«, vermutete Lucius.

»Oder sie sind auf anderen Wegen unterwegs«, warf Silvanus dazwischen. Ein frustriertes Kopfnicken bekam er zur Antwort. Eine Weile ließen sich die Freunde das Essen und den Wein schmecken. Nach dem Mahl wusch sich Lucius seine Finger in der Handschüssel und trocknete sie am Halstuch ab.

Dann griff er in seine Tasche und holte einen Aureus heraus, die Falschmünze, die er von Ulmena mitgenommen hatte. Er zeigte sie seinen Freunden.

»Ich bin durch Zufall auf eine Serie von Falschmünzen gestoßen«, sagte er und hielt seinen Freunden die Münze vor Augen, »Seht mal, wie rund der Rand ist. Besser, als bei den echten Münzen. Außerdem ist sie minimal größer, um das Gewicht etwas auszugleichen. Im Inneren hat sie einen einfachen Bleikern.« Er drehte die Münze und zeigte ihnen die abgeschliffene Kante.

»Wo hast du sie bekommen?«, fragte Quintus direkt.

»In Ulmena auf dem Markt. Drei Händler wurden damit hereingelegt.«

»Wie das?«, wunderte sich Silvanus.

»Ziemlich raffiniert«, gab Lucius zu, »In den Morgenstunden, wenn das Licht noch nicht so hell ist, geht ein Mann zu einem Stand und kauft ein billiges Teil, das er mit dieser Münze bezahlt. Der Händler gibt ihm sein Wechselgeld, sein echtes wohlgemerkt. Das macht er dann an mehreren Ständen und ist weg, bevor der Markt so richtig beginnt.« Lucius zog eine Augenbraue hoch und grinste schief: »Ich habe an dem Markttag in Ulmena jede Menge neuer Flüche kennengelernt.«

Seine Freunde lachten lauthals. Dann sahen sie sich die Falschmünze nochmal genauer an. »Saubere Arbeit«, meinte Quintus.

»Vielleicht könnt ihr die Augen offen halten, ob sich in eurem Zuständigkeitsbereich etwas in dieser Richtung tut«, Lucius schenkte die Becher mit Wein voll, »und mir dann eine Nachricht geben.«

»Du denkst, dass das hier«, Quintus hielt die Münze hoch, »ein größeres Geschäft ist?«

Lucius nickte dazu: »Sie ist zu perfekt gearbeitet, um sich auf einen kleinen Marktflecken wie Ulmena zu beschränken. So viel Mühe macht man sich nicht für einen kleinen Vicus.«

Wieder in der Beneficiarierstation besprach Lucius seinen Plan, den er sich auf dem Ritt zurück überlegt hatte, mit Aineas und den beiden Legionären. Am nächsten Morgen ritten sie in aller Frühe zu dem Vicus Ulmena. Baldruus kam aus seinem Haus gelaufen und sah ihnen überrascht entgegen.

»Was ist hier los?«, rief er Lucius zu.

Der Beneficiarier lenkte sein Pferd auf ihn zu und stellte die Lanze auf dem Boden ab. Dann stieg er aus dem Sattel. »Ich grüße dich Baldruus«, nickte er dem Dorfältesten zu, »Wir fahnden nach weiteren Falschmünzen. Jedes Haus im Dorf wird durchsucht. Sag deinen Leuten, sie sollen sich ruhig verhalten. Wir nehmen nur das Falschgeld mit, sonst nichts. Du hast mein Wort.«

Baldruus verzog wütend das Gesicht und drehte sich um. Ein paar Männer waren aus ihren Häusern gekommen und liefen mit grimmigen Mienen auf den Dorfältesten zu. Der hob die Hände in einer beschwichtigenden Geste und redete auf sie ein. Vereinzelt wurden Protestlaute und Flüche laut. Ein paar blickten zornig zu den Legionären. Lucius hatte vorgehabt, dass jeder von ihnen ein Haus durchsucht, aber ein Rundblick auf die empörten Dorfbewohner warnte ihn. Er gab den Befehl, jeweils zu zweit ein Haus zu durchforsten und gab Vitus Lanatix ein Zeichen, ihm zu folgen.

Beide betraten das Haus des Dorfältesten. Baldruus eilte ihnen hinterher und zwängte sich hinter ihnen durch die Türe. Er stellte sich breitbeinig vor Lucius und kreuzte seine Arme vor die Brust. »Was hat das zu bedeuten?«, herrschte er den Beneficiarier an, »Hast du uns etwa in Verdacht, die Falschmünzen anzufertigen?«

»Bei Saturnus, das habe ich nicht gesagt«, erwiderte Lucius und blickte Baldruus offen an, »Wir haben das Falschgeld untersucht. Ich muss wissen, wie viel davon im Umlauf ist. Das sollte auch in deinem Interesse sein und dem deiner Leute. Lass uns unsere Arbeit tun und sorge dafür, dass sich deine Männer nicht widersetzen.«

Lucius ging an dem Mann vorbei in die Wohnhalle. Baldruus' Familie und seine Knechte standen im Raum und blickten misstrauisch zu den drei Männern. Der Hausherr gab seinen Leuten unwirsch einen Wink: »Ihr alle geht wieder an eure Arbeit«, befahl er. Immer noch verstimmt dreht er sich zu Lucius um: »Dann komm, ich nehme an, du willst meine Geldkassette ja wohl als Erstes durchsuchen.« Baldruus betrat die kleine Kammer, in der er mit seiner Frau des Nachts schlief, und schob das Bettgestell an die Seite. Darunter holte er eine schwere Kassette aus dem

Versteck und öffnete das Schloss mit einem Schlüssel, den er um seinen Hals an einer Kette trug. Er stellte die Kassette auf den Tisch, der schon für das Frühstück gedeckt war und sagte: »Da, schau selber.«

Lucius presste die Lippen zu einem Strich, erwiderte aber nichts und ging auf die Kassette zu. Er war erstaunt, dass sie weniger gefüllt war, als er für einen Dorfvorsteher vermutet hatte, sagte aber nichts, um Baldruus nicht auch noch in Verlegenheit zu bringen. Lucius bat um eine Öllampe für besseres Licht und begann, in den Münzen zu wühlen. Es waren Aureii aus verschiedenen Kaiserzeiten darunter, ebenso Sesterzen und Denare. Etliche Münzen waren durch langes Einlagern nachgedunkelt und matt. Lucius interessierte sich vor allem für die glänzenden Gold- und Silbermünzen mit neueren Prägungen und sah sich genau die Darstellungen und Ränder an. Er verglich immer wieder Gewichte miteinander und sonderte vereinzelt Münzen aus. Als er alle Geldstücke aus der Kassette durchforstet hatte und über ein Dutzend verdächtiger Münzen übrig blieb, holte er aus einer Tasche einen Wetzstein hervor. Wie schon zuvor auf dem Markttag rieb er die Kante eines Aureus, bis er die Oberfläche abgeschliffen hatte und im Inneren ein dunkelgrauer Kern zum Vorschein kam.

»Großer Intarabus«, flüsterte Baldruus erschüttert.

Lucius sammelte alle verdächtigen Münzen ein und steckte sie in ein kleines Stoffsäckchen, das er verschloss. »Du nimmst mir das Geld ab?«, fragte Baldruus erschrocken, »Mit der Summe kann ich meine Familie und Gehilfen ein halbes Jahr versorgen.«

»Es tut mir leid, Baldruus«, antwortete Lucius und sah den Dorfältesten nachsichtig an, »Aber du hast es ja schon am Markttag mitgekriegt. Ich bin verpflichtet, alles Falschgeld einzusammeln.« Er wartete einen Moment, bis der ältere Mann die Nachricht verkraftet hatte, und fragte weiter: »Kannst du dich vielleicht erinnern, wann oder von wem du die Münzen bekommen hast?«

Baldruus schwieg eine Weile verwirrt und seufzte dann auf: »Von den meisten kann ich es dir nicht mehr sagen. Die großen Münzen habe ich beim Viehverkauf bekommen oder wenn wir ein Rind geschlachtet und das Fleisch verkauft haben. Die kleinen Münzen sind vielleicht auf dem

Markt eingetauscht worden oder als Lohn für Heiltränke oder Schreibarbeiten. Ich weiß es nicht mehr.«

Der Aresace setzte sich niedergeschlagen in seinen Sessel und starrte die offene Geldkassette an. Aus einem Nachbarhaus schallten lautstarke Flüche zu ihnen herüber. Lucius horchte kurz und sagte dann: »Kannst du bitte dafür sorgen, dass sich dein Nachbar kooperativ verhält?«

Baldruus hob den Kopf und sah Lucius gallig an: »Ja, natürlich. Das ist das, was Rom schließlich will, nicht wahr: gehorsame Untertanen.«

Der junge Mann schluckte eine Erwiderung runter und steckte den Beutel mit den Falschmünzen ein. Dann ging er mit dem Legionär aus dem Haus des Dorfältesten. Baldruus verschloss die Geldkassette und steckte sie wieder in das Versteck zurück. Er beeilte sich, in das Nachbarhaus zu kommen, um dort den Streit zu schlichten.

Lucius und Vitus gingen in das Haus des Stellmachers und forderten ihn auf, ebenfalls seine Geldvorräte offen zu zeigen. Der kräftige Indutio gab nur knurrend sein Einverständnis und holte seinen Geldkasten. Auch hier fanden die beiden Römer etliche Kleinmünzen, die vom Gewicht her von der Norm abwichen.

Bis zum späten Mittag waren alle Häuser von Ulmena durchsucht und eine beträchtliche Menge an Falschgeld gefunden worden. In fast jedem Haus war Geld unter den Klagen, Schimpfworten und Geschrei der Bewohner beschlagnahmt worden.

Um die Dorfmitte herum hatte sich eine große Anzahl an aufgebrachten Männern versammelt, die gegen die Römer schimpften und mit Fäusten drohten. Nicht wenige hielten Knüppel und Mistgabeln in der Faust. Baldruus und seine Ratsgenossen hatten Mühe, die wütende Menge im Zaum zu halten. Die beiden Legionäre blickten sich nervös um und hielten ihre Hände am Schwertknauf. Aineas berichtete Lucius, dass offensichtlich die meisten für ihre Dienstleistungen mit Falschmünzen bezahlt worden waren und es nicht gemerkt hatten.

Die Vier packten die gesammelten Geldbeutel in eine Kiste unter dem Fahrersitz des Wagens und stiegen auf. Lucius führte sein Pferd am Zügel und ging auf den Dorfvorsteher zu. Baldruus sah ihn kalt an.

»Was wir bisher an Münzen gefunden haben, ist noch nicht sehr alt. Bis auf ein paar Ausnahmen sind die meisten erst in den letzten Monaten in Umlauf gekommen. Wie kommt es, dass ihr nichts gemerkt habt?«, fragte Lucius nach.

»Wir kannten keinen Geldverkehr, bevor ihr kamt, und wir gewöhnen uns nur langsam daran«, sagte Baldruus, »Unter uns handeln wir fast immer noch im Tausch. Die meisten meines Stammes dürfte es kaum stören, ob das Geld echt ist oder nicht. Für sie sehen die Münzen alle gleich aus.« Lucius nickte und stieg dann auf sein Pferd. Er grüßte kurz und ritt mit seiner Gruppe aus dem Dorf. Das drohende Gemurmel der Aresacen hörten sie noch eine Weile.

In der Beneficiarierstation sortierten Lucius und Aineas die Geldstücke und erstellten Listen. Die Menge war beachtlich. Das konnte von einem Einzelnen nicht geschaffen worden sein, sondern hatte schon gewerbliche Ausmaße. Es waren Aureii, Denare und Sesterzen darunter. Die meisten waren erst in den letzten Wochen und Monaten hergestellt worden; sie waren wenig abgegriffen und glänzten sehr neu. Ein paar mit Prägungen früherer Cäsaren an anderen Münzen zeigten, dass das Geldfälschergeschäft schon eine längere Tradition hatte.

»Wenn in einem kleinen Vicus schon so eine Menge zusammenkommt«, sagte Aineas, »dann frage ich mich, wie viel erst in den Civitates im Umlauf ist.«

Lucius nickte düster dazu.

Ein eigenartiger Geruch kitzelte Murilega in der Nase und weckte sie aus ihrem Traum. Ihr Kopf ruckte hoch und die grünen Augen suchten im nachtdunklen Raum nach der Quelle der Störung. Die Katze sah Rauch unter der Türritze von Lucius' Schlafkammer hervorquellen und erzitterte. Sie sprang hoch und fauchte. Lucius drehte sich auf die Seite und schlief weiter.

»Oh Bastet, hilf mir«, flehte die Katze stumm.

Sie schwoll ihre Kehle zu einem lauten Brummen an und sprang Lucius an die Schulter. Dicht neben seinem Ohr schrie sie laut auf. Lucius öffnete die Augen und blickte sich verwirrt um. Er sah neben seinem

Kopf Murilega mit angelegten Ohren und großen Pupillen fauchen. »Was zum Hades ...«, murmelte er schlaftrunken und hielt dann inne. Jetzt nahm auch er den Geruch von Rauch wahr und erschrak. Sofort sprang er aus dem Bett und sah die Rauchwolken an der Türe aufsteigen. »Beim Volkanus«, fluchte er und suchte eilig seine Kleidung zusammen. Murilega war schon auf das Fensterbrett gesprungen und kratzte verzweifelt am Holzrahmen. Lucius lief zu ihr hin und öffnete das Fenster. Sofort sprang die Katze hinaus ins rettende Freie. Lucius sog tief die kalte Nachtluft in seine Lungen und hielt dann den Atem an. Er presste sich das Kissen vor Nase und Mund und ging zur Türe.

Vorsichtig öffnete der die Kammertüre, ein Schwall Rauch hüllte ihn sofort ein. Durch den Nebel tastete er sich den Gang entlang bis zum Mannschaftsraum vor. Hier war der Rauch sehr dicht. Es kratzte im Hals und er hatte Mühe, ein Husten zu unterdrücken. Seine Augen tränten und verschleierten die Sicht. Lucius hörte ein Röcheln und orientierte sich an dem Geräusch. Er fand die Türklinke und öffnete die Kammer, in der seine Leute schliefen.

»Raus hier«, rief er aus und presste sich sofort wieder das Kissen auf den Mund. Er schüttelte den nächstliegenden an der Schulter wach und lief dann zum nächsten Bett. Schnell weckte er alle Männer und öffnete die Fenster. Er atmete tief an der Öffnung ein und drehte sich um. Die meisten waren schon nach draußen gelaufen. Schemenhaft sah er einen Mann, wie dieser versuchte, einen Liegenden aufzuheben und sprang hinzu. Er erkannte den Legionär Claudius, der sich abmühte, Arnulf, der das Bewusstsein schon verloren hatte, aus dem Bett zu ziehen. Zusammen nahmen sie den Ohnmächtigen in ihre Mitte und trugen ihn hinaus.

Blind tasteten sie sich durch die Station, bis sie die Porticus erreichten und draußen waren. Erschöpft ließen sie den Hilfsarbeiter zu Boden gleiten und husteten sich erst einmal die Lungen frei. »Wir müssen das Feuer löschen«, krächzte Aineas. Lucius nickte und holte tief Luft: »Caelius, du kümmerst dich um Arnulf. Wir anderen gehen zum Brunnen. Was ihr an Tüchern, Eimern oder Schalen findet, mitnehmen. Wir müssen den Brandherd finden und löschen. Haltet euch aneinander fest, bis wir den Brunnen erreicht haben.«

Zu fünft holten sie nochmal tief Luft und gingen aneinandergefasst in den dichten Qualm hinein; sie tasteten sich zur Küche vor, wo sich die Männer Eimer und Tücher nahmen und weiter zum Brunnen, wo sie die Tücher ins Wasser tauchten und vor den Mund hielten. Sie keuchten durch den Mundschutz verzweifelt nach Luft.

Lucius blickte sich suchend um, wo das Feuer war und sah ein orangefarbenes Flackern in dem Teil, wo er die Arrestzelle vermutete. Er stupste den Mann neben an und zeigte auf die Feuerstelle. Zusammen mit Claudius ging er zu der Zelle und hockte sich davor. Am Boden war der Rauch weniger dicht und Lucius konnte in der vergitterten Kammer ein brennendes Bett erkennen. Die Strohmatratzen und Decken waren am Boden verteilt und brannten lichterloh. Die Flammen schlugen bis zu den Deckenbalken hoch. Lucius stand auf und trat mit einem kräftigen Schlag die Türe ein. Schnell bildeten die Männer eine Kette bis zur Arrestzelle und reichten die mit Wasser gefüllten Schalen und Eimern weiter. Lucius und Claudius schütteten abwechselnd das Wasser über dem Feuer aus.

Um zwischendurch Luft zu bekommen, lösten sie sich mit den nächsten zwei Männern ab. Allmählich lichtete sich der Rauch und das Feuer wurde weniger. Da schallte plötzlich der Ruf des Kochs zu ihnen, dass in der Küche ein zweiter Brandherd war. Schnell liefen die Männer dahin und traten die Türe ein. Dichter Qualm schoss aus der Türe und hüllte sie ein.

Wieder bildeten sie eine Kette und schütteten Wasser in die Flammen. In der Küche war das Feuer nicht so ausgebreitet wie in der Arrestzelle, da es hier noch nicht sehr lange brannte. Aber in den Getreidesäcken in der angrenzenden Vorratskammer schwelten hartnäckige Glutnester, die viel Rauch erzeugten. Lucius und Caelius zogen einzelne Säcke aus dem Raum und warfen sie in den Hof, wo sie von den Männern leichter gelöscht werden konnten.

Bis zum Morgengrauen war die Mannschaft der Beneficiarierstation damit beschäftig, die letzten Flammen und Glutnester zu löschen. Erschöpft und mit rußgeschwärzten Gesichtern standen sie um die aufgeplatzten Säcke mit dem verbrannten und nassen Getreide im Atrium herum. Arnulf hatte sich erholt und bei den letzten Löschaktionen noch mitgeholfen.

»Das war kein Zufall«, krächzte Caelius und betrachtete bitter seine zerstörten Vorräte.

»Natürlich nicht«, antwortete Lucius rau, »Nicht an zwei Stellen gleichzeitig. Und nicht nach dem es schon so lange nicht mehr geregnet hat. Ist doch alles trocken wie Zunder.«

Seine Männer sahen sich unbehaglich an. »Müssen wir mit Schlimmerem rechnen?«, wagte sich Vitus Lanatix vor.

Lucius dachte nach und schüttelte dann den Kopf: »Ich halte das Feuer heute Nacht für eine Warnung. Dennoch: Ab sofort wird es eine Nachtwache geben auf der Station. Ein zweites Mal lassen wir uns nicht überraschen. Wenn mich die Katze nicht gewarnt hätte, wären wir vielleicht schon tot.« Er blickte sich suchend um: »Wo ist Murilega überhaupt?«

Alle hoben den Kopf und schauten sich um, dann ging jeder Einzelne auf die Suche nach der Katze. Draußen vor der Station entdeckte Lucius seine Katze auf einem weit entfernten Baum hocken und lockte sie hinunter. Er nahm sie in den Arm und streichelte sie. »Du bist mir wirklich von den Göttern geschickt worden«, kraulte er Muri am Kopf, »Das ist schon das zweite Mal, dass du mir hilfst.« Die Katze schmiegte ihren Kopf an seine Brust und war erleichtert, dass es ihm gut ging. In den letzten Stunden hatte sie tausend Ängste ausgestanden. Die Beneficiaristation war ihr Zuhause und sie hatte Lucius zu ihrem menschlichen Rudel ausgewählt. Beruhigt schnurrte sie auf. Es wäre für die Katze eine Katastrophe gewesen, wenn sie alles verloren hätte.

Gerade jetzt, wo sie seit kurzem sicher war, dass sie Nachwuchs erwartete. »Was hätte ich nur ohne dich gemacht«, dachte Muri und leckte Lucius die Finger. Es grauste ihr davor, ihre Jungen im Wald großzuziehen, auch wenn der Wildkater Silvestris gesagt hatte, dass er ihr helfen wollte. Sie war ein Leben unter Menschen gewohnt und mochte es nicht anders haben.

Lucius trug die Katze in die Station zurück, wo sich die Männer in der Wachstube um den Tisch versammelt hatten. Immer wieder unterbrachen Hustenanfälle die erschöpfte Ruhe. Lucius setzte die Katze auf den

Tisch ab, wo sie von jedem gestreichelt und gelobt wurde. Mit hocherhobenem Schwanz ging Murilega die Parade der Hände ab und schnurrte stolz.

Caelius hatte aus den verdorbenen Getreidesäcken Körner, die noch halbwegs gut waren, herausgepult und war dabei, ein Frühstück für alle zu bereiten. Er mischte einen Brei und suchte in dem angekohlten Vorratslager nach brauchbaren Oliven und Eiern. Er war wütend, weil über die Hälfte seiner Lebensmittel durch den Brand oder das Löschwasser verdorben waren und der Rest einen bitteren Rauchgeschmack angenommen hatte. Resigniert schüttelte er den Kopf, damit würden sie in den nächsten Tagen wohl leben müssen. »Es hätte auch schlimmer kommen können«, sagte sich der Koch.

»Meinst du, das war ein Angriff der Aresacen?«, fragte Claudius Tiberius, »Vielleicht ein Racheakt, weil wir ihnen vor ein paar Tagen das Falschgeld abgenommen haben?«

Lucius sah auf und überlegte kurz: »Ausschließen kann ich das nicht«, antwortete er vorsichtig, »Aber ich stelle mir vor, dass es in erster Linie eine Warnung sein sollte. Wir sollen dem Falschgeld nicht weiter folgen, das heißt es, nichts anderes. Damit scheiden die Dorfbewohner in meinen Augen aus.« Er rieb sich müde die Hände durch das Gesicht und sagte: »Nein, das kam von den Fälschern selber. Scheint, dass wir mit der durchsuchung von Ulmena in ein Wespennest gestochen haben.«

»Und was willst du nun tun?«, fragte Aineas.

»Weiter beobachten, was passiert. Wir sind beim nächsten Markt in aller Frühe dabei und schauen, was sich tut. Ich habe allerdings so meine Zweifel, dass sich in Ulmena so bald wieder ein Schieber blicken lässt.«

Lucius sollte recht behalten. Bei den nächsten beiden Markttagen tauchten keine neuen Falschmünzen auf und die Dorfbewohner von Ulmena beruhigten sich allmählich wieder. Die Arrestzelle war nach dem Brand baufällig. Alle Holzkonstruktionsteile mussten ausgebaut und ersetzt werden. Ein Zimmermann aus Ulmena bekam den Auftrag, die Fachwerkbalken zu erneuern sowie Bett und Tisch zu ersetzen. Die Steinwände waren schwarz vom Ruß und erhielten einen neuen Putz. Der Schmied fertigte eine vergitterte Eisentüre an und mauerte Eisensprossen in den Fensterausschnitt ein.

In dem Vorratslager war hauptsächlich das Getreide Opfer des Feuers geworden. Der Brandstifter hatte etliche Amphoren mit Öl über die Säcke geschüttet und sie angezündet. Bei den Aufräumarbeiten wurden auch viele Mäuseleichen gefunden, was die Stationskatze für eine kurze Zeit arbeitslos machte.

Ende Aprilis ritt ein Bote aus Mogontiacum an der Beneficiarierstation vor und verlangte, Lucius sofort zu sprechen.

Neugierig kam der junge Mann vor die Porticus und grüßte den Legionär. Er bat ihn in die Wachstube und gab dem durstigen Mann einen Becher mit verdünntem Wein zu trinken. »Danke«, sagte der Bote, »ich komme mit einem offiziellen Auftrag, dass du dich sofort nach Mogontiacum verfügen sollst.«

Lucius hob erstaunt die Augenbrauen: »Wieso das?«, fragte er.

»Das kann ich dir nicht sagen. Hier ist der Befehl dazu«, der Bote gab Lucius ein zusammengeklapptes Wachstäfelchen. Der Beneficiarius öffnete die Klapptafel und las die in Wachs eingeritzten Worte. Seine Augenbrauen zogen sich augenblicklich zusammen. Lucius wurde in die Legionsstadt beordert und sollte sich zu Vorwürfen, die gegen ihn erhoben worden waren, äußern. Gestempelt war der Befehl mit dem Siegel des Statthalters. Aineas war dazugetreten und Lucius zeigte ihm die Tafel. Verwundert schaute Aineas auf: »Was soll das denn, was wird ihm denn vorgeworfen?«

Der Legionär zuckte mit den Schultern, »Ich führe nur Befehle aus.« Aineas brauste auf: »Och komm, erzähl mir doch nichts.«

Lucius legte ihm eine Hand auf den Arm, er wollte mehr wissen und fragte in ruhigem Ton: »Was sagt denn die Latrinenparole im Legionslager?«

Verlegen blickte sich der Legionär um und sagte leise: »Du sollst angeblich Geld unterschlagen haben, heißt es.« Aineas blieb der Mund offenstehen. Lucius richtete sich dagegen auf und lächelte grimmig. »Also doch«, dacht er bei sich, »wir haben auf den Busch geklopft und herausgekommen ist eine Schlange.«

»Das ist doch völliger Unsinn«, empörte sich Aineas, »Wir haben hier die Kasse immer gemeinsam verwaltet, dann müsste ich ja mit drinstecken.«

Betreten schaute der Bote zu Boden: »Ich kann nur das sagen, was man sich in den Fluren der Kommandantur erzählt. Aber die Männer, die Lucius Ovinius Secundus persönlich kennen, sprechen alle für ihn. Vielleicht ist es ja nur ein Missverständnis und du kannst das schnell aufklären.«

Laut sagte Lucius: »Ich reite morgen früh mit dir nach Mogontiacum. Ruh dich für heute aus.« Der Bote schüttelte den Kopf und stand auf: »Verzeih, aber ich habe den Befehl, dich sofort nach Mogontiacum zu bringen.« Der Beneficiarier sah ihn stumm mit großen Augen an. »Das wird ja immer schöner«, dachte Lucius bei sich.

»Ich reite auch mit«, sagte Aineas bestimmt, und als Lucius widersprechen wollte, »das geht mich auch etwas an.« Die Kameraden sahen sich kurz in die Augen, dann nickte Lucius und sagte zum Boten: »Ich packe ein paar Sachen zusammen. Wir können schnell aufbrechen.« Lucius rief nach Arnulf und befahl ihm, sein Pferd und ein Maultier für Aineas zu satteln. Dann ging er in seine Schlafkammer und blieb für einen Augenblick mitten im Raum stehen.

Murilega lag auf dem Bett und döste, als Lucius das Zimmer betrat. Er machte einen konfusen Eindruck. Die feine Nase der Katze roch die Verwirrung und den Zorn, der dem jungen Mann aus allen Poren strömte. Alarmiert sprang sie auf und stellte ihre Sinne auf eine unsichtbare Gefahr ein. Fragend maunzte sie ihn an. Lucius richtete seine schwarzen Augen auf die Katze, aber der Blick ging durch sie hindurch. Muri wurde nervös und ihre Schwanzspitze zitterte. »Was ist mit ihm?«, fragte sie sich beunruhigt.

Dann wurde sein Blick wieder klar und Lucius begann, ein paar Kleidungsstücke in eine Packtasche einzuräumen. Murilega ging auf die Tasche zu und schnüffelte daran. Lucius streichelte sie kurz über den Rücken und sagte: »Ich bin bald wieder zurück. Inzwischen hast du das Bett ganz für dich alleine und wirst nachts nicht mehr von der Decke geschubst.« Die Katze murrte auf und strich um seine Beine herum.

»Ist ja gut Muri«, sagte Lucius, »pass gut auf dich auf, bis ich wieder da bin, hmm?« Er stupste sie an der Nase. Lucius wusste seit kurzem, dass sie Nachwuchs erwartete. Dem Koch war die Veränderung an der Katze zuerst aufgefallen und hatte es ihm gesagt. Muri war rundlicher geworden und am Bauch bildeten sich Zitzen. Lucius hatte daraufhin vorsichtig ihren Unterleib abgetastet und unter seinen Fingern kleine Knubbel gespürt, die sich leicht bewegten. Es überraschte ihn am meisten, dass er sich so darauf freute.

Lucius nahm seine Tasche und verließ den Raum. Murilega sprang hinter ihm her. Sie hockte sich in die Eingangstüre und legte den Schwanz über ihre Pfoten. Die Katze sah zu, wie er sein Pferd bestieg und mit Aineas und einem Mann, den sie nicht kannte, wegritt. Muri hatte Lucius schon oft wegreiten sehen, aber heute war sie sehr besorgt. Sie spürte, dass er bedroht war, konnte aber nicht erkennen, woher die Gefahr kam. Unruhig wanderte sie durch die Beneficiarierstation. In den Räumen summte es aufgeregt wie in einem Bienenstock. Die Mannschaft unterhielt sich erregt über die plötzliche Enthebung ihres Hauptmanns. Die Katze roch und spürte die Nervosität und Ratlosigkeit der Männer. Da niemand die Führung übernommen hatte, brüllte der Koch plötzlich los: »Schluss jetzt. Wir haben Arbeit genug hier. In ein paar Tagen wissen wir Genaues. Und bis dahin hört auf, Hirngespinste zu erzählen.«

Die Gruppe erreichte Mogontiacum erst am späten Abend. Der Kommandant vom Dienst schickte die beiden Freunde ins Gästehaus zum Übernachten. Am nächsten Morgen ließ sich Lucius schon sehr früh bei Marcus Glaucus anmelden. »Es ist gut, dass du so schnell gekommen bist«, begrüßte ihn der Centurio.

»Was für ein Mist wird mir da über mich ausgeschüttet?«, fragte Lucius ungeduldig.

»Ruhig Blut«, antwortete der Centurio und wies auf den Stuhl vor seinem Schreibtisch. Lucius setzte sich steif hin.

»Im Statthalterpalast sind Beschwerden eingegangen, dass du den Handel in deinem Gebiet behindert hast. Du sollst den Markt regelmäßig gestört haben, so dass immer weniger Händler kommen wollten«, begann der Centurio.

Lucius sah seinen Vorgesetzten verständnislos an: »Was ist das denn für ein Unsinn? Wir haben an einem Markttag im Februarius Falschmünzen entdeckt und daraufhin alle Händler kontrolliert. Bei etlichen war Falschgeld gefunden und konfisziert worden, was ja auch völlig korrekt ist. Und wir haben das Dorf Ulmena durchsucht. Du selbst hast mir dafür den Auftrag erteilt.« Der Centurio nickt und Lucius fuhr fort: »Danach waren auf den nächsten Märkten keine Falschmünzen mehr aufgetaucht. Im Gegenteil, ich hatte den Eindruck, dass die Händler ganz zufrieden waren, uns zu sehen. So wagte es keiner, weitere Falschmünzen in Umlauf zu bringen. Es waren auch nicht weniger Marktstände als vorher da.«

Marcus Glaucus machte ein ernstes Gesicht: »Für mich war diese Beschwerde auch banal. Aber der zweite Vorwurf ist bedeutend: Du sollst von dem Schmuggler, den du erwischt hast, Geld erpresst haben.«

Lucius sah ihn verständnislos an. Der Centurio furchte die Stirn und erklärte: »Es liegt ein Protokoll vor, dass du diesen Gallier Angus gequält und mit dem Tod bedroht haben sollst, um Geld aus ihm herauszupressen. Du bist eine Zeitlang allein mit ihm gewesen und man hat seine Schreie in der ganzen Station gehört. Der Gallier hat ausgesagt, du hättest ihn gezwungen, seine versteckten Geldreserven zu verraten und die dann an dich genommen.«

Der junge Mann blieb für einen Augenblick stumm, seine Gedanken rasten. Plötzlich glühten seine Augen vor Zorn auf: »Das stinkt doch zum Himmel«, donnerte er los und erhob sich halb aus dem Schemel, »Das soll der verdammte Gallier mir noch mal ins Gesicht wiederholen.« Der Centurio unterbrach seinen Ausbruch mit einer Geste und Lucius setzte sich wieder hin.

»Das wird nicht gehen. Der Schmuggler ist auf rätselhafte Weise aus dem Arrest verschwunden«, erklärte Severus, »Die Zelle war leer und der Vogel entflogen, vielleicht sogar hinter den Limes. Es gibt keine Spur, was aus ihm geworden ist. Oder ob er noch lebt. Er ist wie vom Erdboden verschluckt.«

Lucius sah seinen Vorgesetzten versteinert an. »Und jetzt gibt es nur noch das Protokoll«, hakte er nach. Severus nickte ernst. Lucius erklärte: »Der Gallier hat mir den Namen seines Helfers in der Station erst verraten, als wir alleine waren. Es ist der Auxiliar Sunno. Angus fürchtete um sein Leben, wenn er den Namen vor Zeugen gesagt hätte. Sunno ist

Chatte. Ich habe ihn danach die ganze Zeit beobachtet, konnte aber nichts weiter herausfinden.« Lucius schüttelte den Kopf. »Er muss einen Weg gefunden haben, mit dem Gallier zu sprechen, bevor der nach Mogontiacum gebracht wurde und ihn überredet haben, eine Falschaussage zu machen.« Hinter seiner Stirn arbeitete es fieberhaft. »Ich frage mich langsam, ob nicht auch das Feuer in der Station von ihm gelegt wurde. Wir hatten immer die Hintermänner der Falschmünzerbande im Verdacht.«

»Das wäre für ihn selber aber auch gefährlich geworden«, entgegnete der Centurio.

»Ich glaube nicht«, überlegte Lucius, »Das Feuer war zuerst in der Arrestzelle direkt neben meiner Kammer ausgebrochen, die Küche auf der Gebäudeseite vom Mannschaftsraum kam dazu, als wir mit dem Löschen des ersten Brandes schon fast fertig waren. Es sollte vor allem mich zuerst treffen. Ich hatte den Brand für eine Warnung gehalten, dem Falschgeld nicht weiter nachzugehen. Vielleicht gibt es ja zwischen Sunno und den Geldfälschern eine Verbindung.« Lucius blickte den Centurio fest in die Augen: »Ich will, dass Sunno hierher zum Verhör geholt wird. Der Gallier ist uns entwischt. Vielleicht bekommen wir mit dem Germanen mehr heraus.«

Marcus Glaucus nickte und sagte: »Den Befehl kann ich geben. Du wirst dennoch vorerst hierbleiben. Eine Anklage liegt gegen dich nicht vor, aber ich kann dich nicht auf den Posten bei Ulmena zurückkehren lassen, bevor das nicht aufgeklärt ist.« Er hob beschwichtigend die Hände, als Lucius schon wieder aufbrausen wollte, »Du wirst dich hier im Legionslager um die Ausbildung der Auxiliartruppen kümmern, bis über den Fall entschieden ist. Wir haben neue Rekruten angeworben und die müssen gedrillt werden.«

Lucius schluckte eine bittere Erwiderung runter und senkte wütend den Kopf. Dann stand er auf, verbeugte sich kurz vor dem Centurio und ging wortlos aus dem Raum.

Aineas hatte im Flur schon auf ihn gewartet. Der Sklave des Kaisers sah ihm bereits am Gesicht seinen Groll an. »Komm, wir gehen einen trinken«, sagte der Grieche und zog ihn mit aus dem Prätorium.

In einer Taverne setzten sie sich an einen Tisch und sprachen leise miteinander. Lucius erzählte von dem Gespräch mit seinem Centurio und seinem Verdacht Sunno gegenüber.

»Passen könnte das«, meinte Aineas zweifelnd, »aber schwierig, nachzuweisen, wenn Sunno schweigt. Es liegt nichts gegen ihn vor. Ich habe mich ein wenig umgehört. Im Prätorium wird gemunkelt, dass der Befehl, dich abzusetzen, von oben kam. Ich bin daraufhin in den Statthalterpalast, habe dort ein paar Freunde. Ein paar reiche Kaufleute aus Mogotiacum hätten gegen dich protestiert. Die Beschwerden liefen über den Tisch von Marcus Servilius, dem Vizestatthalter; er hat veranlasst, dich zurückzuholen. Ohne Rücksprache mit Antonius Laetorius.«

Lucius hob die Augenbrauen und überlegte: »Marcus Servilius? Den haben wir doch bei dem Ehrenmahl von Gaius Fabricius gesehen, nicht wahr?«

Aineas nickte dazu: »Siehst du die Verbindung?«

»Nicht sehr deutlich«, antwortete Lucius zweifelnd, »Der Faden ist ziemlich gut versteckt. Wir brauchen Beweise.« Er schüttelte den Kopf und trank seinen Becher leer. »Ich muss hier bleiben und darf fürs Erste neue Auxiliare in der Ausbildung anbrüllen«, sagte er zynisch, »Ich komme noch mit zur Beneficiarierstation und hole meine restlichen Sachen und die Katze. Ich will Murilega bei mir haben.«

»Das wird Caelius aber gar nicht gefallen«, meinte Aineas, »Er mag die Katze.«

»Das weiß ich«, lächelte Lucius, »Aber Murilega mag mich lieber.«

Der Isis-Tempel

Lucius und Aineas hatten bei ihrer Rückkehr aus der Provinzhauptstadt feststellen müssen, dass Sunno verschwunden war. Der Germane war von den Männern der Station am Morgen noch gesehen worden. Zum Prandium tauchte er nicht mehr auf. Die beiden Legionäre, Arnulf und der Koch suchten die Beneficiarierstation und nähere Umgebung ab. Caelius stellte fest, dass Sunno alle seine Sachen mitgenommen hatte.

Lucius und Aineas sahen sich an. Sie wussten beide, dass Sunno geflüchtet war und versuchte, sich hinter den Limes abzusetzen. Lucius ärgerte sich, dass er den Chatten nicht schon früher einfach zur Rede gestellt hatte. »Über meinen eigenen Stolz gestolpert«, schimpfte er zu sich selbst, »Das kommt davon, wenn man es besonders klug anstellen will.«

»Reg dich nicht auf«, sagte Aineas, »Wir werden andere Beweise finden.« Der kaiserliche Sklave hatte stellvertretend die Leitung der Station übertragen bekommen, bis zum regulären Fristablauf ein neuer Beneficiarius den Posten übernehmen würde. In zwei Monaten wollte Aineas auch wieder nach Mogontiacum kommen. Auf ihrem Weg zurück zur Beneficiarierstation hatten die Freunde ausgemacht, dass Lucius inzwischen alleine die Nachforschungen über das Falschgeld betreiben würde.

Als Optio bildete er Auxiliarsoldaten im Umgang mit dem Gladius und das Werfen mit dem Pilum aus. Er brachte ihnen bei, in enger Formation, Schild an Schild, die Linie zu halten und kurz und emotionslos zuzustechen. An einem Holzpfahl mussten sie Abwehr und Ausfall mit Übungsschwertern und -schilden üben.

Nach seinem Dienst suchte er verschiedene Märkte und Handelshäuser auf und erkundigte sich nach auffälligen Münzen.

Lucius hatte sich eine kleine Unterkunft im Hinterhaus einer Tischlerei in der Nähe der Brücke über den Rhenus besorgt, weil im Legionslager alle Diensträume belegt waren. Außerhalb seiner Dienststunden konnte er sich freier in der Provinzhauptstadt bewegen als im Lager, wo er von vielen Augen beobachtet wurde. Der schmucklose Raum war durch eine geflochtene und lehmverputzte Trennwand in eine Wohnküche und einen Schlafbereich gegliedert. Die Kochecke hatte eine Herdstelle, die auch zum Heizen der Wohnung genutzt werden konnte, da Lucius überwiegend in Tavernen oder der Lagermensa aß. Das Streifenhaus lag an einer Gewerbestraße, an der zu beiden Seiten viele Handwerker und Händler angesiedelt waren. Vom Fenster seiner Schlafkammer aus hatte man einen herrlichen Ausblick auf den Fluss und die Hafenanlage. Die Fensterbank war der erklärte Lieblingsplatz von Murilega. Hier lag sie gerne und schaute den Booten und Kähnen auf dem Rhenus zu, wie sie langsam vorübertrieben.

Die sandfarbene Katze hatte ohne Murren den Umzug von Ulmena nach Mogontiacum mitgemacht. Den Ritt hatte sie eingewickelt und festgebunden an Lucius' Bauch in einem Umhang verbracht und die meiste Zeit geschlafen. Sie war einfach glücklich, dass ihr zweibeiniger Gefährte zurückgekommen war und sie mitnahm. Nur der Gedanke, den Wildkater Silvestris zu verlassen, ließ sie für einen kurzen Moment traurig werden. »Ob er mich wohl vermisst?«, fragte sie sich heimlich.

Ihr Bauch war inzwischen deutlich dicker geworden und man konnte mit bloßen Augen die Bewegungen der Jungen unter der Haut erkennen. Murilega genoss die Ruhe und konzentrierte sich ganz auf ihren Nachwuchs. Beim nächsten Vollmond würde die Geburt sein.

Die Katze hatte sich schnell in der neuen Umgebung eingelebt. Sie vergnügte sich über das bunte Treiben auf der Straße und die vielen Menschen. Das war unterhaltsamer als der geruhsame Alltag der Beneficiarierstation. Wenn Lucius tagsüber seinem Dienst nachging, schlich sie durch eine kleine Öffnung, die er in die Wohnungstüre gesägt hatte, damit sie nach draußen gehen konnte. An dem lauten Sägen und Hämmern der Schreinerei ging sie schnell vorüber. Auch der Hafen, wo sie ab und zu einen Fisch stibitzte, zog sie heute nicht an.

Sie folgte der Straße in Richtung Innenstadt. Etliche verwunderte Blicke folgten ihr, aber sie tauchte schnell im Gewühl unter, und so manch einer fragte sich erstaunt, was das wohl für ein seltsames Tier gewesen war. Von der breiten Straße gingen Gassen ab, in der sich kleine Fachwerkbauten auf Steinsockeln aneinanderreihten. Durch offene Türen konnte man in Werkstätten und Läden hineinschauen. Manche hatten Theken in die Türe gestellt und boten ihre Waren an.

Murilega überquerte einen offenen Platz, von dem mehrere Straßen abgingen. Ein verführerischer duft nach frischem Brot lockte sie an, sie war in der Bäckerstraße angelangt. Die Katze hielt ihre rosa Nase in die Luft und schnupperte. Vorsichtig schlich sie an den Säulengang entlang und schaute in jede Backstube. Im dritten Haus sah sie einen geflochtenen Korb auf dem Boden stehen, in dem kleine Kuchenstücke dampften. Sie krallte sich eines der warmen Crustula und rannte damit schnell um die Hausecke. Genüsslich knabberte sie an dem mit Hand gerührten Naschwerk.

Als sie satt war, streunte sie weiter durch die Straße, an Läden, Tavernen und Handwerker-Stätten vorbei. Ein weiterer Platz öffnete sich am Ende der Straße. Leise Musiktöne drangen durch eine schmale Gasse an ihr Ohr. Die Melodie kam ihr seltsam vertraut vor und sie lauschte angestrengt, woher die Klänge kamen. Ihr Herz begann, schneller zu schlagen. Am Ende der Gasse sah Murilega ein zweigeschossiges Gebäude, das von einer mannshohen Mauer umgeben war. Auf die Mauern waren vereinzelt Figuren und Zeichen gemalt.

Ein Schauer der Freude durchrieselte Murilega, als sie die Symbole ihrer Heimat erkannte. Sie hatte einen ägyptischen Tempel vor sich. Die zarte Flötenmusik zog sie magisch an. Mit schnellen Sprüngen hatte die Katze den Platz überquert und stand vor der Pforte. Die Melodie erkannte Murilega als ein Weihelied zu Ehren der Göttin Isis wieder. Als junges Kätzchen war sie in der Nachbarschaft eines solchen Tempels in Alexandria aufgewachsen und hatte der heiteren Musik oft zugehört. Das Herz Murilegas schlug bis zum Hals, ihre Schwanzspitze zitterte vor Erregung. Sie maunzte vor Freude auf.

Der Eingang war verschlossen, so schlich sie an der hohen Mauer entlang auf der Suche nach einer Möglichkeit, in das Innere zu kommen. Sie sah einen Baum, dessen Äste bis über die Mauerkrone ragten. Die Klänge wurden lauter und Muri krallte sich an der Baumrinde hoch bis in das Geäst. Von den Blättern verborgen, konnte sie hier in den Innenhof sehen. Er war an allen Seiten ummauert und schloss den Zeremonienbereich ein.

Sie sah eine kleine Gruppe von Männern und Frauen, die sich vor einem Altar versammelt hatten. Ein weiß gekleideter Priester stand bei Ihnen und deklamierte laut die rituellen Formeln: »Große Göttin Isis, du Älteste der Alten, du Thron Ägyptens und Schöpferin allen Seins! Meine Gedanken sind die Träger deines Wissens, meine Worte sprechen das von dir zu verkündende Wort und mein Körper ist der heilige Tempel meines von dir belebten Geistes. Wirke in mir, wirke durch mich, wirke mit mir und wirke für mich!« Der Priester war ein älterer Mann mit einem kahl rasierten Kopf. In seinem asketischen Gesicht sprang die Hakennase deutlich hervor, was ihm das Aussehen eines verhungerten Raubvogels gab.

In der Mitte des Gartens waren Brandopferschalen aufgestellt. Auf einem der Altäre rauchte eine Opferschale, in die ein junger Mann Kräuter streute. Die Kräuter verdampften zischend, während der Priester weiter intonierte: »Nimm dies, oh Mater Magna, als Opfergabe an. Möge dein Wille seinen rechten Zweck im göttlichen Plan erfüllen!« Murilega wehte die Rauchfahne ins Gesicht und sie atmete glücklich den heimatlichen Geruch ein. Sie leckte sich über die Schnauze.

Die meisten der Betenden wandten sich jetzt ab und gingen. Der Oberpriester stand mit zwei Adepten zusammen und sprach leise mit ihnen. Dann verschwand er hinter einer Türe im Tempel. Der Garten lag jetzt verlassen da. Murilega sprang von dem Ast, auf dem sie hockte, mit einem Satz auf den Boden. Sie erinnerte sich, dass Isis in ihrer Geburtsstadt auch als Große Mutter und Gottheit der Geburt verehrt wurde, und hoffte für sich und die Jungen, die sie erwartete, eine leichte Entbindung. Laut miaute die Falbkatze auf. Dann kam ihr eine Idee und sie sprang auf den Altar mit der Wasserschale hoch. Geschickt glitt sie an ein paar kleinen Steinfiguren und Öllämpchen vorbei. Sie senkte ihren Kopf über einer Schale und sah ihr Spiegelbild im Wasser. Durstig trank sie ein paar Schlucke. Dann hüpfte sie vom Altar herunter, ging auf ein Holzlager zu und kletterte darüber auf den Baum zurück. Sie sprang auf die Straße und eilte mit federnden Schritten und hoch erhobenem Schwanz nach Hause.

Lucius war mit seinen acht Soldaten auf einem Übungsmarsch auf dem Paradeplatz der Lagervorstadt. Er erhöhte immer wieder das Marschtempo, um Eilmarsch und rasche Rückzüge zu üben. Zuvor hatten sie Gefechtsausbildung, den offenen Kampf und die Abwehr unerwarteter Angriffe und Überfälle trainiert. Lucius zeigte sich dabei als harter und kompromissloser Ausbilder, der besonderen Wert auf dasan der Waffe und den Waffendrill zur Stärkung der Disziplin legte. Zur Übung wurden Holzschwerter und Schilde aus Weidengeflecht verwendet, um Verletzungen vorzubeugen.

Die Ausrüstung der Auxiliare unterschied sich nur in Schild und Stangenwaffe: Statt des schweren Scutums der Legionen führten die Auxiliarverbände das leichtere ovale Clipeum, statt des Pilums der Legionen die Hasta, eine Hand- und Wurflanze, die im Stoß eine höhere Reichweite als ein Schwert besaß. Wie alle Legionäre führten auch die leichten Infanteristen natürlich das Kurzschwert, den Gladius und das Pugio, einen Dolch.

Lucius sagte seinen Soldaten immer wieder, dass sie auserwählt seien und einer Eliteeinheit angehörten. Sein Ausbildungsziel sollten hervorragend durchtrainierte Männer sein, die im Bedarfsfall ohne zu zögern ebenso entschlossen waren wie er. »Merkt es euch: Jede Übung ist ein unblutiger Kampf. Kämpft so, als wenn es wirklich ernst ist«, sagte er immer wieder.

Die Männer waren untereinander eng verbunden und stolz auf die Einheit, der sie angehörten. Er lehrte seine Männer die unbedingte Geschlossenheit, durch die jeder von seinem Nebenmann gedeckt wurde. Die Aufgaben der Auxiliartruppen war es, im Kampf die Legionen zu unterstützen und vor allem, den Grenzschutz am Limes zu übernehmen.

Während seine Rekruten am Nachmittag erschöpft von der langen Marschübung in das Lager zurückkehrten, ging Lucius in eine nahegelegene öffentliche Therme. Im Umkleideraum entkleidete er sich und gab seine Sachen einem Sklaven zur Reinigung. Auf Holzschuhen und mit einem Handtuch um seine Hüften betrat er das Caldarium, den Heißbaderaum und stieg in eines der Heißwasserbecken. Mit einem lauten Aufseufzen legte er sich in das Wasser und schloss die Augen. Ein Sklave kam und überschüttete ihn mit warmen Güssen. Entspannt lehnte sich der junge Mann zurück und spürte, wie sich seine harten Muskeln lockerten.

Seine Gedanken kreisten um den morgigen Tag. Lucius hatte den Plan, auf dem großen Markt in Mogontiacum einzukaufen und dort auf einen günstigen Moment zu warten, um die Spur des Falschgeldes wieder aufzunehmen.

Entspannt stieg Lucius aus der Wanne, trocknete sich ab und wechselte ins Tepidarium. Der Raum hatte eine angenehme Temperatur von 20 bis 25 Grad Celsius. Hier ließ er sich von einem Bediensteten einölen und die anstrengende Marschübung aus den Muskeln massieren und hing seinen Gedanken weiter nach.

Seit drei Wochen suchte er immer wieder die Märkte und Läden in der Innenstadt, den Hafen und den nahe gelegenen Vici auf und sprach mit einigen Kaufleuten. Dabei hatte er die Entdeckung gemacht, dass die Preise in Mogontiacum höher waren als auf dem Markt in Ulmena. Er fragte nach dem Grund und bekam zu hören, dass zurzeit viel gekauft wurde und sie mit den Lieferungen manchmal nicht nachkamen.

Ein paar Händler erkannten erst dann, dass ihnen Falschmünzen untergeschoben worden waren, als sie von Lucius auf die feinen Unterschiede aufmerksam gemacht wurden. Viele Verkäufer konnten sich an die Personen erinnern, von denen sie das Geld angenommen hatten. Und so bekam Lucius mit der Zeit die Beschreibung von drei Männern und einer Frau heraus, die mit der Charakterisierung der Meisten übereinstimmten. Lucius hatte vor, diese Vier zu beobachten und ihnen zu folgen.

Die Massage hatte ihm gut getan und seine verhärteten Muskeln gelockert. Er ging ins Frigidarium, dem Kaltbaderaum, zum Abkühlen, und sprang dort in das Kaltwasserbecken. Erfrischt stieg er aus dem Becken und trocknete sich ab. Dann ging Lucius zu den Umkleideräumen zurück und holte sich seine Kleidung ab, die ein Sklave vom Staub des langen Marsches abgebürstet hatte.

Auf dem Weg zu seiner Wohnung aß er etwas in einer Taverne und ließ sich die Reste der Mahlzeit für die Katze in einem ausgehöhlten Brotlaib mitgeben. Zu Hause erwartete ihn dann eine große Überraschung.

Murilega war seit dem Morgengrauen unruhig in der Wohnung auf und abgelaufen und hatte immer wieder miaut. Ein paar Mal lief sie nach draußen, weil sie einen Druck auf der Blase verspürte, ohne aber zu urinieren. Als die Sonne dann aufging, legte sie sich auf das Bett und scharrte sich mit den Krallen eine Kuhle mit Rand aus der Decke. Hektisch drehte sich die Katze ein paar Mal um die eigene Achse und legte sich für die Geburt hin. Es war keine Minute zu früh, denn jetzt spürte sie den Druck auf das Becken immer stärker und die Presswehen setzten ein. Deutlich waren jetzt die Kontraktionen der Bauchmuskulatur zu erkennen.

Murilega schrie auf, als der erste Katzenwelpe geboren wurde. Sie drehte sich zu der gräulichen Blase um und riss sie auf. Mit ihrer rauen Zunge leckte sie das winzige Kätzchen aus der Fruchtblase frei und durchbiss die Nabelschnur. Der Welpe begann, zu atmen und sich zu bewegen. Dann schrie er piepsig und fing an, nach dem Bauch mit den Zitzen zu schnuppern. Murilega beseitigte unterdessen die Nachgeburt. Das Erstgeborene hatte die Zitzen gefunden und saugte gierig daran. Muri leckte ihrem Welpen das nasse Fell sauber und schnurrte zufrieden auf. Das Kätzchen hatte eine dunklere Haardecke als die Mutter, mit ein paar schwarzen Streifen drin. Sie fand, dass es eine gelungene Mischung aus ihrem und Silvestris Fell hatte. Nach einer kurzen Erholungspause setzten erneut Wehen ein. Bis zum Nachmittag hatte Murilega drei gesunden Kätzchen das Leben geschenkt. Das Zweitgeborene hatte den gleichen graugestreiften Pelz wie der Vater und das jüngste Kätzchen war so hell wie seine Mutter, aber mit einem schwarz geringelten Schwanzende.

Als Lucius heimkam und die Türe öffnete, blieb er im Raum stehen und starrte die Kinderstube auf seinem Bett verdattert an. Dann lachte er schallend auf und fiel vor der Liege auf die Knie. »Das ist ja fantastisch, Muri«, lächelte er strahlend und kraulte der jungen Mutter den Kopf. Mit leuchtenden Augen betrachtete er die drei kleinen Welpen, wie sie nebeneinander am Bauch lagen und nuckelten. Zart strich er mit den Fingern über ihre winzigen Körper. Sie hatten flaumweiches Fell und ihre Köpfchen waren kaum größer als sein Daumen. Lucius staunte über das Wunder des Lebens und war gerührt. Murilega murrte warnend auf und er zog schnell seine Hand weg. »Keine Angst, ich tu ihnen nichts«, sagte der junge Mann.

Dann blickte er sich um. »Und wo, bitteschön darf ich heute Nacht schlafen?«, fragte er seine Katze. Die ignorierte das und putzte ihren Welpen über die kleinen Bäuche. Lucius stand seufzend auf und räumte eine Holzkiste leer. Dann packte er kurzerhand die Decke samt Katzenfamilie hoch und trug sie zur Kiste. Vorsichtig legte er das Quartett hinein und polsterte den Rand mit dem Wollstoff aus. Er würde sich die nächsten Wochen nachts beim Schlafen mit seinem Mantel als Decke begnügen müssen. Muri sah sich in der Kiste um und schnüffelte an den Holzwänden, dann schnurrte sie zufrieden auf und legte sich hin.

Die Spur der Münzen

In der Frühe verkleidete sich Lucius als einfacher Zivilist mit einer dunklen Leinentunika mit langen Ärmeln und einem Mantel darüber. Darunter trug er halblange Wollhosen wie die Einheimischen. Ein einfacher Lederriemen und eine eiserne Fibel hielten die Tracht zusammen. Auf den Kopf setzte er eine eng anliegende Filzkappe, um den typischen römischen Kurzhaarschnitt zu verbergen. An den Füßen trug er schlichte Bundschuhe aus Leder.

Auf den Rücken schnallte er sich einen geflochtenen Weidenkorb, der für den Einkauf gedacht war. So getarnt ging er zum Markt auf dem Forum. Er gab sich als wählerischer Kunde, der sich die Waren erst genau anschaute, bevor er seine Entscheidung traf, und bummelte zwischen den Ständen hin und her. Dabei beobachtete er die Menschen um ihn herum aus den Augenwinkeln.

Der Markt hatte gerade erst begonnen und einige Händler waren noch dabei, ihre Stände aufzufüllen. Viele Menschen gingen aber schon durch die Reihen oder standen an den Holztischen und handelten mit den Verkäufern. Die Auswahl an Feldfrüchten war geringer als üblich. Die immer noch anhaltende Trockenheit in der Provinz sorgte dafür, dass Bohnen, Kohl und Erbsen kleiner und in geringerer Anzahl sprossen. Die Preise für Lebensmittel, Öle und Gewürze waren wieder etwas angestiegen und Lucius hörte manch gereizten Wortwechsel. Glaswaren aus der Colonia Claudia Ara Agrippinensium oder Halbedelsteine aus Kleinasien konnten sich nur noch die wohlhabenden Bürger Mogontiacums leisten.

Lucius folgte unauffällig einer Frau mittleren Alters, die mit der Beschreibung, die er hatte, Ähnlichkeit besaß. Sie trug eine knöchellange langärmelige Leinentunika und darüber einen ebenso langen Umhang aus Wolle. Die Schultern waren mit einem Paar Fibeln festgesteckt und die Taille gegürtet. Auf dem Kopf trug sie ein Haarnetz. Lucius beobachtete, wie sie kleine Tiegel mit kosmetischen Salben kaufte und am nächsten Stand einen polierten Metallspiegel. Alle Einkäufe bezahlte sie mit einem glänzenden Denarius. Lucius betrachtete die Frau eingehend und prägte sich das Gesicht ein.

Dann suchte er den Markt nach den Männern ab, die ihm beschrieben worden waren, und entdeckte zwei von ihnen in ein paar Fuß Entfernung. Sie hatten sich mit Augenkontakt und unauffälligen Handzeichen verständigt und waren dann auseinandergegangen. Dieser kurze Austausch war Lucius aufgefallen. Er wechselte schnell in die nächste Verkaufsgasse und ging dem Mann entgegen. Unter der gesenkten Stirn sah er ihn unauffällig an. Der Mann war ähnlich wie Lucius mit einer gewöhnlichen Tunika, einem Kurzmantel und einer Wollhose bekleidet. Er interessierte sich hauptsächlich für kleine Handwerksgeräte aus Metall und bezahlte auch hier mit hohen Werten. Der Verdächtige hatte eine auffällig große Nase und seine Augen verschwanden fast unter den buschigen Brauen.

Lucius merkte sich die Händler, bei denen die Waren eingekauft wurden, und forschte weiter den Markt nach den anderen Schiebern ab. Inzwischen war es sehr voll geworden auf dem Platz. Im Gedränge sah Lucius noch einen Mann an einem Stand stehen und mit einer goldenen Münze zahlen. Er folgte ihm unauffällig und überwachte seine Einkäufe von geringem Wert, die er mit großen Münzen bezahlte. Manch einer der Händler murrte dabei, dass er so viel von seinem Wechselgeld zurückgeben musste. Aber der Markt war inzwischen in vollem Gange und die Händler hatten keine Zeit mehr zum Diskutieren, weil schon der nächste Kunde an den Stand kam.

Bis zum späten Vormittag hatte Lucius alle vier Hehler ausgemacht und wusste nun sehr genau, wie sie aussahen. Er hatte gesehen, wie sich die kleine Gruppe schließlich traf und kurz besprach und dann in verschiedene Richtungen auseinanderging. Damit war für ihn die Bespitzelung auch zu Ende. Lucius ging zurück in seine Wohnung, um sich für den Dienst umzuziehen.

Am späten Abend brachte er für Murilega einen Fisch nach Hause, da er wusste, dass sie dafür eine Vorliebe entwickelt hatte. Er schnitt ihn in kleine Stücke und fütterte seine Katze mit der Hand, damit sie nicht aus ihrem Kindbett raus musste. »Du glaubst ja nicht, was deine Babys jetzt schon für Furore sorgen«, erzählte er von seinem Tag, »Kaum habe ich davon erzählt, habe ich schon irrsinnige Summen für sie geboten bekommen. Fast jeder im Prätorium will auch ein Kätzchen haben.«

Muri sah ihn nur kurz an und kaute weiter an dem Fisch; sie hatte keine Ahnung, was er damit meinte, und es war ihr auch egal. »Prätorium?«, fragte sie sich still, »Kann man das essen?«

Lucius hatte von seinem Familienzuwachs in der Lagertaverne erzählt und war schon kurz danach von mehreren Offizieren angesprochen worden, ob er die Kätzchen auch verkaufen würde. Er war erstaunt, dass die Nachricht wie ein Lauffeuer rumging und er am späten Nachmittag bereits die erste Anfrage aus der Principia des Statthalterpalastes bekam.

Der Sekretär des Statthalters erzählte Lucius, dass es nur eine Handvoll Katzen aus Ägypten in der ganzen Germania Superior gäbe und diese als Nutz- und Gesellschaftstiere in den Stadthäusern sehr begehrt waren und als Luxus und Statussymbole angesehen wurden. Der erste Nachwuchs in der Stadt würde ihn zu einem reichen Mann machen können. Vor allem die Frauen der wohlhabenden Häuser wollten als Mäusefänger lieber Katzen als Frettchen haben. Die eleganten Tiere stanken nicht so fürchterlich und waren viel hübscher und anschmiegsamer.

Lucius hockte neben der Holzkiste und betrachtete lächelnd die kleine Familie. Murilega hatte sich auf der Seite zusammengerollt und ihre Welpen am Bauch eingekuschelt. Die Kleinen tapsten auf winzigen Pfötchen umher und suchten die Wärme und Nahrungsquelle. »Keine Angst, Muri«, sagte Lucius, »ich nehme dir die Kleinen nicht weg.«

»Angst?«, dachte die Katze und blinzelte ihn träge an, »Warum sollte ich Angst haben? Die Große Göttin beschützt uns doch. Schließlich habe ich vom Heiligen Wasser getrunken.« Sie riss ihr Maul weit auf und gähnte herzhaft. Der junge Mann stand auf und ließ sie in ihrer Kiste alleine.

Eine Woche später wurde Lucius im Flur des Prätoriums angehalten und ein Wachstäfelchen übergeben. Er öffnete den Holzdeckel und las eine eingeritzte Einladung zum Essen in die Villa bei Ulmena. Gestempelt war die Notiz mit dem Siegel von Gaius Fabricius Magnus. Lucius hob überrascht die Augenbrauen. Er nahm den Metallgriffel und ritzte eine Antwort unter die Nachricht. Dann klappte er die Wachstafel zu und gab sie dem Boten zurück: »Sag Gaius Fabricius, ich freue mich sehr auf das Essen.«

»Mach es dir bequem«, begrüßte ihn Gaius Fabricius und wies auf die Liege, auf der Lucius schon bei der ersten Einladung Platz genommen hatte. Der junge Mann legte sich zu Tisch und ein Sklave reichte ihm sofort eine Schale mit Duftwasser, um sich die Hände zu waschen. Ein Zweiter stellte einen Becher vor ihm auf den Tisch.

Der Hausherr legte sich neben ihn hin. »Ich denke, die meisten kennst du schon«, sagte Gaius und zeigte in die Tischrunde der anderen Gäste, »Du bist natürlich heute Nacht mein Gast. Es wird nachher zu spät sein für den Rückweg nach Mogontiacum.« Lucius nickte verbindlich und trank den Wein. Er grüßte ein paar Nachbarn aus den umliegenden Landgütern, die er kannte, sowie zwei wohlhabende Kaufleute aus der Legionsstadt. Die Unterhaltung der Tischgesellschaft, die durch seine Ankunft kurz unterbrochen war, ging lebhaft weiter.

»Es blieb Hadrian doch nichts anderes übrig, als Präfekt Attianus seines Amtes zu entheben, um den Senat zu beschwichtigen«, sagte gerade einer der Kaufleute.

»Das hätte sich Cäsar besser vorher überlegen sollen«, brummte Gaius Fabricius abfällig, »Ich halte es für unklug, vier wichtige Militärkommandanten hinzurichten auf den bloßen Verdacht hin, dass sie Hadrians Machtübernahme und seinen außenpolitischen Kurswechsel missbilligen und gewaltsam dagegen vorgehen wollen. In meinen Augen wurden sie zu Unrecht beschuldigt.«

Es überraschte Lucius nicht, dass in dieser Runde eine Nachricht besprochen wurde, von der er erst gestern im Prätorium gehört hatte. Es ging dabei um die Ausschaltung einer Gruppe von vier wichtigen Militärkommandanten Trajans, Avidius Nigrinus, Aulus Cornelius Palma Frontonianus, Lucius Publilius Celsus und Lusius Quietus, die im Verdacht standen, einen Putsch gegen Hadrian zu planen. Ein Mann wie Gaius Fabricius Magnus verfügte selbstverständlich über ein schnelles Nachrichtennetz.

Der Hausherr klatschte in die Hände und zwei Sklaven kamen mit einem großen gusseisernen Topf, den sie auf dem Tisch abstellten. Sie verteilten den Fischeintopf in Schalen und reichten sie den Gästen.

Vorsichtig aß Lucius das heiße Gericht und hörte aufmerksam den Gesprächen weiter zu. Dann wendeten sich die Gespräche dem Umbau des Theaters in Mogontiacum zu. Der neue Bau war mit 380 Fuß Durchmesser das größte Bühnentheater nördlich der Alpen. Die Vorbereitungen für den Festtag zu Ehren des Drusus waren im vollen Gange und die Bürger der Legionsstadt freuten sich schon auf die Festakte, die mit einem Bankett und der Pompa Triumphalis, der feierlichen Prozession zur Eröffnung beginnen würden. Geplant waren Umzüge, Paraden, Lobreden und Theaterstücke über Drusus. Abordnungen aus ganz Gallien reisten extra zu diesem Ereignis an.

Im Schatten des Theaters wurden etliche Verkaufsstände aufgebaut, die Talismane, warme und kalte Mahlzeiten oder Bier, Wein und Met anboten.

»Wirst du auch zu den Spielen gehen, Lucius Ovinius?«, wurde er gefragt. Er stellte seine Schale ab und sagte: »Wir von der Legion sind aufgefordert, auf die Ordnung zu achten. Es kommt bei solchen Festen schnell zu Schlägereien zwischen Betrunkenen. Entweder, weil man versehentlich angerempelt wird oder aus purer Streitlust. Irgendeinen Grund zum Prügeln finden manche immer.« Lucius nahm sich ein paar Oliven, »Außerdem halte ich die Eintrittspreise für reichlich überzogen«, bemerkte er. Von einigen Gästen hörte er zustimmendes Schnauben.

Die Sklaven hatten den Tisch mit Köstlichkeiten vollgestellt, die Auswahl an Gemüsen, Fleisch, Fisch und Früchten war riesig. Lucius pulte mit dem spitzen Ende seines Löffels das Fleisch eines Seeigels aus der Schale und tauchte es in ein Schälchen Liquamen.

»Die Preise sind in den letzten Wochen überall gestiegen. Wenn das weiter so geht, wird es irgendwann schwierig«, behauptete der Mann zu seiner Rechten, »In der großen Stadt mag es ja noch gehen, aber hier auf dem Land können sich die einfachen Menschen die seltenen Gewürze oder Glaswaren bald nicht mehr leisten.«

Lucius beschäftigte sich angelegentlich mit den köstlichen Meerestierfrikadellen, während er in Wirklichkeit sehr aufmerksam hinhörte.

»In den Coloniae und Municipia ist es aber auch nicht besser«, sagte einer der Kaufleute, »Es wird sehr viel gekauft, bei manchen Produkten kommen wir mit der Nachfrage nicht mehr mit, das zieht die Preise an. Vor allem die Dinge, die wir aus Rom und anderen Gebieten importieren müssen, sind teurer geworden. Auf der anderen Seite werden die Lebensmittel knapper. In der Colonia Claudia Ara Agrippinensium reden sie schon von Geldentwertung. Wie siehst du das, Gaius?«

Der Hausherr kaute genüsslich an einem Lammkotelett und nickte. Er schluckte seinen Bissen herunter und spülte sich den Mund mit Wein aus. »Ja, ich finde es besorgniserregend, dass unser Statthalter so nachlässig dieser Entwicklung zusieht«, sagte er mit düsterem Blick, »Ich will Antonius Laetorius natürlich keine Pflichtvergessenheit vorwerfen. Aber er sollte seine Aufmerksamkeit mehr auf die Wirtschaft richten als auf seine Legion. Wir leben in friedlichen Zeiten und brauchen einen Statthalter, der den Handel und die Produktion unterstützt.«

Vor allem die beiden Kaufleute stimmten ihm zu. »Dabei fällt mir ein, was ist eigentlich aus dieser Falschmünzensache geworden, Lucius?« Gaius Fabricius wendete sich direkt an den jungen Mann, »Hast du noch etwas herausgefunden?«

Lucius war auf der Hut. Dass er der Falschmünzerbande einen wichtigen Schritt nähergekommen war, musste er unbedingt für sich behalten, das fühlte er. »Keine Spur«, behauptete er einfach und schüttelte den Kopf, »Ich habe in Mogotiacum meinen Bericht eingereicht. Leider kann ich nicht sagen, wer die Untersuchungen nun weiterführt; ich habe als Optio mit der Ausbildung von Auxiliartruppen mehr als genug Arbeit.« Lucius glaubte, ein spöttisches Zucken im Mundwinkel im Gesicht des Argentarius zu sehen.

»Ich hatte dir ja gesagt, es lohnt sich nicht, deswegen Aufhebens zu machen. Reden wir von etwas Erfreulicherem«, seine kleinen Augen glänzten hinter den feisten Backen. »Ich höre von einem ganz außergewöhnlichen Zuwachs in deinem Haus«, sagte er, »Einen Wurf junger Katzen sollst du haben? Ist das wahr?«

Lucius lächelte stolz und sagte: »Ja, vor zwei Wochen hat meine Katze drei Junge geworfen. Sie entwickeln sich prächtig und haben seit wenigen Tagen die Augen auf. Seitdem erkunden sie ihre Umgebung und ich habe nachts keine ruhige Stunde mehr. Ich bin dir also in zweifacher Hinsicht dankbar für deine Einladung«, Lucius legte die Hand auf die Brust und grinste breit, »So kann ich endlich mal eine Nacht durchschlafen.« Die Männer um den Tisch grölten lautstark.

»Willst du sie verkaufen, wenn sie groß sind?«, fragte Gaius weiter. Lucius zuckte mit den Schultern, »Das bin ich schon gefragt worden. Ich muss erst abwarten, bis sie ihre Mutter nicht mehr brauchen.«

Einer der Kaufleute rief in die Runde: »Ich weiß von mindestens einem halben dutzend reicher Ehefrauen, die sich so ein Tierchen wünschen. Selbst meine Eigene liegt mir damit in den Ohren«, schüttelte er den Kopf und hob seinen Becher zu Lucius, »Ich wäre nicht abgeneigt.«

»Verkaufe mir eines der Jungen«, forderte Gaius Fabricius, »Ich biete dir 200 Sesterzen dafür.« Schlagartig wurde es still um die Tischrunde. Lucius sah den Argentarius überrascht an. Auch den anderen Gästen stand vor Staunen der Mund offen. »Das ist viel zu viel«, sagte Lucius mit belegter Stimme. Er nahm den Becher und trank ihn aus. Dann hielt er ihn einem Sklaven zum Nachfüllen hin. Er brauchte den Moment, um zu überlegen und seine Fassung wieder zu erlangen.

»Nicht für etwas so Seltenes. In Rom bekommst du einen Pfau für den Preis. Aber so einer läuft schon in meinem Garten herum. Du solltest in größeren Maßstäben denken, Lucius Ovinius«, antwortete Gaius überheblich, »Deine Katzen sind im Moment der Gipfel des Luxus, weil sie hier so selten sind. Es sind hübsche Tierchen, die sich angenehm anfühlen und darüber hinaus den großen Vorteil haben, das Haus von der Mäuseplage zu befreien. Kein Wunder, dass jeder sie haben will. Also nutze die Gelegenheit. Du kannst mit den Jungen ein reicher Mann werden.«

Spät am Abend folgte Lucius einem Sklaven, der ihn zu seiner Kammer bringen sollte. Er überdachte das Gastmahl noch einmal. Der Offizier wusste, dass Gaius ihn eingeladen hatte, um mehr über das Falschgeld zu erfahren. Aber der übertriebene Preis, den er für ein Kätzchen geboten hatte, irritierte nicht nur ihn. Auch die anderen Gäste hatten sich peinlich berührt angesehen, wie er aus den Augenwinkeln beobachten konnte. »Was hat sich Gaius nur dabei gedacht?«, fragte er sich.

Lucius hielt den Argentarius für zu raffiniert für einen plumpen Bestechungsversuch. Also, welche Falle wurde da für ihn vorbereitet? Er schüttelte kurz den Kopf, um den lästigen Gedanken abzustreifen. Der Sklave öffnete vor ihm einen Raum und wies mit der Hand hinein: »Hier kannst du schlafen, Herr. Warmes Wasser zum Waschen steht schon bereit. Auf dem Tisch ist auch noch ein Krug mit Wein.« Der Raum war klein, aber geschmackvoll eingerichtet. Es gab Wände mit farbigen Ornamenten und ein breites Bett.

Auf dem Flur waren Schritte zu hören und Lucius drehte sich zur offenen Türe um. Ein schlankes Mädchen mit langen, blonden Haaren kam den Gang herunter. Die junge Frau wurde von Rufinus begleitet, der sie am Arm festhielt und Lucius unter seinen dichten Brauen voll Argwohn anstarrte. Sie hatte ein schönes Gesicht mit hellem Teint und rosigen Wangen. Ihre Lippen waren voll und leicht geöffnet. Die seidigen Haare reichten ihr bis zu den geschwungenen Hüften.

Sie blickte hoch, direkt in die Augen von Lucius. Der junge Mann sah in das tiefe Blau und fühlte sein Herz heftig klopfen. Sein Mund wurde plötzlich trocken und er starrte das Mädchen wie vom Donner gerührt an. Das ungleiche Paar ging an seinem Zimmer vorüber und bog ein Stück weiter um die Ecke. Lucius setzte sich in Bewegung und schaute ihnen im Flur nach. Die Öllampen ließen goldene Reflexe im Haar der Frau aufleuchten. Sie drehte den Kopf und sah Lucius direkt an. Ein Leuchten überzog ihr Gesicht. Ihr Begleiter zerrte verärgert an dem Arm und schubste sie nach vorne. Gedemütigt senke das Mädchen den Kopf.

Rufinus klopfte an eine reich verzierte Türe am Ende des Gangs und öffnete sie dann. Er schob das Mädchen ins Zimmer und schloss die Türe hinter ihm. Dann drehte er sich um und sah Lucius an der Ecke stehen: »Gute Nacht Herr«, rief er ihm zu und verschwand durch eine kleine Pforte zu seiner Rechten.

Lucius starrte ein paar Augenblicke auf die prachtvolle Zimmertüre. Er wusste dahinter die Privatgemächer des Hausherrn. Er ging zurück zu seiner Kammer, wo der Sklave das Bett aufdeckte und fragte ihn: »Wer war das Mädchen?«

Der Sklave antwortete: »Ihr Name ist Irmingard, sie ist die Geliebte von Gaius Fabricius.«

»Römisch sieht sie nicht aus, nicht wahr?«, fragte er weiter.

Der Sklave schüttelte den Kopf: »Nein, sie gehört wohl zu den Treverern, aber mehr weiß ich auch nicht«, wehrte er weitere Fragen ab. Er verbeugte sich vor dem Offizier und wünschte ihm noch eine gute Nacht. Dann ließ er ihn im Zimmer allein.

Lucius stand in der Mitte der Kammer und starrte vor sich hin. Sein Herz klopfte immer noch wild und er hatte Mühe, seine Gedanken zu sammeln. Das Blau dieser Augen ging ihm nicht mehr aus dem Sinn. Die Farbe erinnerte ihn an die Seeküste seiner Heimat. Er hatte das Gefühl, darin zu versinken. Als Junge war er oft vom Strand aus hinausgeschwommen und hatte im Meer getaucht. Das Blut tobte durch seine Adern wie Meeresrauschen. Der junge Mann schluckte trocken und ging zum Tischchen mit dem Wein. Hastig trank er direkt aus dem Krug. Als er sich niederlegte, verfolgte ihn die keltische Schöne bis in seine wilden Träume.

Am nächsten Morgen ritt Lucius gleich nach dem Frühstück zur Beneficiarierstation. Er musste sich dringend mit Aineas, der als Vertreter des Beneficiariers die Leitung übernommen hatte, besprechen. Caelius, der Koch lachte über die Neuigkeit von Murilegas Nachwuchs so sehr, dass sein Bauch hoch- und runterhüpfte. »Wenn du dich jetzt schon wie ein stolzer Vater aufführst«, dröhnte er, »wie stolzierst du dann erst herum, wenn du mal eine richtige Familie gründest?«

Aineas und Lucius setzten sich an den Brunnen. »Was hast du herausgefunden«, fragte der kaiserliche Sklave ungeduldig. Lucius berichtete ihm von seinen Beobachtungen auf dem Markt in Mogontiacum, bei denen er vier Verdächtige ausgemacht hatte.

»Hier auf dem Markt in Ulmena sind noch ein paar der neuen Münzen aufgetaucht, nur nicht so viele wie beim letzten Mal«, berichtete Aineas, »Aber es kommen jetzt ein paar Händler weniger. Dazu die Sorge, dass es zu trocken ist für die Jahreszeit. Wenn es nicht bald regnet, werden wir das Korn importieren müssen, um nicht zu verhungern. Für Baldruus wird das langsam zu einem Problem, wenn die Aresacen nicht genug ernten, um selber verkaufen zu können.«

Lucius erzählte auch von den Gesprächen im Hause Gaius Fabricius' und dessen übertriebenem Angebot für ein Kätzchen. Genau wie er, nahm auch Aineas an, dass der Argentarius nicht dumm war, Lucius auf so plumpe Art und Weise zu verpflichten.

»Selbstverständlich ist das eine Falle«, sagte Aineas nachdenklich, »Die Meisten werden so einen hohen Preis nicht zahlen können – oder wollen. Wenn du Anderen eine Katze billiger verkaufst, beleidigst du Gaius Fabricius. Und wenn du sein Angebot ausschlägst, ebenfalls. Einem Mann wie ihn auf die Füße zu treten, kann dich deine ganze Karriere kosten. Mit seinem Angebot hat er alle anderen Interessenten mit einem Schlag aus dem Feld gejagt. Er hat dich ausmanövriert«, grinste er schief.

Lucius verzog schlecht gelaunt den Mund. Er hatte sich noch keine Gedanken gemacht, was aus den Welpen werden sollte, wenn sie ausgewachsen waren. Über ein hübsches Sümmchen beim Verkauf hätte er sich sicher gefreut. Aber es ärgerte ihn, dass er nun zu einem Geschäft gezwungen werden sollte, dass er instinktiv ablehnte. »Lieber verschenke ich sie, bevor sie dieser Fettsack kriegt«, dachte er erbittert. Langes, hellblondes Haar waberte durch seinen Geist und verstärkte seinen Verdruss – und lenkte ihn für einen kurzen Moment ab.

»Hast du nicht zugehört?«, fragte Aineas.

Lucius sah ihn fragend an: »Entschuldige, ich war mit meinen Gedanken woanders.«

»Ich sagte, es wird Zeit, dass du den Fall vorantreibst«, erklärte Aineas nachsichtig, »Du musst die Geldwechsler greifen. Dann kommst du an die Hintermänner.«

»Ich denke, ich weiß, wo ich ansetzen kann. Aus dem Statthalterpalast ist eine Anfrage für meine Katzen gekommen. Ich werde das als Vorwand nehmen und direkt mit Antonius Laetorius sprechen, um mir seine Rückendeckung einzuholen«, sagte Lucius.

Antonius Laetorius war mit seinen fast 50 Jahren ein erfahrener Mann. Als ehemaliger Konsul war ihm das Amt des Provinzstatthalters für drei Jahre übertragen worden. Der Statthalter war gegen Lucius zuerst zurückhaltend aufgrund der Korruptionsvorwürfe, die durch das Verschwinden des gallischen Schmugglers Angus nicht mehr aufgeklärt werden konnten.

Aber die Zusammenfassung, die ihm der abgelöste Beneficiarier lieferte, ließ seine Stirn runzeln und die Adern an seinen grauen Schläfen bedrohlich anschwellen. Lucius zeigte ihm eine Gefahr, die er unterschätzt hatte. »Beim Saturn. Wenn du recht hast, erreicht diese Menge an Falschgeld bald schon eine kritische Masse«, sagte er besorgt, »Das kann die Wirtschaft aus dem Gleichgewicht bringen.« Antonius war froh, eine befriedete Provinz zu verwalten; die Zeiten der großen Chattenkriege lagen lange zurück und er freute sich über die aufblühenden Städte und Dörfer. Eine Störung des steigenden Wohlstandes würde nur zu neuen Unruhen führen.

Lucius hatte sich auf seinem Ritt zurück in die Provinzhauptstadt einen Plan ausgedacht, den er jetzt seinem Statthalter vortrug: »Ich werde mit ein paar Männern aus meiner Auxiliartruppe die Verbrecher beim nächsten Markttag greifen und verhören. Wir müssen wissen, wie weit das Falschgeld schon verbreitet ist, und vor allem, wer die Hintermänner sind.«

Antonius nickte und sprach: »Du bekommst eine Sondervollmacht von mir. Was du für notwendig erachtest, kannst du anfordern. Ich lasse dir den Befehl ausstellen.«

»Sehr gut«, sagte Lucius schnell und senkte die Stimme, »Aber niemand sollte von unserem Gespräch wissen. Ohne Ausnahme. Ich habe mit dir nur über die Katzen gesprochen, wenn einer danach fragt.« Er sah den Statthalter dabei eindringlich in die Augen. Antonius hob fragend die Augenbrauen, aber Lucius presste seine Lippen zusammen. Nachdenklich starrte der Statthalter an Lucius vorbei und nickte stumm.

Antonius ging zu seinem großen Schreibtisch und nahm ein Wachstäfelchen zur Hand. Er schrieb mit einem Griffel die Vollmacht in das weiche Wachs und drückte seinen Siegelring neben den Namenszug. Dann überreichte er die Wachstafel an Lucius: »Ich wünsche dir Jagdglück und hoffe, die Beute fällt reichlich aus.«

Abends ging Lucius in die Mannschaftsbaracke, in der seine Gruppe untergebracht war. Er versammelte die Legionäre um sich und erklärte ihnen den Sonderauftrag. Die Männer waren stolz darauf, dass ihr Ausbilder sie für würdig hielt, einen so wichtigen Auftrag zu erfüllen. Er befahl ihnen absolutes Stillschweigen und dass sie im Morgengrauen einsatzbereit zu sein hatten. Dann ging er nach Hause und amüsierte sich dabei, seine muntere Katzenschar beim Spielen und Nachlaufen zu beobachten.

Am nächsten Morgen brach Lucius mit acht Auxiliaren in Zivil und leichter Bewaffnung in die Innenstadt zum Forum auf. Er hatte ihnen eine genaue Personenbeschreibung der verdächtigen Vier gegeben. Als die Truppe den Markt auf dem großen Platz erreichte, suchte Lucius die drei Männer und die Frau unter den vielen Menschen, die sich bereits zwischen den Ständen bewegten. Als Erstes erkannte er den Mann mit der großen Nase und den buschigen Augenbrauen wieder. Lucius machte heimlich zwei seiner Männer auf den Gesuchten aufmerksam. Die beiden nickten und gingen davon. Lucius verfolgte mit den Augen, wie sie den Markt umrundeten, um den Verdächtigen von der anderen Seiten zu greifen. Eine Hand stupste ihn an die Schulter.

»Optio, sieh mal«, wies sein Nebenmann eifrig auf die Menschenmenge, »ist das da vorne nicht die Frau, von der du gesprochen hast?«

Lucius schlug ihm die Hand runter. »Nicht so auffällig«, raunte er erbost, »Sag mir, wo du sie gesehen hast.«

Etwas betreten antwortete der Auxiliar: »Verzeih, geradeaus sehe ich sie. Neben dem Stand mit den vielen Hühnern.« Jetzt sah Lucius auch, wen der Soldat meinte. Er erkannte das braune Haar der Frau, das mit einem Netz zusammengehalten wurde und den Wollumhang wieder. Lucius nickte und sandte zwei weitere Männer los, die der Frau unauffällig folgten. Die restliche Gruppe wechselte den Standort, da sie von ihrem

Platz aus keine weiteren Mitglieder der Bande entdecken konnten. Sie erreichten den Apollon Tempel und Lucius ging die paar Stufen zu der Porticus hinauf, um von oben einen besseren Überblick über den Markt zu erhalten. Er hielt sich im Schatten der Säulen und seine Augen blickten in jede Reihe der Stände. Nach einer Weile hatte er einen weiteren Mann aus der Gaunerbande ausgemacht. Er eilte die Stufen hinunter und erklärte zwei seiner Leute, wo sie den Mann finden würden.

Mit den beiden verbliebenen Rekruten ging er in die Menge. Er suchte lieber im Gewühle nach der vierten Person. Ein paar Händler riefen ihn an und priesen lautstark ihre Angebote. Aber Lucius winkte ab und konzentrierte sich auf die Menschen, die vor ihm durch die Reihe gingen. Er war ungeduldig, denn lange konnte die Verfolgung der Vier nicht unentdeckt bleiben.

Lucius hatte in einigen Fuß Entfernung einen Kerl ausgemacht, von dem er meinte, das könnte der Gesuchte sein. Mit einem Wink seiner Hand gab er seinen Begleitern das Kommando, schneller zu werden. Er war nur noch zwei Stände von dem Mann entfernt, als dieser sich umdrehte und die Auxiliare auf sich zukommen sah. Lucius bemerkte, wie sich die Augen des Mannes erschrocken vergrößerten und er sich blitzschnell umdrehte und weglief.

»Zugriff«, brüllte Lucius laut und sprintete los. Vor ihm stoben die Menschen in Panik auseinander und ein paar stolperten gegen die Verkaufstische. Schreie und Flüche gellten auf. Lucius hörte das Hornsignal, das der Legionär hinter ihm ausstieß. Das war für die anderen Soldaten auf dem Markt das vereinbarte Zeichen, sich die Verdächtigen zu greifen. An vier Plätzen kam es zu panikartigen Bewegungen und Gedränge.

Lucius sah, wie der Flüchtige eine Reihe gestapelter Geflügelkäfige packte und umriss. Mit einem lauten Krachen fielen die einfachen Weidenkörbe zu Boden und das Federvieh kreischte und flatterte. Einige Körbe zerbrachen und Gänse und Hühner befreiten sich aus den Käfigen. Ein paar Menschen gerieten unter das Chaos aus Körben und Federn und Frauen schrien auf. Lucius setzte mit einem gewaltigen Sprung über die Barrikade. Eine zornige Gans griff ihn an und biss ihn in die

Waden. Er spürte etwas das Bein runterlaufen und sah einen Streifen Blut. Er fluchte wütend und spurtete weiter hinter dem Kerl her.

Die Verzögerung hatte den Vorsprung vergrößert und Lucius legte an Tempo zu, um ihn einzuholen. Plötzlich glitzerte etwas in der Luft und Lucius sah einen Gold- und Silberregen auf die Menschenmenge niederprasseln. Sofort stürzten sich Männer und Frauen auf die Münzen, die auf den Boden fielen, und sammelten sie auf. Markthändler eilten von ihren Ständen dazu und wühlten ebenfalls nach dem Geld. Der Flüchtige warf auf seinem Lauf weitere Münzen in die Luft und vergrößerte noch das Tohuwabohu. Ein Knäuel aus Männern und Frauen, die sich am Boden um die Münzen balgten, versperrte Lucius den Weg und verhinderte, dass er den Mann weiter verfolgen konnte. Mit ohnmächtiger Wut stand er auf dem Marktplatz und sah, wie der Letzte in eine kleine Seitengasse rannte und verschwand. Die schwarzen Augen des Optio glühten vor Zorn und er ballte die Fäuste. Die beiden Auxiliare standen atemlos neben ihm und blickten sich betreten an. Es beschämte sie, dass es ihnen nicht gelungen war, alle vier einzufangen. Lucius winkte zum Rückzug und ging in Richtung Apollon Tempel.

Von weitem sah er, dass die anderen Legionäre die drei Hehler gefangen und gefesselt hatten. »Wenigstens etwas«, dachte Lucius unzufrieden. Es beleidigte seinen Stolz, dass er sich so hatte ausbremsen lassen. Vor den Stufen des Tempels trafen sich die Gruppen. Alle waren außer Atem von der Jagd und aufgewühlt. Lucius stellte sich vor die Gefangenen und betrachtete sie eingehend. Die beiden Männer sahen ziemlich ramponiert aus, sie hatten sich gegen die Gefangennahme offensichtlich heftig gewehrt und bluteten aus Nasenlöchern und ein paar Schrammen. Das rechte Auge des Mannes mit der dicken Nase war zugeschwollen. Auch die Kleidung und Haare der Frau waren in Mitleidenschaft gezogen. Ein junger Auxiliar hatte blutende Kratzspuren im Gesicht und blickte sie unentwegt misstrauisch an.

Der Optio sah zu seinen Männern und sprach: »Das habt ihr sehr gut gemacht. Den größten Teil der Bande haben wir, das ist schon ein Erfolg. Der Vierte ist mir im Gewühle entwischt.« Er schüttelte noch immer verstimmt den Kopf und holte dann tief Luft: »Wir bringen die Gefangenen ins Prätorium, wo wir sie dann verhören. Für euch wird es eine Belohnung geben, dafür werde ich sorgen.« Seine Männer blickten stolz unter ihren Kappen hervor. Lucius ordnete die Gefangenen in die Mitte und seine Mannschaft um sie herum. So gingen sie zurück ins Legionslager. Der Markt hinter ihnen summte wie ein aufgescheuchter Bienenstock.

In den dunklen Kellergewölben des Prätoriums waren die Zellen für die Gefangenen untergebracht. Es waren lichtlose, kalte Räume, in denen die Insassen auf altem Stroh über dem nackten Boden saßen oder lagen. Die massiven Holztüren waren mit Eisenbeschlägen verstärkt, durch ein Gitter wurden sie regelmäßig kontrolliert. Die Zellen selbst waren nicht auf längere Aufenthalte eingerichtet. Die römische Justiz kannte nur Geldstrafen, Versklavung oder Zwangsarbeit, Verbannung oder die Todesstrafe. Ein langer Freiheitsentzug war in der Strafverfolgung nicht vorgesehen.

Ein großer Raum mit nackten Wänden war für Verhöre und Bestrafungen eingerichtet. Etliche Ketten waren in den Mauern verankert, an denen die Gefangenen angebunden werden konnten. Mehrere Fackeln erhellten eine grausige Ansammlung an Geräten. Lederpeitschen mit und ohne Bleikugeln hingen an der Mauer, ebenso unterschiedlich dicke Stöcke oder Schürhaken.

Lucius war in der Kammer und sah sich um. Er verzog angewidert den Mund. Mit zusammengezogenen Augenbrauen betrachtete er die Werkzeuge der Schmerzen. Der kampferprobte Offizier verabscheute tief im Herzen Grausamkeit und Folter, aber er musste sie für seine Aufgaben einsetzen, wenn es notwendig war. Neben ihm stand der Kerkermeister und erläuterte die Funktionen der Geräte. Er würde die Bestrafung durchführen, sofern das nötig wurde und Lucius die Befragung, so hatten sie sich abgesprochen.

Der Optio gab seinen Männern ein Zeichen, jetzt die Gefangenen aus ihren Zellen zu holen. Kurz darauf brachten sie die zwei Männer und die Frau in den großen Raum. Sie hatten inzwischen die Namen aus ihren Gefangenen herausgepresst, die beiden Männer hießen Maro und Ario und die Frau Gunda. Das Gesicht der Frau zeigte rote und blaue Flecken. Sie hatte sich bei ihrer Verhaftung energisch zur Wehr gesetzt. Die Lippen waren geschwollen und aufgeplatzt und das Haar hing wirr herunter. Tränen liefen ihr über die schmutzigen Wangen und sie blickte zu Boden.

Der Gefangene Ario stöhnte auf, als er sie sah, und wehrte sich heftig gegen die Hände, die ihn festhielten. »Ihr Schinder, was habt ihr meiner Frau angetan?«, schrie er verzweifelt auf. Lucius ging kurzerhand zu ihm und drohte ihm mit der Faust. Sofort stockte Ario und wurde stumm. Der Optio wies auf die beiden Gehilfen des Kerkermeisters, die den wankenden Mann an die Mauer schleppten und anketteten.

Der Kerkermeister stellte sich vor den Gefangenen und griff sich einen Stock. Er wartete auf das Zeichen, um mit der Tortur zu beginnen. Die beiden anderen Gefangenen wurden an Eisenringen gefesselt, die in der Wand eingelassen waren. Mit vor Angst weit aufgerissenen Augen schrie der Gefangene: »Nein, neiiiiin. Gnade. Ich flehe euch an.«

Lucius ging zu den beiden Gefangenen an der Wand und verschränkte seine Arme. »Ich habe euch seit geraumer Zeit beobachtet, wie ihr auf dem Markt Falschgeld gegen echte Münzen wechselt. Kommt mir also nicht mit Ausreden. Ich bin euch schon lange auf der Spur.« Der Mann vor ihm hob den Kopf und sah ihn bestürzt an, der Widerspruch, der ihm schon auf der Zunge lag, verstummte sofort. Lucius fuhr fort: »Ich verlange von euch die Namen derjenigen, von denen ihr die Falschmünzen bekommt. Wer sind die Hintermänner? Und wer ist der Vierte in eurer Bande?«

»Herr, ich bitte dich«, wimmerte die Frau, »Wir haben doch kein Verbrechen begangen. Es waren doch nur einige Münzen. Glaube mir.« Lucius gab ein Handzeichen und der Kerkermeister schlug das erste Mal zu. Laut sagte er: »Deine Frau scheint dich nicht sehr zu mögen, Ario. Für jede Lüge wirst du ein paar Stockschläge erhalten.«

Maro und Gunda zerrten entsetzt an ihren Fesseln und schrien durcheinander, dass der Mann aufhören solle. »Wir wissen doch nichts«, jammerte Maro, »Acco ist derjenige, der immer die neuen Münzen bekommt und sie an uns verteilt.« »Sei still«, keifte die Frau dazwischen. Damit hatte Lucius endlich den Namen des Verbrechers, der ihm auf dem Markt entwischt war.

»Wollt ihr in der Arena enden?«, fauchte Lucius die beiden Gefesselten an, »Ich will die Wahrheit hören, und wenn wir sie aus euch allen herausprügeln müssen.« Mit einem Wink gab er dem Scharfrichter ein Zeichen, weiterzumachen. Ario brüllte laut auf, als die Schläge auf seine Schultern, Arme und Leib niederprasselten. Die Haut an seinen Armen und Nacken zeigte rote Striemen, bis Lucius Einhalt gebot.

»Nun?«, fragte Lucius. Die Frau sah ihn ängstlich an und Maro stammelte: »Acco war es doch. Bitte glaube mir.«

Lucius sah zum Gefängniswärter und der griff sich eine Peitsche von der Wand. Er packte die Tunika des Gefangenen und riss sie mit einem Ruck am Rücken auseinander. Arios Frau Gunda wurde weiß im Gesicht. Mit einem lauten Knall peitschte er die Lederschnüre auf den nackten Rücken und Ario schrie gellend auf. Immer wieder sauste die Peitsche auf den Rücken, bis Lucius den Arm hob. Die Haut war an einigen Stellen angeritzt.

Der Gefangene hatte die Augen verdreht und der Kopf war ohnmächtig zur Seite gekippt. Der Folterknecht wies einen seiner Gehilfen an, einen Eimer Wasser zu holen und es über Ario auszuschütten. Das Opfer kam wieder zu sich und hustete das Wasser aus Mund und Nase. Keuchend rief er Lucius zu sich: »Bitte Herr«, krächzte er erschöpft, »Verschont mich, ich sage auch alles.« Sein Gesicht war schmerzverzerrt. Lucius gab dem Kerkermeister ein Handzeichen, die Ketten von der Mauer zu lösen. Mit zittrigen Beinen knickte Ario ein und sank auf seine Knie.

»Ich höre«, warnte Lucius ungeduldig.

»Der Mann nennt sich Marcus Tullius«, keuchte er.

»Schweig, sonst sind wir des Todes«, schrie seine Frau im Hintergrund auf. Lucius drehte sich zu ihr um und fragte: »Was bedeutet das?« Sie schüttelte den Kopf und blickte zu Boden. Der Optio ging zu ihr hin und packte sie an den Haaren. Die schwarzen Augen bohrten sich in die ängstlichen der Frau: »E-er hat gesagt, er bringt uns um, w-wenn wir ihn verraten«, stammelte sie heiser.

»Ihr werdet alle sterben, wenn du mir nicht die Wahrheit sagst«, zischte Lucius wütend.

»Gnade, lass meine Frau. Ich sage ja alles«, rief Ario. Lucius ließ die Frau los und stellte sich mit verschränkten Armen vor ihn hin.

»Ich habe Acco in einer Taverne kennengelernt«, berichtete Ario stockend, »Ich habe beim Würfelspiel viel Geld verloren und er hat mir vorgeschlagen, wie ich meine Schulden bei ihm tilgen kann. Kurz danach hat Acco diesen Marcus Tullius mitgebracht. Der hat mir viele Goldmünzen gegeben, die ich gegen echtes Geld eintauschen sollte. Ich sollte auf dem Markt und in Geschäften billige Dinge kaufen und mir das Wechselgeld geben lassen. Das klappte ganz gut. Daher habe ich meine Frau und ihren Bruder Maro dazugeholt.«

»Wo finde ich diesen Acco und Marcus Tullius?«, fragte Lucius weiter.

»Das weiß ich nicht Herr«, sagte Ario ängstlich.

»Er ist immer zu uns gekommen«, rief Gunda hastig dazwischen, »Ario hat sich mit ihm auch in Tavernen getroffen. Aber Acco hat nie gesagt, wo er wohnt. Dieser Marcus Tullius war auch nur einmal bei uns daheim«, ein Frösteln ließ ihre Schultern erzittern, »Ein unheimlicher Mann ist das.«

Der Gefolterte stöhnte laut auf und lenkte Lucius für einen Augenblick ab.

Gunda sah ihren Mann unglücklich an: »Ich meine, er sah furchterregend aus mit seinem dunklen Gesicht und der Narbe.«

In Lucius Kopf rastete etwas ein, aber er konnte nicht zuordnen, ob das im Augenblick wichtig war und so fragte er weiter: »Wie hat die Geldübergabe denn funktioniert?«

Maro antwortete: »Wir haben einen Treffpunkt ausgemacht und bekamen von Marcus Tullius das Falschgeld. Wir haben es unter uns aufgeteilt und sind dann auf den Markt oder in die Händlerstraße. Manchmal sind wir auch an den Hafen und haben eine ganze Ladung Fische gekauft und sie selber auf dem Markt weiterverkauft. Das war immer ein sehr gutes Geschäft. Abends haben wir uns dann wiedergesehen und das echte Geld abgegeben. Von dem, was wir tauschen konnten, haben wir ein Zehntel als Lohn bekommen.«

»Wer hat bei diesen Wechselgeschäften noch alles mitgemacht?« drängte Lucius. Der Kerkermeister hob die Peitsche und Ario seufzte auf.

»Wir wissen es nicht«, schrie Gunda verzweifelt und Tränen liefen ihr über das Gesicht. Ihr Bruder warf dazwischen: »Acco hat damit angegeben, dass er viele wie uns in der Umgebung hat. Aber er hat nie gesagt, wer alles dabei ist. Das ist die Wahrheit.«

Lucius gab dem Kerkermeister ein Zeichen, mit der Tortur aufzuhören. Seine Gehilfen halfen ihm, die Gefangenen von den Fesseln zu befreien. Gemeinsam schleppten die Mitgefangenen Ario wieder in seine Zelle und legten ihn auf den kalten Steinboden. Lucius gab den Befehl, auch die beiden anderen in ihre Zellen zurückzubringen. Fürs Erste hatte er genug gehört. Er grüßte den Kerkermeister und verließ den Keller. Er war froh, dass er die hässliche Szenerie verlassen konnte. Im Feld hatte er Mut und Stärke bewiesen. Er hatte auch schon der Folter und Hinrichtung von Deserteuren beigewohnt. Aber für ihn machte es doch einen Unterschied, im Zweikampf gegen einen gleichstarken Krieger zu kämpfen oder einen wehrlosen Gefangenen zu züchtigen. Es überraschte Lucius, dass vor dem Prätorium die Sonne noch hoch stand. Er hielt sein Gesicht in die warmen Strahlen und schloss für einen Moment die Augen, um sich zu beruhigen. Dann ging er nach Hause. Seine innere Stimme sagte ihm, dass er ein Mosaiksteinchen des Falls übersehen hatte, und er wollte in Ruhe den Tag überdenken.

Auf seinem Heimweg erstand er noch eine halbe Kanne Milch und etwas Käse bei der Nachbarin und war verblüfft, dass auch diese einfachen Lebensmittel doppelt so teuer waren wie vor einer Woche. In seiner Wohnung wuselten die Kätzchen verspielt herum und begrüßten ihn mit hellem Miauen. Lucius schüttete die Milch in eine Schale und stellte sie auf den Boden. Sofort kamen die drei Welpen angerannt und tauchten ihre Mäulchen in das flüssige Weiß. Die winzigen Zungen schlabberten eifrig die Milch auf und spritzten die Tropfen bis über die Ohren.

Das Kätzchen mit dem braunen Fell und den schwarzen Streifen setzte frech seine Vorderpfoten in die Schale. Der Erstgeborene war ein kleiner Kater, seine beigefarbenen und graugestreiften Geschwisterchen waren Weibchen, wie Lucius inzwischen festgestellt hatte. Murilega kam mit stolz erhobenem Schwanz auf ihn zu und strich seine Beine entlang. Er bückte sich und streichelte ihren Kopf. Muri schnüffelte intensiv an seiner Kleidung, dann sah sie ihn mit geschlitzten Augen an, das Maul zu einem »O« geöffnet. Sie nieste heftig und schüttelte den Kopf. Mit der Zunge leckte sie sich über die Nase und blickte ihn vorwurfsvoll an.

»In welchem Loch ist der denn gewesen?«, dachte Muri erstaunt. Eine Mischung aus Schweiß, Angst, Blut und dem muffigen, feuchten Geruch einer unterirdischen Höhle haftete ihm an.

»Stinke ich wirklich so schlimm?«, fragte Lucius amüsiert. Er blickte zum Fenster und sah, dass die Sonne noch hoch genug stand. »Ich glaube, du hast recht. Ich gehe noch in die Therme. Das kann ich jetzt gut gebrauchen.« Vielleicht würde ihn die Entspannung auf andere Gedanken bringen.

Es ärgerte ihn nach wie vor, dass ihm Acco entwischt war. »Der Zwischenhändler ist damit auch gewarnt«, dachte er gereizt bei sich und fragte sich, wie sich das auf den Falschgeldumlauf auswirken würde. Und auf seine weitere Suche. Lucius hatte das nagende Gefühl, etwas Wichtiges übersehen zuhaben. »Aber was?«, fragte er sich.

Den Gedanken an die Hehler schob Lucius beiseite. Ihnen drohte bestefalls Zwangsarbeit oder der Tod in der Arena, die Damnatio ad bestias, wo sie den wilden Tieren vorgeworfen wurden.

Lucius hatte seinen Bericht verfasst und dem Statthalter zukommen lassen. Er hatte vor, weiter die Spur des geheimnisvollen Acco und die des Marcus Tullius zu verfolgen. Ein paar Tage später begegnete ihm sein Freund Quintus Vorenus im Flur des Prätorium. Der Beneficiarier aus Altiaia winkte ihn heran und grüßte herzlich. Quintus war etwas kleiner als Lucius und hatte eine gedrungene Figur. Sein rundes Gesicht strahlte Jovialität und Fröhlichkeit aus. Aber heute hatte er die Augenbrauen verdrossen zusammengezogen.

»Bist du noch an der Falschgeldsache dran?«, fragte er leise. Lucius Augen weiteten sich gespannt. »Treffen wir uns heute Abend in der Taverne«, so Quintus schnell, »Ich habe dir einiges zu erzählen.«

Am Abend saßen sie bei einem Krug Wein und Linsensuppe mit Fleischeinlage zusammen und erzählten sich, was in der Zwischenzeit alles passiert war.

»Das passt zu dem, was bei mir los ist«, sagte Quintus. In Altiaia kreuzten sich zwei wichtige Fernhandelsrouten. Damit war der Ort ein wichtiger Umschlagplatz für Im- und Exportwaren. »Wir sind in den letzten Wochen geradezu überschwemmt worden mit Falschmünzen«, berichtete der Beneficiarius, »Ein paar Händlern, die zu den Mediomatricern und Lingonen unterwegs waren, haben wir beutelweise falsche Münzen abgenommen.« Er trank aus seinem Becher und sagte weiter: »Ich liefere das Falschgeld mit meinem Bericht im Statthalterpalast ab und kriege zu hören, dass ich mich gefälligst um den Warenverkehr und den Zoll zu kümmern hätte. Dem Falschgeld hinterher zu laufen, wäre nicht meine Aufgabe. Außerdem würde ich sowieso in einem Monat vom nächsten Beneficiarius abgelöst.« Quintus hatte sich in Rage geredet. Lucius sah, dass ein paar Gäste neugierig den Kopf drehten und zu ihnen blickten, und raunte: »Ruhig Blut, nicht so laut. Wer hat das befohlen?«

»Der Sekretär von Marcus Servilius«, antwortete Quintus erbittert, »Muss ich mich von so einem Arsch von Sklaven rumkommandieren lassen?«

»Der stellvertretende Statthalter also«, dachte Lucius und kaute nachdenklich auf dem Hühnchen herum. Auf den Marktplätzen konnten immer nur wenige Münzen umgesetzt werden. Es war auf Dauer zeitaufwendig und mühsam und damit zu teuer. Dagegen Händler anzuwerben und so für die Verbreitung des Falschgeldes zu sorgen, war erheblich ökonomischer.

»Hast du herausfinden können, von wem die Händler das Geld bekommen haben?«, fragte Lucius weiter, aber Quintus schüttelte den Kopf.

»Da scheint es zwei zu geben, die aber wohl nur Zwischenstationen sind. Ich wette, die Quelle sitzt ganz woanders. Die beiden Händler, die in Altiaia in der Zelle sitzen, sagen kein Wort. Die fürchten den Kopf der Bande wohl mehr als das Gesetz. Jedenfalls hatte ich den Eindruck, die wussten ganz genau, dass sie nicht lange festgehalten würden. Wenn ich zurück bin, muss ich sie laufen lassen. Befehl von oben.«

Lucius erstarrte, das ging über die Befugnis des Stellvertreters hinaus. Hatte sich Marcus Servilius zu weit vorgewagt oder war der Befehl doch von der Spitze, von Antonius Laetorius persönlich gekommen? Konnte er überhaupt noch irgendeinem Menschen der Provinzialregierung trauen?

Quintus sah Lucius ernsthaft an und sagte: »Noch was. Die Stimmung in den Domänen und den umliegenden Vici wird immer schlechter. Die Ansässigen murren über die steigenden Preise. Sie werden für ihre Arbeiten mit Falschgeld bezahlt und wir nehmen es ihnen wieder ab. Die Treverer fühlen sich doppelt betrogen. Da braut sich was zusammen.«

Die Freunde trennten sich am späten Abend, nachdem reichlich Wein geflossen war. Leicht schwankend ging Lucius heimwärts. In seiner Wohnung entkleidete er sich und legte sich müde ins Bett. Die Kätzchen waren noch immer aktiv – oder schon wieder. Sie tobten durch das Zimmer, jagten sich und kletterten zum Bett hinauf. Im Mondlicht, das durch das Fenster schien, sah Lucius einen Welpen auf ihn zuspringen. Mit seitlich gedrehtem Körper hüpfte das getigerte Kätzchen zum Angriff auf seine Nase. »Lasmichnruh«, lallte Lucius. Er packte den kleinen Körper mit der Hand und wollte es wieder auf den Boden setzen. Dabei schlug das Tierchen mit einer Pfote in sein Gesicht. Die nadelspitzen Krallen zogen eine feine Kratzspur über seine Wange. Es war nur ein dünner Ritz, aber er brannte höllisch.

In Lucius Kopf schrillte ein lauter Misston auf. Eine verschwommene Erinnerung drängte durch den Weinnebel in sein Bewusstsein; er konnte nur nicht erkennen, was es war. Er erstarrte und sah das Kätzchen atemlos an. Im Dunkeln waren die Augen des Welpen riesig und mit seiner schwarzen Maske sah es etwas unheimlich aus. Lucius setzte sich mit einem Ruck auf und stellte das Junge auf dem Boden ab. Sofort hockte es sich hin und blickte mit schrägem Köpfchen zu ihm hinauf.

»Wie war das noch?«, versuchte er sich zu erinnern. Die Gefangene Gunda hatte etwas über den Zwischenhändler gesagt, das aber im Wehgeschrei ihres Mannes untergegangen war. »Was hatte sie verdammt nochmal gesagt?«, rief er laut in den Raum hinein, dann fiel es ihm endlich ein und er wiederholte die Aussage: »Er sah furchterregend aus mit seinem dunklen Gesicht und der Narbe.« Lucius holte tief Luft, er kannte nur einen Mann, auf den diese Beschreibung passte: den Haussklaven von Gaius Patricius Magnus. Aber dessen Name war Rufinus und nicht Marcus Tullius. War das jetzt ein Zufall oder rastete das fehlende Mosaiksteinchen plötzlich an der richtigen Stelle ein? Lucius warf die Bettdecke zur Seite, er wollte sofort Gewissheit haben und kleidete sich schnell an.

Mit einem Schlag war er nüchtern und eilte zum Legionslager. Am Eingang wunderten sich die Wachen, warum der Optio so spät in der Nacht ins Lager wollte, aber ließen ihn nach dem Losungswort durch. Lucius rannte die Stufen in den Keller des Prätoriums hinab und suchte den wachhabenden Legionär, der die Schlüssel für die Zellen hatte. Er fand ihn besinnungslos betrunken in der Dienststube. Der Soldat hatte den Kopf auf der Tischplatte liegen und war auch durch heftiges Rütteln nicht wachzukriegen.

Lucius schnappte sich die Schlüssel und lief zu den Zellen. Eine böse Vorahnung ließ sein Herz bis zum Hals klopfen. Durch das Gitter sah er die Frau seitlich auf dem Boden liegen. Schnell steckte er den Schlüssel in das Schloss und entriegelte die Türe. In zwei Schritten war er bei ihr und entdeckte eine riesige Blutlache auf dem Boden. Er drehte sie auf den Rücken und sah eine langen, klaffenden Schnitt quer über ihren Hals. Lucius ging zur nächsten Zelle und schloss sie auf. Aber auch Ario und Maro waren bereits tot. Wie bei der Frau hatte man auch ihnen die Kehlen durchgeschnitten.

Erschöpft lehnte sich Lucius an die Steinmauer und ließ die angehaltene Luft aus seinen Lungen. »Du Idiot«, schimpfte er sich selbst aus. In ohnmächtiger Wut erkannte er, dass er drei wichtige Zeugen verloren hatte. Als Unfreie wären sie einer Hinrichtung zwar nicht entkommen. Bei der Frau wäre das Todesurteil vielleicht in Sklaverei umgewandelt worden, aber auch nur bei guter Laune des Richters. Nur, bis dahin hätte er noch mehr Informationen aus ihnen auspressen können.

Er betrachtete die bleichen Gesichter der Männer. Die Augen von Maro waren vom Schmerz verkniffen und sein Mund weit aufgerissen, da er im letzten Augenblick um Luft gerungen hatte. Arios Augen waren geschlossen und sein Gesicht entspannt. Vermutlich hatte er in seinem Fieber nichts von dem Kampf mitgekriegt. Lucius hörte Schritte durch den Gang hallen und blickte durch die offene Türe. Der Kerkermeister kam den Flur entlang zu ihm. Im Vorbeigehen sah er den Wächter bewusstlos in der Stube hocken und laut schnarchen, einen Becher und eine leere Amphore vor sich auf dem Tisch. Ein leiser Fluch begleitete sein Kopfschütteln.

Er trat neben Lucius in die Zelle und sah den Leichnam auf den Steinfliesen liegen. »Dich muss heute Nacht die gleiche Bettwanze gebissen haben wie mich«, sagte der Wärter leise, »Irgendwie hatte ich das Gefühl, dass etwas passiert.« Lucius sah ihn fragend an: »Wie das?«

»Ich kann es dir nicht sagen«, erklärte sich der Mann, »Einfach ein Gedanke, der mich gewarnt hat. Ich bin schon so lange hier, da kriegt man ein Gespür dafür.« Er betrachtete den Toten und fragte weiter: »Was machen wir mit der Sauerei hier?«

»Wenn wir jetzt Alarm schlagen, sehen wir in ein paar Tagen vielleicht genauso aus«, warnte ihn Lucius. Der Kerkermeister hob die Augenbrauen. »Besser, du fragst nicht«, antwortete Lucius. Der Wärter nickte bedächtig und zog ihn mit aus der Zelle. Dann schloss er beide Türen ab und steckte den Schlüssel wieder zu dem betäubten Wachhabenden. »Dieser schwachsinnige Säufer wird morgen nicht nur vom Wein Kopfschmerzen haben. Verschwinden wir von hier«, sagte er und ging mit Lucius zur Treppe, »Und du solltest dir etwas überlegen, was deine Anwesenheit im Lager rechtfertigt. Sonst schiebt man dir noch den Mord in die Caligae.«

Lucius überlegte nicht lange. Er ging direkt in das Contubernium seiner Auxiliartruppe und riss die Männer aus dem Schlaf. »Aufstehen«, kommandierte er, »Anziehen mit voller Ausrüstung. Marschgepäck aufnehmen. Wir rücken zu einer Nachtübung aus.« Er trieb die Auxiliare, die ihn verschlafen anblinzelten, zur Eile an: »Hophophop, beeilt euch«, rief er, »Das muss schneller gehen. Im Kampf wartet niemand, bis ihr euch fein gemacht habt. Wenn ihr da nicht schneller seid, gibt euch der Feind den ewigen Schlaf.« Noch in der Nacht rückte er mit seinen Legionären zu einem Sondertraining aus, wie er an der Porta Principalis Dextra hinterließ.

Am nächsten Morgen wurden die Leichen im Zellentrakt von der Ablösung gefunden, die auch den betrunkenen Nachtwächter weckte. Der Soldat erwachte mit Brummschädel und musste sich übergeben, als er die Bluttat sah. Er gestand, dass er die Amphore von einem Unbekannten geschenkt bekommen hatte. Zur Strafe für seine Trinkerei wurde ihm eine beträchtliche Geldstrafe aufgebrummt, die der Höhe eines halben Jahressoldes gleichkam.

In den kommenden Wochen strömten immer mehr einfache Bauern und Handwerker aus der Provinz nach Mogontiacum. Die anhaltende Dürre hatte die meisten Pflanzen auf den Feldern verkümmern lassen. Viele Familien mussten ihr Vieh verkaufen und den Hof aufgeben. In der großen Metropole am Rhenus hofften sie auf Arbeit und Lohn. Hier aber lebte bereits eine große Anzahl an Unfreien und Tagelöhner für die anfallenden Arbeiten. Die Folge war eine immer größer werdende Verarmung der einheimischen Bevölkerung. In Zelten und einfachen Bretterverschlägen suchten sie in den Vorstädten Unterkunft.

Bedrohlich nahm die Geldentwertung langsam an Fahrt auf und verteuerte die ohnehin schon geringen Lebensmittel. Gleichzeitig fingen die wohlhabenderen Bürger an, Vorräte aufzukaufen. Immer lauter wurde der Protest über die steigenden Preise. Lucius selber musste mit seinen Männern eine wilde Schlägerei am Hafen schlichten, die zwischen Fischern und Markthändlern ausgebrochen war. Abgemagerte Frauen und halbverhungerte Kinder wuselten zwischen den prügelnden Männern und grapschten nach Fischresten, die am Boden zerstreut waren. Dabei bekamen nicht wenige Tritte und Stöße ab. Immer öfter strichen Patrouillen durch die Stadt, um für Ruhe und Ordnung zu sorgen.

Centurio Marcus Glaucus versammelte seine Offiziere zu einer Anweisung: »Wir bekommen Meldungen von mehreren Beneficiarierstationen, die von Treverern und Germanen angegriffen worden sind. Die meisten wollten die Vorräte stehlen, aber es wurden auch Zoll- und Steuereinnahmen mitgenommen. Und wir hatten ein paar Übergriffe auf Patrouillen, die nachts zur Kontrolle durch die Straßen von Mogontiacum gingen. Nichts, womit wir nicht fertig werden, aber es herrscht Unruhe im Volk. Es haben sich auch ein paar reiche Bürger beschwert, dass sie angeblich von Germanen ausgeraubt worden waren. Wir haben vom Statthalter die Order, für Ruhe und Ordnung zu sorgen, und sollen hart durchgreifen, wenn das nicht befolgt wird.« Der Centurio verteilte mehrere Einheiten auf die wichtigsten Beneficiarierstationen, um sie zu verstärken und erhöhte für die anderen die Bereitschaft.

Zum Schluss winkte der Centurio Lucius zu sich. »Für dich habe ich eine andere Aufgabe. Du hast gute Augen und einen wachen Verstand und bist mir in der Beschaffung von Informationen wichtiger, um als einfacher Optio Rekruten herumzuscheuchen. Auch wenn du das hervorragend gemacht hast; deine Auxiliartruppe ist besser ausgebildet als mancher römische Legionär.« Er legte dem jungen Mann eine Hand auf die Schulter und sprach gedämpft weiter: »Ich will wissen, was in der Provinz wirklich los ist. Du reitest alleine, damit bist du schneller und beweglicher. Ich will wissen, wie die Stimmung im Land ist und ob wir mit Einfällen von jenseits des Limes rechnen müssen. In vier Tagen will ich ein paar Antworten haben.« Mit einem Knuff auf den Rücken schickte er den jungen Mann auf Exkursion.

Lucius holte sich ein Pferd aus dem Stall und ritt nach Hause, um seinen Kleiderbeutel zu packen. Murilega schaute ihm aufmerksam beim Einpacken zu und maunzte ihn an. »Du musst ein paar Tage für dich selber sorgen, Muri«, sagte er, »Dafür habt ihr wenigstens das Bett ganz alleine für euch. Ich bin bald wieder zurück.«

Lucius hatte eine Route über Buconica nach Borbetomagus, Altiaia, Cruciniacum und Bingium ausgewählt. Sie würde ihn entlang der wichtigsten Heerstraßen und an den Rhenus führen. Er plante auch, seine Freunde Quintus Vorenus aus Altiaia und Dimetrius Silvanus aus Borbetomagus aufzusuchen. Von ihnen erhoffte er sich weitere Spuren über die Falschgeldbande.

Der Fluch

Unter der brennenden Sonne des Iulius beritt Lucius Ovinius die Römerstraße nach Borbetomagus. Auf seinem Weg war er durch viele kleine Vici und einsam gelegene Höfe gekommen. Über der Landschaft lag ein grauer Schleier aus Staub, der die Konturen verwischte. Auf den meisten Feldern waren die Pflanzen braun verbrannt oder winzig im Vergleich zu fruchtbaren Jahren. Magere Kühe rupften lustlos an trockenen Gräsern. Lucius fiel auf, dass fast jedes dritte oder vierte Haus leer stand. Etliche Brunnen auf den verlassenen Höfen waren ausgetrocknet. Neugierig starrte Lucius in eins der tiefen Löcher und wischte sich mit seinem Halstuch den Schweiß vom Gesicht.

Er machte Rast in der Villa eines wohlhabenden Händlers bei Buconica und kriegte dort allerhand Unfreundliches über die Verwaltung in Mogontiacum zu hören. »Wie sollen wir hier in Sicherheit leben und arbeiten, wenn wir von Dieben und Räubern umgeben sind«, wetterte der Hausherr, »Den Statthalter scheint es ja nicht zu kümmern, dass uns die Germanen die letzten Bohnen von den Feldern klauen. Dann soll er mal schauen, woher er in Zukunft die Steuern für sein neues Theater herbekommt, wenn wir keinen Sesterz mehr haben.«

Lucius schluckte die zynische Bemerkung herunter, dass die wenigsten Großgrundbesitzer Steuern an den Staat zahlten, sondern das lieber dem armen Volk überließen, und er mit seinem kugelrunden Bauch alles andere als unterernährt aussah. Er fragte stattdessen höflich nach, was ihm denn alles widerfahren sei und bekam zu hören: »Mir ist noch nichts passiert. Ich danke Jupiter dafür und opfere ihm jeden Tag. Aber ich kenne einen, dessen Nachbar überfallen worden ist. Man hört ja so allerhand.« Bis Borbetomagus hatte Lucius mehrere solcher Legenden gesammelt.

Der Beneficiarier Dimetrius Silvanus begrüßte ihn herzlich in seiner Station. Lucius stieg ab, übergab das schweißnasse Pferd einem Stallknecht und forderte: »Reib ihn gut ab und lass ihn nicht zu schnell trinken.«

»Komm rein, hier ist es angenehm kühl«, sagte sein Freund und rief nach Wein und Wasser. Ein Sklave brachte eine große Schale mit Wasser und ein Handtuch. Lucius tauchte sofort seine Hände hinein und spritzte sich das Nass ins Gesicht. Er benetzte sich auch die Haare und fühlte, wie die Müdigkeit langsam aus seinen Gliedern verschwand.

Dann setzte er sich bequem in einen Stuhl, den ihm sein Freund wies. »Was führt dich in meine Station?«, fragte Dimetrius. Lucius erzählte ihm von den ansteigenden Tumulten in der Provinzhauptstadt und seinem Auftrag, die Lage in der Provinz zu überprüfen.

»Wie sieht es hier aus? Bist du angegriffen worden?«, fragte er.

Silvanus schüttelte den Kopf und antwortete gelassen: »Die Station ist zu groß und zu gut befestigt. Die Germanen müssten schon zu Dutzenden anrücken, um hier Schaden anzurichten. Eine Patrouille auf halben Weg nach Altiaia soll angeblich überfallen worden sein, wird erzählt, aber ich weiß nicht, wer das sein sollte. Ich habe keine Leute losgeschickt und erwarte von Quintus auch keine Männer«, er beugte sich nach vorne, schenkte verdünnten Wein in die Becher und gab Lucius einen davon. Dimetrius war mit Lucius gleich alt und hatte wie er eine schlanke, durchtrainierte Figur. Aber er hatte eine hellere Hauttönung mit braunen Haaren und grauen Augen.

»Den vielen Gerüchten nach müssten in der Germania superior schon ganze Heerscharen an Aufständischen durchgezogen sein. Aber aus meinen benachbarten Vici wurden nur wenig Überfälle gemeldet. Jedenfalls nicht mehr, als die üblichen Wegelagerer. Was hier aber tatsächlich für Unruhe sorgt, das sind die Missernte und die steigenden Preise. Wenn der Boden nicht endlich Wasser bekommt und neu angepflanzt werden kann, werden viele den nächsten Winter nicht überleben.«

Lucius nickte und sagte: »Ja, das habe ich auf meinem Weg gesehen. Das Land sieht trostlos aus. Viele Häuser sind verlassen.«

Der Beneficiarier berichtete weiter: »Ja, die Landbevölkerung strömt in die Stadt. Wenn die Menschen keine Arbeit finden, betteln sie herum und durchwühlen den Müll nach allem, was sie irgendwie essen oder gebrauchen können«, er zog die Augenbrauen zusammen, »So langsam erreicht das einen bedenklichen Zustand. Die Bürger beschweren sich über die vielen Bettler. Sie fürchten sich vor Überfällen, obwohl in meinem Vicus noch kein schwerer Fall bekannt wurde. Und die Armen beklagen sich über die hohen Lebensmittelpreise, für die sie kein Geld mehr haben. Und alle zusammen schimpfen über den Statthalter in Mogontiacum.«

»Denkst du auch, dass vieles von den angeblichen Einfällen Hirngespinste sind?«, fragte Lucius nach.

»Hmm, nicht gerade Hirngespinste, eher Hysterie. Ein paar Warenkontrolleure am Hafen haben tatsächlich Prügel bezogen, aber das war nichts Besonderes«, sagte er, beugte sich vor und sah sich kurz nach möglichen Zuhörern um. Leiser fuhr er fort: »Ich habe das Gefühl, das Gerüchte in die Welt gesetzt werden, um die Stimmung gegen uns anzuheizen. Etliche reiche Händler haben angefangen, Lebensmittel in ihren Lagern zu horten. Angeblich, um für schlechte Zeiten ausreichend Vorräte zu haben. In Wahrheit treiben sie damit die Preise noch mehr in die Höhe. Der Statthalter wäre gut beraten, wenn er eine Verordnung erlassen würde, die das Zurückhalten von Nahrungsmitteln unter Strafe stellt. Wir steuern langsam auf eine Hungerkatastrophe zu.«

Dimetrius stand auf und winkte seinem Freund, ihm zu folgen. Neugierig ging Lucius hinter dem Beneficiarier in dessen Dienstraum. Silvanus bückte sich über eine schwere Truhe und öffnete das Schloss mit einem dicken Schlüssel. Dann nahm er aus der Tiefe eine große eisenbeschlagene Kassette heraus und schloss auch diese auf. Jede Menge lose Gold- und Silbermünzen und Stoffsäckchen waren darin enthalten. Der Offizier holte einen der dicken Geldbeutel heraus und gab ihn Lucius.

»Das haben wir in den letzten Wochen an Falschgeld eingesammelt. Das meiste stammt von den Booten und Schiffen, die auf dem Rhenus fahren.«

Lucius wog den schweren Beutel in beiden Händen und staunte über die Menge, »Beim Jupiter, wie viel ist darin?« fragte er.

Dimetrius lächelte selbstbewusst und sagte: »Mehr als 250 Aurei, Denare und Sesterzen.«

Lucius pfiff anerkennend durch die Zähne und gratulierte: »Bei allen Göttern.« Dann verdüsterte sich sein Gesicht. »Das ist schon mehr als das Dreifache von dem, was ich sichergestellt habe. Ich wünschte, ich wüsste, woher diese Flut kommt. Aber die Einzigen, die etwas dazu sagen konnte, wurden ermordet.« Als Dimetrius ihn fragend anstarrte, erzählte Lucius ihm von den drei Treverern, die er in seine Gewalt bekommen konnte.

»Setzen wir das noch zu unseren laufenden Problemen obendrauf«, schnaubte der Beneficiarier, »Langsam glaube ich, das eine hat mit dem anderen direkt zu tun.« Lucius sah ihn grübelnd an und nahm sich vor, diesen Gedanken weiter zu verfolgen.

»Du solltest das Falschgeld mitnehmen und es Antonius Laetorius auf seinen Schreibtisch schleudern«, erregte sich Dimetrius, »Vielleicht werden die im Statthalterpalast dann endlich mal wach.«

»Danke für die Einladung, mich zu überfallen«, antwortete Lucius ironisch, »Vielleicht schickst du ja noch einen Ausrufer herum, der das ausposaunt.«

»Nein, ernsthaft. Du alleine fällst weniger auf, als wenn ich einen gepanzerten Transportwagen mit vier Mann Bedeckung auf Reisen schicke«, argumentierte sein Freund sofort.

Lucius seufzte auf: »Na schön. Aber pass auf, dass dich keiner sieht, wenn du mir den Beutel in den Gepäcksack steckst.«

Am nächsten Morgen ritt Lucius weiter nach Altiaia zu seinem Kollegen Quintus Vorenus.

Murilega hatte im Garten eine Maus gefangen und sie in Lucius' Wohnung laufen lassen. Sie hatte in den vergangenen Tagen ihren Jungen das Anschleichen und Zupacken beigebracht. Im Garten hatte sie auf der Lauer gelegen und still darauf gewartet, dass sich eine Mäuseschnauze aus der Erde vorwagte. Dann weiteten sich die Pupillen plötzlich und die Katze spannte ihre Muskeln an. Mit einem mächtigen Satz flog sie auf das Opfer zu und packte es in ihren Krallen fest. Die Welpen hatten aus der Deckung unter einem Strauch die Vorführung beobachtet. Jetzt würden die Kätzchen für eine Weile beschäftigt sein, ihre erlernten Jagdkünste an dem Opfer auszuprobieren, überlegte sie. Die ägyptische Katze hatte große Sehnsucht nach dem Isis-Tempel. Sie wollte zur großen Göttin und ihr für die Geburt von drei gesunden Welpen danken.

Muri lief im Trab durch die nachtdunklen Straßen und Gassen von Mogontiacum. Am Ende eines Sträßchens sah sie schon den Platz, von dem eine Gasse zum Heiligtum führte. Die Katze blickte hinüber und richtete ihren Schwanz auf. Langsam ging sie um das Gebäude herum bis zum Baum. Wieder kletterte sie am Stamm hoch und gelangte von einem langen Ast über die Mauer in den Innenhof. Vorsichtig schlich sie hinter einen Strauch und versteckte sich. Sie sah einen Adepten aus der Türe zum Heiligtum kommen und beobachtete, wie der junge Mann mit dem kahlrasierten Kopf Kräuter aus einem Beet pflückte.

Murilega spitze ihre Ohren und hörte gedämpfte Stimmen aus dem Heiligtum. Zwei Männer erschienen und gingen zu den Altären. Lautlos schlich die Katze an der Mauer entlang näher heran. Hinter einem Haselbusch suchte sie Deckung. Sie belauschte die Unterhaltung der beiden Männer. Den Oberpriester Merenptah hatte sie schon bei ihrem ersten Besuch gesehen, als er die Wasserzeremonie mit seiner Anhängerschaft feierte. Den anderen Mann kannte sie nicht. Die Katze wäre am liebsten allein mit Isis gewesen, aber sie hockte sich geduldig hin und legte den Schwanz auf ihre Pfoten. Irgendwann würden die beiden schon den Garten verlassen, dachte sie.

Das gedämpfte Tap-Tap nackter Füße erklang und Muri sah den jungen Adepten wieder in den Garten kommen: »Hier Meister. Ich bringe dir die Kräuter.«

Die dunkle Stimme des Priesters antwortete: »Gut Sethos. Geh jetzt, lass uns alleine.« Der Junge entfernte sich wieder.

»Was passiert jetzt, Merenptah?«, fragte der zweite Mann.

Der Oberpriester antwortete: »Ich werde für dich tun, was ich kann.« Es raschelte kurz. »Hier, nimm die Bleifolie und schreibe deinen Fluch nieder. Schreibe deutlich. Wenn du fertig bist, wickle das beschriebene Täfelchen um diesen Knochen. Dann legst du das Gebinde neben die Feuerschale. Ich forme derweil die Zauberpuppe.«

Muri hörte ein paar kratzende Geräusche und wurde neugierig. Schon bei dem Wort Fluch hatten sich ihr ein paar Nackenhaare aufgestellt. Als sie noch in Ägypten lebte, hatte sie schon einmal eine Verfluchung in einem Tempel belauscht und war entsetzt geflohen. Sie hatte die Magie gespürt, als die Zauberrituale gesungen wurden und sich gefürchtet. Die Gebete hatten in der Götterstatue des Tempels in Alexandria kaum spürbare Vibrationen verursacht.

Ihr Herz klopfte bei dem Gedanken, dass sich das schreckliche Ritual in ihrer Gegenwart wiederholen sollte. Sie hatte keine Möglichkeit, zu verschwinden, ohne dabei entdeckt zu werden. Geduckt glitt sie über den Boden und schaute um den Busch zu den beiden Männern.

In dem dunklen Innenhof waren die Gesichter nur von dem Feuer aus dem Kohlebecken erleuchtet. Schaurig malten die Flammen Schatten in das hagere Gesicht mit der Hakennase. Der Priester knetete aus feuchtem Lehm eine menschliche Gestalt. Er sang dazu und murmelte leise Zauberformeln. Als er fertig war, betrachtete er zufrieden sein Werk. Die Lehmgestalt hatte die Form eines Mannes mit weit aufgerissenem Mund und Augen. Sogar das Geschlecht war geschickt modelliert. Merenptah legte die Figur neben die Feuerschale.

Der Mann neben ihm hatte eine dunkle getönte Gesichtshaut und buschige Augenbrauen. Muri sah eine lange Narbe, die ihm schräg über seine Wange lief. Sie schnüffelte und flehmte den Geruch, den der Mann verströmte ein, und verzog angewidert das Maul. Er stank nach Hass und Tod. Sie leckte sich ein paar Mal über die Schnauze. Die Katze sah sich panisch um, sie wollte sofort weg von hier. Aber in dem Moment war der Fremde mit seinen Gravuren fertig geworden und hob zu sprechen an: »Also, ich lese vor:

Ich rufe Mater Magna und binde und löse nicht:
Lucius Ovinius Secundus,
seine Ohren, Hände, Füße und den ganzen Körper.
Guter heiliger Attis, gib ihm bösen Sinn,
bösen Tod, solange er das Leben gelebt hat,
damit er mit dem ganzen Leib sehen soll, dass er stirbt.
Lass ihm keine Gnade finden Isis,
weder von dir noch von irgendeinem Gott,
außer ein böses Ende.«

Die dunkle Stimme klang schauerlich unter dem Sternenhimmel. Murilega sträubten sich die Fellhaare. Hatte sie eben den Namen Lucius Ovinius Secundus gehört? Entsetzt legte sie sich ganz flach auf dem Boden und robbte noch ein Stück weiter vor, um die Szene besser sehen zu können. Der unheimliche Kerl wickelte die Bleifolie jetzt um einen Hühnerknochen und legte die Rolle ab. Merenptah griff die Lehmfigur und gab die dem anderen in die Hand. Dann nahm der Oberpriester eine spitze Nadel und stach mehrmals in Augen, Mund, Brust, Bauch und Rücken der Figur. Bei jedem Stich schrie er schrill einen Fluch aus. Zusammen legten die Männer die zerstochene Figur ins Feuer und beobachteten, wie sich der Lehm langsam rot färbte. Wieder sang der Priester ein Rituallied und warf ein paar Kräuter in die Flammen. Es zischte und blitzte ein paar Mal, dann brannte das Feuer herunter und glühte nur noch.

Murilega spürte den Widerhall der Schreie in der Luft vibrieren und erschauerte. »Oh Göttin, bitte nimm diesen Fluch nicht an«, dachte sie verzweifelt, »Er schadet dem Zweibeiner, der immer gut zu mir und meinen Kindern war. Hilf mir, ihn zu beschützen.« Sie spürte, wie die Schwingungen langsam nachließen.

Mit einer Zange holte der Priester jetzt die gebrannte Tonfigur aus der Glut und legte sie zum Abkühlen neben die Schale. »Wenn die Zauberpuppe erkaltet ist, nimmst du sie mit dem Fluchtäfelchen und gehst zu einem frischen Grab. Der Geist des Verstorbenen kann den Fluch mit in die andere Welt bringen. Grabe ein Loch und lege das Blei hinein. Die Figur musst du zerbrechen und die Teile verkehrt herum anordnen, dann schüttest du alles wieder zu. Aber pass auf, dass dich keiner dabei sieht, die Gefahr ist sehr groß. Du als Sklave riskierst dabei dein Leben.«

Der dunkle Mann wickelte die kleine Tonfigur in ein Stück Stoff und packte sie zusammen mit dem Fluchtäfelchen in die Innenseite seines Umhangs. Dann zog er einen klingenden Geldbeutel aus der Tasche, holte ein paar Münzen heraus und gab sie dem Priester. Merenptah wog die Münzen in seiner Hand und lächelte, »Ich stehe dir und deinem Herren jederzeit zur Verfügung«, sagte er höhnisch. Die schwarzen Augen des Narbigen blitzten gefährlich auf.

»Pass auf, mit wem du dich anlegst«, drohte er, wandte sich um und verschwand durch die Türe. Merenptah kreuzte die Arme vor seiner Brust und verbeugte sich ehrerbietig. Dann verschwand er in das Gebäude.

Murilega atmete erleichtert auf, als sie alleine war. Sie lauschte eine Weile misstrauisch, aber die Weihestätte war verlassen. Die Katze sprang auf und eilte zum Altar. »Große Göttin, gib mir Kraft und Schnelligkeit, damit ich den Fluch aufhalten kann«, miaute sie. Dann hetzte sie über den Holzstapel und den Baum aus dem Tempel und sprang auf die Straße.

Vor dem Heiligtum schnüffelte sie am Eingang nach dem Geruch des dunklen Mannes. Sie hatte ihn im Garten geflehmt und würde ihn jederzeit wiedererkennen. Sie entdeckte seine Fußspur und folgte ihr. Wie an einem Seil aufgezogen, lief sie der Witterung durch Straßen und Gassen nach. Nur selten begegnete sie Menschen, die noch unterwegs waren. Nach und nach wurden die Häuser entlang der Strecke weniger und sie erreichte die Vorstädte von Mogontiacum. Die breite Straße führte aus der Stadt hinaus. Murilega sah etliche Erdhügel, Steintafeln und Grabmonumente rechts und links des Weges.

Prächtige Grabdenkmäler zeugten vom Reichtum der Familien, die hier begraben waren. Manche Gräber waren mit Mauern umfriedet. In ein solches führte die Fährte deutlich hin. Die Katze hörte jetzt auch ein leises Scharren. Vorsichtig schlich sie auf das Grab zu.

Der dunkle Mann hockte auf der Erde mit dem Rücken zu ihr. Vor sich war der Boden aufgelockert, erst vor kurzem war hier ein Mensch bestattet worden. Er grub ein Loch in die Erde, dann nahm er die beiden Fluchgegenstände aus seinem Mantel. Er wickelte die Tonfigur aus dem Stoff und hielt sie ins Mondlicht hoch. Ein gehässiges Lachen erschütterte seine Rücken. Dann packte er die Figur mit beiden Händen und zerbrach sie. Murilega zucke erschrocken zusammen. Der Mann legte die Teile in das Loch und warf die Bleirolle hinterher. Dann schaufelte er hastig mit den Händen das Erdloch wieder zu. Er klopfte sich den Dreck an seiner Tunika ab und stand auf. Murilega suchte eilig Deckung hinter der Mauer. Der Mann blieb eine Weile stehen und blickte prüfend um sich. Als er niemanden sah, ging er von dem Grab die Straße wieder zurück.

Muri kam hinter der Mauer hervor und sah der Gestalt nach, die immer kleiner wurde. Als sie sicher sein konnte, dass er zu weit weg war, um sie zu bemerken, ging sie zu dem Grabplatz und schnupperte an dem Boden. Dort, wo die Konzentration seines Geruchs am deutlichsten war, begann sie, mit ihren Pfoten in der Erde zu scharren.

Es war sehr mühselig, denn der Kerl hatte tief gegraben. Plötzlich ertastete sie etwas und grub eifrig weiter. Erde spritzte rechts und links an ihr vorbei. Sie fühlte die glatte Oberfläche des Bleis an ihren Pfotenballen. Bald schon hatte sie das gerollte Fluchtäfelchen freigelegt. Bekümmert sah sie auch ein paar Tonscherben.

»Da kann ich leider nichts tun«, sagte sie sich.

Die Katze biss in den dickeren Knochenkopf und zog die Rolle aus dem Loch heraus. Dann legte sie das Teil ab und leckte sich ein paar Mal über die Schnauze. Muri überblickte die lange Straße zur Stadt und seufzte auf. »Ohje, das kann ja die ganze Nacht dauern«, dachte sie. Entschlossen packte sie den Knochen mit den Zähnen und ließ den Bleikörper zwischen ihren Vorderpfoten auf dem Boden schleifen.

So gelangte sie über Stunden nach Mogontiacum. Immer wieder ließ sie das schwere Teil los, um ihr Maul zu entkrampfen. Wo sie unterwegs einen Brunnen fand, trank sie durstig ein paar Schlucke Wasser. Als die Morgenröte dämmerte, schleppte sie mit letzter Kraft die Fluchtafel die Treppe zu Lucius' Wohnung hinauf. Erschöpft ließ sie die Bleirolle mitten im Zimmer liegen und schlich zum Bett, wo ihre Jungen sie neugierig anstarrten und maunzend begrüßten.

Je weiter sich Lucius vom Rhenus entfernte, umso trockener wurde die Gegend. Die Sonne brannte jeden Tag unerbittlich. Auf der gekiesten Straße begegneten ihm immer wieder einfache Bauern, die mit ihren Familien zum nächstgrößeren Vicus wanderten. Auf Karren führten sie ihren ganzen Hausstand mit. Welche Familie Glück hatte und noch eine Kuh besaß, konnte ihre Sachen auf einem Wagen transportieren. Die anderen schleppten sich mühsam ab. Die Menschen sahen abgehärmt aus, die Kinder liefen sofort auf Lucius zu, sobald sie ihn sahen und bettelten um Brot und etwas Geld.

Von Dimetrius Silvanus hatte Lucius auch ein paar Landhäuser genannt bekommen, die er aufsuchen sollte. Es waren in der Mehrzahl Landsitze reicher römischer Familien oder wohlhabender Händler, die sich das römische Bürgerrecht erworben hatten. Lucius hielt vor so einem Landhaus das Pferd an und schlug seine Faust gegen das geschlossene Tor.

»Verschwinde oder du bist des Todes«, brüllte eine Stimme hinter dem starken Holztor, »Hier kommt niemand rein.«

Verdutzt blieb Lucius für einen Moment stumm, dann rief er laut: »Ich bin Lucius Ovinius Secundus, Optio der Legio XXII Primigenia. Im Namen Roms: Öffne sofort!« Er hörte ein paar Stimmen hinter dem Tor murmeln, dann wurde ein kleines Guckfenster geöffnet, und ein misstrauischer Blick traf ihn.

»Was willst du hier?«, fragte der Mann, der seinem Aussehen nach ein einfacher Haussklave war.

»Das geht dich nichts an. Öffne und führe mich zu deinem Herrn«, befahl Lucius gereizt.

Die Klappe wurde geschlossen und ein Schlüssel drehte sich im Schloss. Das schwere Holztor öffnete sich knarrend ein Stück, gerade so weit, dass er mit seinem Pferd durchpasste. »Was soll denn das?«, fragte Lucius erzürnt, als er in den Innenhof trat und das Tor hinter ihm wieder geschlossen wurde.

»Herr, wir müssen vorsichtig sein, es sollen schon so viele Gutshöfe überfallen und abgebrannt worden sein«, entschuldigte sich der Sklave und nahm das Pferd am Zügel, »Ich bringe es in den Stall und gebe ihm Wasser und Futter. Geh ins Haus. Ich bin sicher, mein Herr ist erfreut, dich zu sehen.« Er senkte verlegen den Blick und ging mit dem Pferd davon.

Lucius betrat den Kiesweg, der zu der Porticus führte, und ging ein paar Stufen hinauf zum Eingang. Rechts und links des Weges war ein anmutiger Vorgarten mit vielen Blumen und Wasserspielen angelegt. Die leuchtenden Blüten zeigten ein farbenprächtiges Bild. »Hier herrscht offensichtlich kein Wassermangel«, dachte er. Es war ein kompakter Bau mit zwei Eckrisaliten.

Im Eingang kam ihm ein Haussklave entgegen und begrüßte ihn. »Folge mir, mein Herr erwartet dich«, sagte er und brachte Lucius in das Arbeitszimmer von Marcus Publius Augurinus. Der Hausherr lächelte ihn strahlend an: »Oh großer Mars. Endlich kümmert sich Mogontiacum um seine Bürger. Ich bin froh, dass du endlich gekommen bist, sei aufs Beste willkommen.« Marcus Publius stand auf und schenkte Lucius persönlich einen Becher mit verdünntem Wein aus. Lucius trank auf das Wohl des Hausherrn und sah ihn leicht verwundert an: »Hast du mich denn erwartet? Ich wunderte mich schon, dass ihr euch hier verbarrikadiert habt.«

»Naja, bis jetzt haben wir noch Glück gehabt. Es haben nur ein paar Bettler an das Tor geklopft. Aber in anderen Gegenden soll es ja zu richtigen Massakern gekommen sein«, sagte er und lud seinen Gast ein, sich zu setzen. Dann fuhr er fort: »Jedenfalls habe ich schon vor einiger Zeit eine Botschaft an den Statthalter geschickt, dass er uns eine Truppe Legionäre oder Auxiliare sendet, die uns beschützen soll. Deshalb bin ich auch so froh, dass du da bist. Wann kommen denn deine Soldaten?«

Lucius räusperte sich unbehaglich und erwiderte: »Verzeih mir, aber das muss ein Missverständnis sein. Ich habe nicht den Auftrag, für die Sicherheit deines Hauses zu sorgen. Es ist Zufall, dass ich hier vorbeigekommen bin.« Er trank einen Schluck und fuhr fort: »Ich habe auf meinem Ritt nichts gesehen, was einem Massaker auch nur ähnlich wäre. Es würde mich interessieren, woher du das hast.«

Das Gesicht des Mannes färbte sich rot vor Zorn. »Soll das heißen, der Statthalter lässt uns hier im Stich?«, rief er aus, »Ich habe aus zuverlässigem Mund, dass Germanenbanden durch das Land ziehen und vor allem die Güter von römischen Bürgern angreifen. Soll ich mich etwa mit meinen Männern alleine gegen diese Barbaren wehren?«

»Ich reite jetzt seit über zwei Tagen durch die Provinz, Marcus Publius. Ich versichere dir: Ich bin an keinem Gut vorbeigekommen, das überfallen oder niedergebrannt wurde. Was ich allerdings gesehen habe, sind etliche verlassene Höfe und flüchtende Landbevölkerung, da ihre Felder vertrocknet sind.«

»Du willst mir also nicht helfen?«, Marcus Publius sah Lucius eisig an; die verarmten Bauern interessierten ihn nicht, »Gaius hat Recht gehabt, die Legion bekümmert es nicht, was mit uns geschieht. Nun, ich weiß jedenfalls, was zu tun ist. Mein Bruder ist ein einflussreicher Mann in Rom. Vielleicht finden unsere berechtigten Sorgen dort besseres Gehör. Ich werde jedenfalls nicht hier sitzen und abwarten, bis die Barbaren mir das Dach über dem Kopf anzünden.«

Lucius kannte den Namen der alten Familie Publius natürlich, sie hatte schon seit der Republikzeit Politiker hervorgebracht. Er stellte in aller Ruhe den Trinkbecher auf den Tisch und sagte glatt: »Ich danke dir sehr für deine Gastfreundschaft, Marcus Publius. Wenn ich wieder in Mogotiacum zurück bin, werde ich im Statthalterpalast selbstverständlich deine dringende Bitte persönlich vortragen. Meine Aufgabe führt mich nun weiter. Danke, bemühe dich nicht, ich finde den Weg selber hinaus.«

Das schwere Tor knallte laut hinter ihm ins Schloss, als er das Hauptgebäude verließ. Erschrocken tänzelte das Pferd herum, aber Lucius zog die Zügel fest und beruhigte es mit einem Schenkeldruck. Verständnislos schüttelte er den Kopf, dann ritt er weiter nach Altiaia. Auf dem Weg grübelte er, wer mit »Gaius« gemeint war? Vielleicht Gaius Fabricius Magnus?

Dabei kam ihm die Erinnerung an das schöne blonde Treverer-Mädchen erneut hoch. So kurz dieser Moment auch gewesen war, die junge Frau ging ihm nicht mehr aus dem Kopf. Immer wieder strahlten ihre blauen Augen ihn in seinen Träumen an und die rosigen Lippen senkten sich auf seinen Mund. Unruhig warf er sich des Nachts in seinem Bett hin und her. Sich diese junge Frau in den Armen des fetten Fabricius vorzustellen, reichte aus, um Lucius' Eifersucht auf den reichen Villenbesitzer zu schüren.

Lucius ritt durch die Tiefebene auf die kleine Beneficiarierstation zu, die dem Vicus Altiaia vorgelagert war. Schon von weitem sah er ein paar Händlerwagen und Transportkarren vor der Porticus stehen. Eine kleine Gruppe von Männern gestikulierte aufgeregt. Lucius erkannte seinen Freund Quintus, der auf den Stufen der Vorhalle stand und beruhigend auf die Händler einredete. Als Lucius näher kam, hörte er auch das aufgebrachte Stimmengewirr.

Er trieb sein Pferd an und galoppierte auf die Station zu. Vor der Treppe brachte er den Hengst hart zum Stehen. Staub wirbelte von den Hufen auf und die aufgebrachte Menge wich ein paar Fuß zurück. Quintus Vorenus erkannte seinen Freund und lächelte ihm grüßend zu. Dann nutze er die Überraschung der Händler und ergriff das Wort: »Beruhigt euch endlich. Einer von euch soll für alle sprechen und hereinkommen. Wer ist euer Anführer?« Der Beneficiarier stand breitbeinig da mit den Händen an den Hüften und sah die Händler fest an.

Aus dem Konzept gebracht, sahen sich die Kaufleute verwirrt an. Dann murmelte einer den Namen »Gaius Piso«, andere nickten dazu. Der Angesprochene sah für einen Moment verunsichert drein, dann straffte er sich und ging zur Treppe vor. »Das bin ich dann wohl«, sagte der Mann, »Mein Name ist Gaius Piso. Ich bin Stoffhändler aus Bingium.«

Lucius stieg vom Pferd ab und gab die Zügel einem Knecht der Station. Dann begrüßte er Quintus Vorenus und ging mit ihm zusammen in das Gebäude hinein, der Händler folgte ihnen sofort. »Gut, dich zu sehen Lucius Ovinius«, grüßte der Beneficiarier, »Ich hoffe, du kannst diesen Wirrköpfen bestätigen, dass sie sich nicht so aufregen sollen.«

Quintus ging in die Wachstube und lud seine Begleiter ein, am Tisch Platz zu nehmen, dann rief er nach Wein und Wasser. Der Stationsleiter setzte sich dazu und sah dem Kaufmann in die Augen. »Ich kann dir keinen Begleitschutz mitgeben. Wieso glaubst du, dass ich dir meine Männer überlassen kann?«, fragte er ihn.

»Weil die Straßen immer unsicherer werden«, polterte der Händler los, »Müssen wir erst ausgeraubt werden? Wann tut der Statthalter endlich was gegen die Gefahr?«

Quintus lehnte sich etwas zurück und blickte skeptisch drein, »Welche Gefahr denn? Es gibt nicht mehr oder weniger Überfälle als in normalen Zeiten.«

»Da habe ich aber was ganz anderes gehört«, rief der Kaufmann aus, »Germanenbanden sollen über den Rhenus gesetzt sein. Bei Buconica sollen angrenzende Vici bis auf den Erdboden abgerannt sein. Selbst die Priester verkünden, dass uns eine Katastrophe bevorsteht.«

Lucius räusperte sich vernehmlich und sprach dazwischen: »Ich bin vor kurzem erst durch Buconica gekommen, da war nichts. Was erzählst du für dummes Zeug?«

»Aber das habe ich doch selber in Bingium gehört«, empörte sich der Mann.

Quintus redete ihm zu: »Höre, im Augenblick wird viel Unsinn geredet und nicht mal ein Zehntel davon ist wahr. Der Sommer ist viel zu heiß und trocken und die Menschen sind gereizt. Wenn du und die Anderen euch nicht sicher auf den Straßen fühlt, dann fahrt zusammen im Pulk. Schützt euch gegenseitig. Aber meine Soldaten haben anderes zu tun, als Händler zu begleiten. Wenn dir das nicht gefällt, dann beschwere dich in Mogontiacum direkt bei der Provinzverwaltung. Aber bis ich keine anderen Befehle bekomme, bleiben meine Männer hier.« Damit stand er auf und beendete das Gespräch.

Wütend eilte der Kaufmann aus der Station und brüllte vor dem Haus: »Wir brechen ohne sie auf. Die werden sich noch wundern, wenn der Handel bald zusammenbricht.«

Quintus sandte einen genervten Blick zur Decke und sagte leise: »Oh Ihr Götter. Lasst es endlich regnen. Ein paar Hitzköpfe brauchen dringend eine Abkühlung.«

Lucius kicherte in sich hinein und antwortete: »So sei es. Ich dachte schon, ich hätte das Verrückteste auf meinem Weg erlebt, aber das Theater hier ist ja noch besser.« Quintus grinste schief und hörte sich dann Lucius' Reisebericht an.

»Ich frage mich, was schlimmer ist«, kommentierte der Beneficiarier kopfschüttelnd, »Ein wirklicher Angriff oder die Angst davor.«

»Ein wahres Wort«, sagte Lucius, »Diese Hysterie weitet sich zu einem ebenso großen Problem wie ein tatsächlicher Aufstand aus. Wo ich hinkomme, wird die Autorität des Statthalters infrage gestellt. Wenn diese Gerüchte, dass unsere Führung so schwach ist, über den Limes dringen, senden wir eine Einladung an die Barbaren aus.«

Quintus stand kurz auf und rief einen Sklaven, Essen für sich und seinen Gast aufzutischen. Kurze Zeit später saßen die Freunde bei Brot, Oliven, Wurst und Eiern am Tisch und unterhielten sich weiter.

Lucius berichtete von dem Mord an den gefangenen Falschgeldhehlern. »Das zeigt, dass du auf jeden Fall auf der richtigen Spur bist«, sagte Quintus.

»Was nützt mir das, wenn mir die Beweise jedes Mal abhandenkommen«, antwortete Lucius frustriert.

Sein Freund zuckte mit den Schultern. »Unser Freund Silvanus hat jedenfalls recht. Wenn die Menge an Falschgeld die da oben nicht endlich überzeugt, was dann?«, sagte er und stand auf. Aus der Truhe neben seinem Schreibtisch holte er einen schweren Sack heraus und übergab ihn an Lucius, bevor der protestieren konnte. Der Beneficiarier grinste: »Hier ist mein Beitrag. Alles von letzter Woche. Aber ich soll mich ja – laut Anweisung – nur um meinen Kram kümmern. Dann darfst du das eben mit nach Mogontiacum nehmen.«

Am vierten Tag kehrte Lucius nach Mogontiacum zurück. Er ließ sich bei Centurio Marcus Glaucus melden und wurde sofort von ihm empfangen. Gespannt sah der ältere dem jungen Mann entgegen. »Was ist da draußen los?«, fragte er ungeduldig.

Lucius stand vor dem Schreibtisch und antwortete: »Viel Aufregung und Geschrei um nichts. Von all den angeblichen Germanenüberfällen habe ich keinen gesehen. Jedenfalls nicht mehr, als was sonst an Räubern unterwegs ist. Aber es ist viel Volk auf den Wegen. Und wir werden noch mehr Zulauf von Hungernden und ihren Familien in den Verwaltungsbereich bekommen. Ich denke, unser größtes Problem ist ein ganz anderes.«

Der Centurio gab Lucius ein Zeichen sich zu setzen und stellte einen Becher mit Wasser vor ihm hin. Dann forderte er ihn auf fortzufahren.

»In der Provinz wird gezielt Stimmung gegen Antonius Laetorius gemacht. Überall schimpft man auf seine schwache Führung und erzählt die wildesten Gerüchte von Barbarenüberfällen. Die Unruhe und Reizbarkeit im Land sind gewaltig. Dazu kommen die steigenden Preise und Missernte. Händler fangen an, Getreide und Bohnen in ihren Lagern zu horten, so dass damit die Preise noch weiter in die Höhe steigen.«

Lucius erzählte eine Stunde lang von seiner Rundreise. Der Centurio hörte mit gefurchter Stirn zu und stellte nur ab und zu eine Zwischenfrage. Am Ende packte Lucius seinen Reisegepäcksack auf den Tisch und holte die beiden schweren Geldsäcke hervor.

Marcus Glaucus war sprachlos vor Staunen und sah mit großen Augen auf das Falschgeld. Lucius sagte eindringlich: »Das ist keine unbedeutende Angelegenheit mehr. Diese Menge hier ist nur der Teil, den die Beneficiarier bei Durchsuchungen in der letzten Zeit entdeckt haben. Wie viel Falschmünzen noch in Umlauf sind, können wir nicht mal schätzen. Meiner Meinung nach nimmt das jetzt eine Größenordnung an, die unsere Wirtschaft gefährlich untergräbt. Der Statthalter muss umgehend Bescheid wissen.«

Der Centurio dachte einen Augenblick nach und sagte dann: »Ich werde persönlich mit Antonius Laetorius sprechen. Du wirst über deine Beobachtungen einen ausführlichen Bericht für den Statthalter machen. Ich habe das mit dem Falschgeld unterschätzt, da hätte ich besser deinem Spürsinn vertrauen sollen. Von meiner Seite aus hast du freie Hand, in der Sache weiterzumachen.«

Lucius verließ müde das Legionslager. In der nächsten Therme genoss er nach den Anstrengungen der letzten Tage die wohltuende und anregende Wirkung des Bades. Noch einmal überblickte er die Reise in seinem Kopf. Er hatte Hunger und Verzweiflung in den Gesichtern der Entwurzelten gesehen. Die Reichen und Wohlhabenden dagegen verbarrikadierten sich und nutzten die Notlage aus. Lucius setzte in Gedanken schon seinen Bericht zusammen. Auf seinem Heimweg kaufte er noch Fisch am Hafen. Damit wollte er die Katze versöhnlich stimmen, die über seine lange Abwesenheit wahrscheinlich beleidigt war. Murilega erkannte seine Schritte schon auf der Treppe und hüpfte laut maunzend vom Bett herunter.

Lucius öffnete die Tür zu seiner Wohnung und sofort wuselten vier Katzen um seine Beine herum. »He!«, rief er lachend aus, »bringt mich nicht zum Umfallen.« Er stellte seine Sachen ab und streichelte erst einmal alle Felle, die ihm unter die Finger kamen. Murilega rieb ihren Kopf an seiner Hand und sah ihn mit glänzenden Augen an. Lucius stand auf und holte zwei Fische hervor, die er lockend in seinen Händen schwenkte. »Ich habe euch was mitgebracht.« Er legte einen Fisch auf den Boden und die jungen Kätzchen stürzten sich sofort auf den interessanten Geruch.

Den anderen Fisch hielt er Murilega hin. Aber die schnüffelte nur kurz daran und drehte sich weg. Die Katze ging ein paar Schritte zu der Trennwand. An dem Durchlass blickte sie ihn an und miaute auffordernd. »Was denn?«, fragte Lucius verdutzt, »Keinen Hunger?« Seine Katze miaute erneut und ging ein Stück weiter. Immer wieder drehte sie sich um und maunzte ihn fordernd an.

Lucius zog fragend die Augenbrauen hoch und folgte ihr in die Schlafecke. Seine Katze blieb mitten im Zimmer stehen und schnüffelte an etwas, das auf dem Boden lag. Wieder sahen ihn die grünen Augen eindringlich an. Der junge Mann trat näher und nahm das Teil, das seiner Katze so wichtig war, in Augenschein. Er sah eine dunkelgraue Rolle, an deren Ende ein helles Stückchen herausschaute.

Mit ungutem Gefühl nahm er das Teil in die Hand und betrachtete es näher. Er fühlte das kalte Blei an seinen Fingern und erkannte, dass es ein Knochen war, um den die Bleifolie gewickelt war. Lucius erstarrte und ein eisiger Schauer lief über seinen Nacken. Er hatte ein Fluchtäfelchen erkannt. Entsetzt sah er seine Katze an und keuchte auf. »Wie kommt das hier rein?«, fragte er sie. Muri hockte auf ihren Pfoten und sah ihn nur an. Leise murrte sie.

Lucius nahm die Rolle, wickelte vorsichtig die Bleifolie auf und zog sie glatt. Der kleine Knochen fiel auf den Boden. Er sah einen eingeritzten Text auf der Innenseite und las:

»Ich rufe Mater Magna und binde und löse nicht:
Lucius Ovinius Secundus,
seine Ohren, Hände, Füße und den ganzen Körper.
Guter heiliger Attis, gib ihm bösen Sinn,
bösen Tod, solange er das Leben gelebt hat,
damit er mit dem ganzen Leib sehen soll, dass er stirbt.
Lass ihm keine Gnade finden Isis,
weder von dir noch von irgendeinem Gott,
außer ein böses Ende.«

Er ließ die Bleifolie fallen, als wenn sie ihm die Finger verbrannt hätte. »Beim Jupiter«, flüsterte er mit heiserer Stimme. Lucius wusste, dass man mit schwarzer Magie nicht in Berührung kommen sollte. Nicht nur die Strafen bei Entdeckung waren drakonisch: Verbannung für römische

Bürger, der Tod für Sklaven und Unfreie. Jeder Römer fürchtete den Zorn der Götter über Fluchtafeln.

Lucius atmete ein paar Mal tief ein und aus, bis er sein Herzklopfen wieder unter Kontrolle hatte, und bückte sich nach dem Bleistück. Er ging zu seinem Bett und setzte sich hin. Der Schreck war ihm in die Glieder gefahren. Murilega sprang auf die Bettdecke und rieb ihr Köpfchen an seinem Arm. Das Blech zitterte in seinen Händen und mühsam las er es erneut durch. Der Text war eindeutig: Jemand wünschte ihm den Tod.

Seine dunklen Augen blickten zu der Katze. Lucius fragte sich, was für ein Zauber gerade diese Katze mit ihm verband. Jetzt hatte sie schon zum zweiten Mal sein Leben gerettet. Als wenn sie seine Gedanken erraten hatte, murrte Murilega ihn an und schlug mit der Pfote schnell mehrmals nach der Bleitafel. Sie fauchte die Platte an und scharrte mit ihren Krallen darüber. »Du hast recht, Muri«, sagte Lucius rau und stand auf, »Sie muss vernichtet werden.« Er suchte nach einem Griffel in seiner Wohnung und setzte sich an den Tisch. Die Bleifolie glättete er auf der Holzplatte und fing an, den Text mit wilden Kratzern unleserlich zu machen. Es dauerte eine Zeitlang, bis er die Seite mit so vielen Strichen versehen hatte, dass die Worte darunter nicht mehr zu lesen waren.

Lucius überlegte, was er nun mit dem Blech machen sollte. Er ging zum Herd und zündete ein Feuer an. Als die Flammen hoch genug schlugen, legte er ein paar Holzscheite auf und wartete, bis sie runtergebrannt waren und rot glühten. Dann knüllte er die Bleifolie zu einem Ball zusammen und warf sie in die Glut. Nachdenklich beobachtete er, wie das Blei schmolz und über die Holzkohle lief. Kein Mensch und kein Gott konnten da noch etwas entziffern. Muri hatte ihn beschützt, dessen war sich Lucius sicher. Die Götter mussten also mit ihnen sein und nicht mit den Anderen, die nach seinem Leben trachteten. Das brachte ihn zu der Frage, wer dieses Fluchtäfelchen angefertigt haben könnte. Die Machart wies auf ein ägyptisches Ritual hin. Lucius wusste, dass es einen Isis-Tempel in Mogontiacum gab, auch wenn er ihn noch nie aufgesucht hatte. Er tauchte aus seinen düsteren Gedanken wieder auf und sah seine Katze an. Als die Glut runtergebrannt war, stand er auf und holte tief Luft.

»Zeit, zurückzuschlagen«, dachte er grimmig und ging zu der Truhe, in der er seine Kleidung verwahrte. Er legte den Militärgürtel an und befestigte ein Messer und sein Schwert. Dann nahm er seinen Umhang und verließ die Wohnung.

Murilega war erleichtert, dass Lucius den Fluch vernichtet hatte. Sie erinnerte sich an die Fische, die er mitgebracht hatte und ihr Magen knurrte vernehmlich, sie hatte Hunger. Die Katze lief zu ihren Jungen, um wenigstens noch einen Rest von der Mahlzeit abzubekommen. Der erste Fisch war bereits vertilgt, sie packte den halb angefressenen zweiten ins Maul und trug ihn wie eine Beute davon. Die Kätzchen liefen maunzend hinterher, aber Muri verteidigte knurrend ihren Anteil. Die Welpen belauerten ihre Mutter und sprangen sie immer wieder an, um kleine Stücke von dem Fisch zu krallen. »Ihr habt euch schon vollgefressen«, fauchte Muri. Sie grummelte die Kinder an und beeilte sich, den Happen zu schlucken.

Lucius hastete durch die Straßen der Stadt zum Isis-Tempel. In wenigen Sätzen eilte er durch die Gasse und klopfte laut an die Eingangpforte. Nach einem kurzen Augenblick öffnete ihm ein junger Mann in einem weißen Gewand und mit kahlrasiertem Schädel. Lucius schob ihn einfach zur Seite und drang in den Innenhof ein. Er packte den Jungen an der Schulter und raunzte ihn an: »Wo ist der Priester?«

Der Adept sah erschrocken zu dem Bewaffneten auf und wies stumm auf das Heiligtum. Lucius drängte ihn zur Seite und betrat die Cella. Ein älterer Mann mit hagerem Gesicht und einer auffälligen Nase sah ihm hochmütig entgegen. »Was willst du hier? Du störst die Ruhe von Isis und Mater Magna«, sagte der Priester.

»Ich glaube, dass du sie weitaus mehr störst«, entgegnete Lucius barsch, »Sonst hätte sie mich nicht vor deinem Fluch gewarnt.«

Der Gesichtsausdruck des Oberpriesters erstarrte. »Was redest du da?«, fragte er.

Lucius stand jetzt direkt vor Merenptah und fauchte ihn an: »Ich bin Lucius Ovinius Secundus, du abscheulicher Teufel.« Er packte den Priester an seiner Tunika und stieß ihn gegen die Statue der Isis, die auf einem Postament thronte.

Merenptah stolperte und fiel der Länge nach hin. Das genügte, um sich von dem Schock zu erholen, den ihm Lucius eingejagt hatte, als er seinen Namen nannte. »Wie kannst du es wagen, einen Diener der Großen Göttinnen zu schlagen«, schrie er und erhob sich rasch, »Wer mich angreift, greift auch Isis und Mater Magna an. Ihr Zorn wird dich treffen.«

»Du elender Feigling. Versteck dich nicht hinter deinen Göttinnen. Du selbst hast sie missbraucht, als du die Fluchtafel gegen mich ausgestellt hast. Aber ich habe sie entdeckt und wertlos gemacht. Dein Fluch kann mich nicht mehr treffen. Isis' Zorn wird sich gegen dich richten, weil du sie verraten hast«, drohte Lucius.

Die Augen des Priesters weiteten sich. »Das ist unmöglich«, rief er aus.

»Stehe ich lebendig vor dir oder nicht? Du hast versagt!«, brüllte ihn Lucius an, »Wer hat den Fluch in Auftrag gegeben?«

»Das kann ich nicht sagen«, antwortete Merenptah mit versteinerter Miene.

Lucius wollte den Mann erneut packen, aber der Priester wich aus, griff nach einem Weidenkorb und warf ihn gegen den Offizier. Der Korb fiel auf den Boden und öffnete sich. Eine Schlange kugelte heraus und streckte sich sofort mit einem wütenden Zischen. Es war eine braun gefärbte Kobra, die ihren Körper zu einem Kreis rollte und den Kopf aufrichtete. Dabei blähte sie ihren Halsschild löffelartig auf. Nur die Götter und dieser schreckliche Priester wussten, wie sie ihren Weg an den Rhenus gefunden hatte. Das Reptil fixierte Lucius sofort, die gespaltene Zunge zuckte aus dem Mund. Merenptahs Augen leuchteten triumphierend, er hob beschwörend seine Arme und murmelte Zauberformeln.

Lucius zog sein Schwert und richtete es gegen die Kobra. Sie öffnete ihr Maul mit den spitzen Zähnen und ließ ihren Kopf nach vorne schnellen, aber er sprang schnell zur Seite. Er stieß mit der Klinge nach und traf sie am Körper. Zischend fuhr die Schlange herum, aber Lucius holte aus und schlug ihr den Kopf ab. Sofort drehte er sich zu dem Priester herum und richtete das Schwert gegen ihn.

»Du sagst mir, wer den Fluch in Auftrag gegeben hat«, drohte Lucius.

»Du hast die heilige Schlange getötet«, fauchte der Priester wütend, »Das wird dir Isis nie verzeihen.« Merenptah zog einen versteckten Dolch aus seiner Tunika und stieß ihn gegen seinen Gegner.

»Du hast keine Macht mehr über Isis«, rief Lucius und machte einen Ausfallschritt. Der Priester schlug mit dem Dolch die Schwertklinge zur Seite und stieß mit der Waffe zu. Lucius sprang zurück und zog mit der anderen Hand sein Messer. Drohend stellte er sich in Ausgangsstellung vor den Priester, in beiden Händen eine Waffe.

»Du kannst mich nicht töten«, raunte er, »Deine Göttin wird das verhindern.« Eine Unsicherheit blitzte in Merenptahs Augen auf, dann hatte er sich wieder unter Kontrolle. Blitzschnell drehte sich der Priester zur Seite und griff nach einer Feuerschale. Er warf das schwere Bronzegefäß mit den glühenden Holzstücken gegen Lucius und traf ihn am Schwertarm. Der Gladius rutschte aus der Hand des verbrannten Arms und fiel zu Boden. Merenptah setzte nach und stieß erneut mit dem Dolch zu. Lucius drehte sich sofort um die eigene Achse, dass der Hieb ins Leere ging. Der Priester verlor das Gleichgewicht und wankte, Lucius trat mit dem Fuß den Dolch aus seiner Hand und packte ihn mit dem Arm um den Hals. Die andere Hand hielt sein Messer hoch. Merenptah erstarrte.

»Gib auf«, drohte Lucius und setzte dem Priester die Klinge an den Hals. Merenptah schluckte hart. »Was willst du?«, fragte er mit erstickter Stimme.

»Den Namen dessen, der mich verfluchen wollte«, sagte der Offizier gereizt.

»Das kann ich dir nicht sagen. Er tötet mich, wenn ich ihn verrate«, antwortete Merenptah hastig.

»Ich töte dich sofort, wenn du mir den Namen nicht sagst«, entgegnete Lucius und spannte den Arm etwas fester an, »Ich habe nicht mehr viel Geduld.«

Der kahle Schädel des Oberpriesters glänzte schweißnass und er atmete heftig. »Volius«, keuchte er, »Rufinus.«

Lucius fragte bestürzt: »Der Sklave des Gaius Fabricius Magnus?« Er spannte seinen Arm weiter an.

»Ja«, kam es gepresst von Merenptah.

Lucius' Gedanken rasten. Wie Mosaiksteine liefen alle Ereignisse der letzten Monate zusammen zu einem Bild. Das Falschgeld, der Bestechungsversuch, das Feuer in der Beneficiarierstation, die falschen Anschuldigungen gegen ihn, die allgemeine Hysterie in der Bevölkerung und zuletzt das Fluchtäfelchen. In allem zeigte sich das feiste Gesicht seines größten Gegenspielers. Die Gerissenheit und Rücksichtslosigkeit bestürzte Lucius. Schnell wurde ihm klar, dass er es nicht riskieren konnte, dass der Priester Rufinus warnte. Aber bevor er noch weiter nachdenken konnte, was er nun mit seinem Gefangenen machen sollte, kam ihn dieser zuvor.

Merenptah spürte die Ablenkung und befreite sich mit einer heftigen Bewegung aus der Umklammerung. Er sprang nach vorne und griff sich das Schwert, das am Boden lag. Schnell drehte er sich um und hob die Waffe zum Schlag über seinen Kopf. Lucius holte aus und schleuderte den Dolch dem Angreifer entgegen. Bis zum Heft bohrte sich die Klinge in die Brust des Priesters. Merenptah schrie auf und das Schwert glitt aus seiner Hand. Er brach vor dem Standbild der Isis zusammen. Lucius ging hin und sah auf ihn herunter. Die schwarzen Augen des Priesters glühten vor Hass. Er keuchte schwer und wollte sprechen, aber es quollen nur noch Blutbläschen aus seinem Mund. Dann sackte er zusammen und rührte sich nicht mehr.

Lucius zog sein Messer aus der Brust des Toten und wischte es an der weißen Tunika ab. Dann nahm er das Schwert und steckte beide Waffen wieder an den Gürtel. Er blickte zu dem Gesicht der Statue und fragte sich, ob er wohl wirklich unter dem Schutz von Isis gestanden hatte. Jedenfalls konnte ein Dank nicht schaden, dachte er und verbeugte sich respektvoll vor der Göttin.

Der Offizier wandte sich zum Ausgang. In einer Ecke sah er den Adepten hocken, der vor Angst am ganzen Körper schlotterte. Er blieb stehen und blickte ihn einen Moment lang nachdenklich an. Der Junge hatte ihm nichts getan. Aber er war Zeuge und durfte keinesfalls hierbleiben. So sagte er: »Wenn du leben willst, dann verschwinde von hier. Verkleide dich und lauf davon, noch in dieser Nacht. Am besten so weit, wie du kannst. In diesem Land bist du nicht mehr sicher. Und vergiss alles, was du hier gesehen hast.« Damit ging er durch die Türe.

Lucius ging zu seiner Wohnung, schnallte den Gürtel ab und schlüpfte aus dem Kettenhemd. Er legte sich angekleidet aufs Bett und brütete über einen Plan. Murilega kam an seine Seite und schmiegte sich schnurrend an ihn. Gedankenversunken streichelte er das weiche Fell der Katze.

Ein blondes Mädchen tauchte in seiner Erinnerung auf, die keltische Sklavin, die er im Haus von Gaius Fabricius gesehen hat. Ihre blauen Augen strahlten ihn an und der rosige Mund rief lautlos seinen Namen. »Irmingard«, flüsterte Lucius sehnsüchtig in die Nacht.

Als der Morgen dämmerte, stand Lucius auf und kleidete sich vollständig an. Er packte den Kleidersack und legte auch seine zivilen Kleidungsstücke hinein. Zu seiner Katze sagte er: »Muri, ich muss für ein paar Tage weg. Dank dir weiß ich jetzt, wer hinter all dem steckt.« Murilega sah ihn an und miaute kläglich. Lucius streichelte ihr über den Kopf und antwortete: »Keine Sorge. Ich pass auf mich auf.«

Der Überfall

In dem dichten Blättergewirr des Waldes war Lucius nicht zu entdecken. Er trug eine dunkelgrüne einfache Tunika und Wollhosen, wie die Einheimischen. Sein Gesicht und alle sichtbaren Hautstellen hatte er mit Lehm beschmiert und unkenntlich gemacht. Seit zwei Tagen lag er bereits in Sichtweite der Palastvilla des Gaius Fabricius Magnus auf der Lauer und beobachtete das Hin und Her auf dem Gutshof. Auffallend viele Händler- und Transportkarren hatte er dabei gezählt. Von den Besuchern, die auf den Hof ritten, hatte er etliche wohlhabende Bürger und Kaufleute aus Mogontiacum erkannt.

»Schau mal, wer da kommt«, raunte Aineas neben ihm und wies auf zwei Reiter, die auf das Tor zukamen. Der kaiserliche Sklave war wie er, einfach und dunkel gekleidet und hatte sein Gesicht ebenfalls unkenntlich gemacht. Lucius erkannte in dem ersten Reiter Marcus Servilius, Tribun und stellvertretender Statthalter von Mogotiacum und dessen Sekretär. Er schnaubte verächtlich durch die Nase und sagte leise: »Ich hab doch geahnt, dass Gaius Fabricius das nicht ohne die Deckung des Militärs durchziehen kann. Das bedeutet aber auch, dass wir keinem in der Hauptstadt mehr trauen können.«

Lucius war vor zwei Tagen in der Beneficiarierstation bei Ulmena angekommen und hatte Aineas alles berichtet, was er an Informationen über das Falschgeld herausgefunden hatte. Damit hatte er bei dem, was er plante die Rückversicherung: Sollte er versagen, würde der kaiserliche Sklave in Rom dafür sorgen, dass die Wahrheit über die Falschmünzerbande ans Licht kam. Seitdem lösten er und Aineas sich bei ihrer Überwachung der Villa ab.

Lautes Gelächter und Musik schallten von dem Gutshof herüber. Die Freunde waren sogar nahe genug an dem Grundstück, um etwas von den köstlichen Gerüchen einer Festtafel aufzufangen, die der Wind zu ihnen trug. Vernehmlich knurrte der Bauch von Lucius. Aineas kicherte und kroch vorsichtig zurück durch das Gebüsch zu ihrem Lager, das sie auf einer kleinen Lichtung aufgeschlagen hatten. Er kramte in ihren Vorräten und brachte Lucius ein Stück Brot, Käse und eine Handvoll Kirschen mit. »Da, sonst verrät uns dein Magen noch«, sagte er schmunzelnd. In ihrem Versteck aßen beide das einfache Mahl in der hereinbrechenden Dunkelheit.

»Ist dir schon mal aufgefallen, dass der Schornstein von dem kleinen Gebäude an der rechten Mauer ziemlich raucht und Funken sprüht?«, fragte Lucius leise.

Aineas zuckte mit den Schultern und meinte: »Das könnte die Therme sein.«

»Nein, die ist größer und liegt direkt hinter der Villa. Ich war schon da drin«, antwortete Lucius, »An einem warmen Sommerabend so stark zu heizen, ist doch ziemlich übertrieben, findest du nicht?«

»Dann sollten wir uns das mal genauer ansehen«, sagte der kaiserliche Sklave.

Vorsichtig schlichen die Beiden zurück hinter das Dickicht und gingen in weitem Bogen zur nördlichen Grundstücksmauer. Lucius war froh, dass der Gutshof keine Wachtürme an den Ecken der Umfassung hatte. Lediglich das Torgebäude war von zwei hohen Häusern flankiert, in denen die Bediensteten untergebracht waren. So hatten sie unentdeckt das Anwesen die ganze Zeit ausspähen können. Lucius schlich zum Waldrand und spähte das freie Gelände vor ihm aus. Als er keinen Menschen sehen konnte, lief er schnell auf die Mauer zu und hockte sich hin. Nach einem Rundblick winkte er Aineas, zu kommen.

»Hilf mir über die Mauer«, bat er leise, »Wenn ich bis zur Dämmerung nicht zurück bin, weißt du, was du zu tun hast.« Der Sklave nickte, formte mit den Händen eine Trittleiter und Lucius stellte einen Fuß hinein. Dann schnellte er hoch und packte die Kante. Langsam zog er seinen Oberkörper hoch und setzte ein Knie auf die Mauerkrone. Er überblickte das riesige Gelände vor ihm. In einiger Entfernung sah er Sklaven, die zwei Pferde in den Stall führten. Im Torschatten war auch noch Bewegung, eine Haustüre ging auf und im Licht sah er einen Mann, der in das Torhaus hineinging. Dann war es auf dem Grundstück still.

Lucius war direkt über dem Gebäude, das seine Neugierde geweckt hatte. Es war an die Mauer angebaut und eine Werkstatt, wie er jetzt sah.

Der Rauch von Holzkohle kitzelte ihn in der Nase. Ein paar Geräusche drangen zu ihm hoch. Vorsichtig kletterte er über die Mauerkante und ließ sich auf das Dach runter. Leise ging er auf den Tonziegeln bis zur Traufe. Dann sprang er auf den Boden und blieb einen kurzen Augenblick in der Hocke. Nichts rührte sich. An der Giebelwand war ein Fenster hell erleuchtet. Gebückt schlich er hin und spähte hinein.

In einer Ecke der Werkstatt war eine Esse gebaut. Auf der Steinplatte lag eine dicke Schicht glühender Holzkohle. Hoch schlugen weiße und blaue Flammen zum Rauchabzug. An der Wand daneben hingen zahlreiche Greifzangen, Schürhaken, Hämmer und weiteres Werkzeug. Vor der Esse war ein großer Amboss und an der gegenüberliegenden Seite eine starke Werkbank aus Holz. Davor stand ein grauhaariger Mann in gebeugter Haltung. Er trug eine dunkle Wollhose mit zahlreichen Ruß- und Brandflecken. Seinen nackten Oberkörper bedeckte eine dicke Lederschürze. Die Haut glänzte im Feuerschein. Der Mann hielt einen glühenden Tiegel mit einer Zange fest und goss einen weißen Strahl in eine Tonform. Dann drehte er sich um und stellte den Tiegel auf die Esse zurück. Ein halbwüchsiger Junge bediente den Blasebalg und feuerte die Kohlen an. Lucius schlich leise um das Gebäude herum bis zur Türe. Er zog seinen Dolch aus dem Gürtel und öffnete mit einem Ruck die Haustüre. Er stürzte in den kleinen Raum und hielt dem überraschten Schmied die scharfe Klinge an den Hals. »Keinen Laut«, drohte er und trat mit dem Fuß die Türe hinter sich zu. Der Schmied und der Junge sahen den Eindringling erschrocken an und rührten sich nicht. Der Mann wollte etwas sagen, aber Lucius verstärkte den Druck des Messers und schüttelte langsam den Kopf. Dann sah er sich im Raum um.

Auf der Werkbank standen mehrere Gussformen nebeneinander zum Abkühlen. Aus dem Gusskanal der zuletzt bearbeiteten Form quoll ein Dampffaden hervor. Es war unerträglich warm in der Hütte. »Also hier werden die Falschmünzen gemacht«, sagte Lucius zu dem älteren Mann. Der Schmied zuckte zusammen und riss die Augen auf. »Ja, ich weiß Bescheid«, sprach Lucius weiter. »Du sagst mir, wie viele Geldstücke schon gefälscht wurden, und zeigst mir, wie du die Münzen herstellst.«

»Bei Donar, verschont mich. Ich bin doch nur ein Gefangener hier, wie mein Junge auch«, flehte der alte Mann. Lucius blickte den Jungen an, der sich ängstlich die Wand gepresst hatte und ihn anstarrte. Die großen blauen Augen kamen ihm seltsam vertraut vor.

»Ich bin römischer Offizier«, raunte Lucius, »und verfolge die Spur der Falschmünzerbande schon seit Monaten. Jetzt habe ich endlich alle Beweise zusammen, um Gaius Fabricius Magnus zu erwischen. Du wirst mir dabei helfen, verstanden?«

Der alte Mann spürte die Klinge an seinem Hals, schluckte und sagte heiser: »Ich kann nicht verhindern, dass du mich umbringst, aber dann sterben mein Sohn und meine Tochter auch.«

»Wo ist deine Tochter?«, fragte Lucius und sah misstrauisch zum Fenster hinaus.

»Sie ist in der Villa«, antwortete der Schmied, »Irmingard wird dort wie eine Sklavin gehalten.« Beschämt senke der Mann die Augen, »Sie muss Gaius Fabricius im Bett zu Willen sein.«

Lucius' Herz machte einen Sprung. Das schöne Mädchen, das er bei seinem letzten Besuch gesehen hatte und das ihm seither seine Träume versüßte, war die Tochter des Schmieds. Für einen Moment war er sprachlos.

Der alte Mann spürte, wie er zögerte und flehte: »Bitte. Er hat gedroht, sie grausam umzubringen, wenn ich keine Münzen mehr gieße.« Die nackten, schweißglänzenden Schultern des Mannes senkten sich. »Ich bin sowieso des Todes, das weiß ich«, sagte er bekümmert, »Der Herr wird mich kaum am Leben lassen, wenn er endlich genug Geld zusammenhat. Aber ich will, dass meine Kinder in Sicherheit sind.« Er hob den Kopf und sagte unmissverständlich: »Wenn du meinen Jungen und die Tochter in Sicherheit bringst, zeige ich dir alles.« Dann presste er den Mund zusammen und starrte den Römer an.

Lucius sah die Entschlossenheit in den hellen Augen des Schmiedes und überlegte kurz. Der alte Mann würde starrsinnig schweigen, selbst unter Gewalt, wenn er ihm nicht einen Kompromiss anbieten würde. Und er hatte nicht die Zeit, es auf eine Geduldsprobe ankommen zu lassen, wer den größeren Dickschädel hatte.

Er nahm das Messer von seinem Hals und steckte es an seinen Gürtel. »Du weist genau, dass ich euch nicht allein befreien kann. Ich komme wieder mit genug Soldaten, um das Gelände zu umzingeln und die Bande zu greifen. Ich kann dir nicht sagen, ob du der Strafe entkommst. Für einen Sklaven ist Falschmünzerei ein schwerwiegendes Verbrechen. Aber ich gebe dir mein Wort, dass ich deine Kinder in Sicherheit bringen und mich um sie kümmern werde.«

Lucius stand vor dem Schmied und reichte ihm zum Versprechen die Hand »Ich heiße Lucius Ovinius«, sagte er. Der alte Mann sah ihn unsicher an, hinter seiner gefurchten Stirn rasten die Gedanken und er fuhr sich mit der schmutzigen Hand durch sein Gesicht. Dann wischte er die schweißnassen Finger an der speckigen Lederschürze ab und schlug in Lucius' Hand ein. »So sei es«, sagte er einfach, »ich bin Hatto. Das ist mein Sohn Gernot.«

»Und jetzt zeigst du mir, wie du das Falschgeld herstellst«, forderte Lucius erneut.

Der Schmied seufzte auf und drehte sich zur Esse um. Er holte ein paar Brocken Blei aus einem Eimer und steckte sie in das Gießgefäß. Dann schob er weitere Holzkohle zur Glut und blaffte den Jungen an: »Steh auf, du Angsthase. Stell dich gefälligst an den Blasebalg.« Mit dem Schürhaken fachte er die Flammen wieder an und zeigte auf das Steingefäß: »Hierin wird das Blei geschmolzen. Die Temperatur dafür muss sehr heiß sein. Wenn es flüssig ist, gieße ich es in die Formen.«

Er wandte sich der Holzbank zu und Lucius folgte ihm. Mittlerweile rann auch ihm der Schweiß den Rücken hinunter. Hatto nahm die hinterste Form und stellte sie auf die Holzplatte. Dann griff er sich einen spitzen Hammer und begann, den Ton aufzuschlagen. Kleine Scherben und Splitter sprangen ab und Lucius sah bald eine graue Reliefflâche glänzen. Die Teilform platzte ganz ab und gab vier Münzen frei, die durch schmale Grate aneinander befestigt waren.

Der Schmied legte die Münzen zur Seite und bearbeitete die nächste Tonplatte. Bis er die ganze Form auseinandergeklopft hatte und die Tischplatte mit Scherben übersät war, lagen vier Gussteile auf dem Tisch. »Die Technik ist einfach aber effektiv«, erklärte Hatto, »Die Originalmünzen werden mit Vorder- und Rückseite in weichen Ton gedrückt. Dann werden die Formen gebrannt und mehrere übereinander geschichtet. Ein Gusskanal sorgt dafür, dass das Blei sich gleichmäßig auf alle Formen verteilt.« Er nahm ein Gussteil in die Hand und suchte nach einer Zange. Damit knipste er die Grate und das überflüssige Blei am Rand ab. Zurück blieben vier einzelne graue Münzen.

»Damit bin ich natürlich nicht fertig«, zählte der Schmied weiter auf, »Ich habe jetzt erst den Kern der Falschmünze. Ich muss sie erst noch etwas feilen und schleifen, damit der Rand auch glatt ist. Dann kann ich sie mit Silber überziehen, sodass sie echt aussehen. Bei Aureii natürlich mit Gold. Es geht aber auch Messing aus Erdgalmei. Als Kern kann man auch Kupfer verwenden. Es kommt darauf an, wie genau die Münzen dem Standardgewicht entsprechen sollen.« Hatto holte eine Kassette von dem Wandbord über ihm, kramte einen silbernen Denar heraus und gab ihn Lucius. Der alte Mann kratzte sich am Kopf und brummte: »Ich dachte, ich hätte sie so exakt gearbeitet, dass sie nicht auffallen würden.«

Lucius musste lächeln und sagte: »Du hast sogar viel zu gründlich gearbeitet. Deshalb waren sie mir ja auch aufgefallen. Unsere echten Münzen sind meistens nicht so rund und sauber, weil die Prägung geschlagen wird.« Hatto sah ihn erschüttert an und schüttelte dann den Kopf. »Merda«, fluchte er leise.

»Wie bist du dazu gekommen, Falschgeld zu gießen?«, fragte Lucius nach.

»Ich bin ein sehr geschickter Goldschmied«, antwortete der alte Mann. »Ich habe fein ziselierte Fibeln, Ketten und Armbänder geschmiedet. Das hat Gaius Fabricius auf mich aufmerksam gemacht. Seine Häscher kamen auf meinen Hof und haben meine ganze Familie entführt. Meine Frau ist dabei ums Leben gekommen. Gaius hat mir gedroht, meine Kinder zu töten, wenn ich nicht gehorche. Seitdem sind wir seine Gefangenen.«

Der Schmied ging zur Esse und prüfte die Konsistenz des Bleis. Die Weißglut hatte es zum Schmelzen gebracht. Er stellte eine neue Tonform auf den Tisch und griff sich eine Zange mit langen Armen. Damit packte er den heißen Bleitopf und ging vorsichtig zur Werkbank. »Sieh jetzt genau hin«, sagte er zu Lucius. Behutsam kippte er das Gefäß über ein Loch in der Tonform. Das flüssige Metall schoss heraus und ergoss sich in die Kanäle. Bis zum Rand füllte Hatto die Form auf. Dann stellte er den Gießtopf zurück auf den Rand der Esse. »Gernot, du kannst jetzt aufhören«, rief er seinem Sohn zu.

»Hierin kann es jetzt kalt werden«, zeigte Hatto, »Den Rest hast du schon gesehen.«

»Den technischen Teil habe ich verstanden«, sagte Lucius, »Was aber noch viel wichtiger ist: Wie viel Geld wurde bisher geprägt? Wie hoch ist die Summe, die im Umlauf ist?«

Hatto lehnte mit verschränkten Armen gegen die Werkbank und starrte in das runtergebrannte Feuer. Dann atmete er tief ein und antwortete: »Das sind zusammengerechnet über 500.000 Sesterzen.«

Lucius blieb vor Staunen der Mund offen stehen. Selbst wenn der Argentarius bei dem Umtausch in echte Währung gut ein Drittel Verlust einkalkulierte, war das immer noch eine Größenordnung, die politisches Gewicht bekam, überlegte der Offizier fieberhaft. »Beim Mercur«, hauchte er. Mit der Geldmenge hatte Gaius Fabricius das wirtschaftliche Gleichgewicht der Germania Superior ins Wanken gebracht. Auf dieser Ebene zählten für den reichen Verbrecher keine Menschenleben mehr. Er würde jeden vernichten, der sich ihm in den Weg stellte, das wusste der Offizier. Lucius hatte nur die Chance, dass er dem Kopf der Falschmünzerbande zuvorkam.

»Ich bin in zwei Tagen mit meinen Männern zurück«, sagte er zu dem Schmied, »Bis dahin musst du so tun, als wenn nichts anders wäre als sonst. Du verhältst dich so wie immer. Das gilt auch für deinen Sohn.« Lucius drehte sich zu dem Jungen um und sah ihn scharf an. Der nickte nur ängstlich.

»Was hast du vor?«, fragte der alte Mann alarmiert.

»Das kann ich dir nicht sagen«, versetzte Lucius, »welche Eingänge gibt es zu der Villa noch außer dem Haupttor und dem Seitentor?«

Der Schmied zögerte kurz und sprach: »Die beiden Haupttore werden abends verschlossen und mit Balken gesichert. Es existiert aber noch eine versteckte Geheimtüre in der Mauer. Sie ist aus bemaltem Holz und von außen kann man sie von den Wandsteinen kaum unterscheiden. Sie ist lange nicht mehr benutzt worden, aber ich öle regelmäßig das Scharnier, damit sie nicht quietscht. Ich hatte immer gehofft, sie eines Tages zur Flucht nutzen zu können.« Er zog die Augenbrauen zusammen und starrte grimmig vor sich hin.

»Das kann ja vielleicht bald der Fall sein«, warf Lucius ein, »Ist sie verschlossen?«

Da grinste der alte Mann, »Natürlich, wozu bin ich Schmied? Ich habe mir einen passenden Schlüssel angefertigt.«

Lucius nickte und befahl: »Gib mir den Schlüssel. In zwei Tagen abends verbarrikadierst du dich mit deinem Sohn in der Werkstatt. Ihr rührt euch nicht, bis ich euch kommen hole.«

Hatto sah den Römer zweifelnd an; er rang mit seiner Hoffnung, dem Elend seiner Kinder endlich ein Ende zu setzen und der Angst, dass ihnen bei dem Angriff nicht noch schlimmeres passieren konnte. Er blickte in das offene Gesicht und die schwarzen Augen des jungen Mannes. Er las Kraft und Redlichkeit in den römischen Zügen. Da richtete sich der alte Schmied auf und ging zu einer Truhe, unterhalb der Treppe, die in das Dachgeschoss führte. Hier holte er nach einigem Suchen einen schweren Schlüssel heraus und übergab ihn Lucius.

»Ich werde sie gleich ausprobieren. Dein Junge kann mir zeigen, wo die Pforte ist. Das ist einfacher, als wenn ich wieder über die Mauer zurück müsste«, sagte Lucius, »Aber ihr müsst schweigen. Auch zu Irmingard sagst du kein Wort. Es ist besser, sie weiß nichts und bewegt sich so wie immer.« Der Offizier gab Gernot einen Wink und schritt zur Haustüre. Er drehte den Kopf zu dem alten Mann und verabschiedete sich: »Es ist abgemacht. In zwei Tagen.« Dann ging er mit dem Jungen in die Nacht hinaus.

Wieder zurück im Wald suchte er Aineas und erzählte leise von der Werkstatt. Sie schlichen in der Deckung der Bäume zurück zu ihrem Lagerplatz und packten alles zusammen. Dann liefen sie zu einem kleinen Feld, wo sie ihre Pferde angebunden hatten und ritten zurück zur Beneficiarierstation. Die Freunde überraschten Caelius, den Koch mit ihrer hungrigen Bitte um ein spätes Nachtmahl. Lucius und Aineas wuschen sich inzwischen und zogen sich ihre gewohnte Kleidung an.

Beim Essen arbeiteten sie ihren Plan, den sie unterwegs entworfen hatten weiter aus. Aineas sollte nach Borbetomagus reiten und dort Dimetrius Silvanus um Hilfe bitten. Lucius würde in die andere Richtung nach Altiaia reiten und mit den Soldaten von Quintus Vorenus zurückkehren. Sie waren beide überzeugt, dass es zu gefährlich wäre, in der Legionsstadt selber um Verstärkung zu bitten. Der Statthalterpalast war von Verrätern unterwandert und sie wussten nicht, wem von den Führungsoffizieren sie noch vertrauten konnten.

Lucius war klar, dass er Fakten schaffen und Beweise sicherstellen musste, die keiner mehr widerlegen konnte, wenn er einen so angesehenen Mann wie Gaius Fabricius Magnus des schweren Verbrechens überführen wollte. Der Skandal, das wusste er, würde Wellen erzeugen, die bis an die Ufer des Tibers in Rom hochschlagen würden. Einen Fehler durfte sich der frühere Beneficiarier nicht leisten. Lucius war zweimal einem Attentat entkommen. Er wollte sein Glück nicht ein drittes Mal versuchen. Er dachte kurz an seine Katze, die ihm beide Male das Leben gerettet hatte und die in Mogontiacum mit ihrer kleinen Familie auf ihn wartete. Als der Morgen dämmerte, brachen die Freunde in verschiedene Richtungen auf.

Aineas und Dimetrius Silvanus ritten an der Spitze einer Fußtruppe von zehn Auxiliaren. Seit dem frühen Morgengrauen waren sie auf der 25 Meilen langen Strecke bis Ulmena unterwegs. Lucius, der mit Quintus Vorenus und seinen acht Soldaten den kürzeren Weg von Altiaia zurücklegte, brachte noch eine fahrbare Ramme, die von einem Ochsengespann gezogen wurde, mit. So erreichten beide Gruppen fast gleichzeitig die Beneficiarierstation in Ulmena.

Die Fußsoldaten stärkten sich in der Station. Die beiden Beneficiarier, Lucius und Aineas hockten vor der Porticus zusammen und zeichneten einen taktischen Plan in den Sand.

»Aineas hat als vorübergehender Beneficiarius von Ulmena die Befehlsgewalt, offiziell Einlass zu verlangen«, sagte Lucius und sah den kaiserlichen Sklaven direkt an, »Du wirst die Gefangennahme aussprechen, wenn wir die Kerle haben. Da du dem Kaiser direkt unterstellt und nur ihm Rechenschaft schuldig bist, kann dir auch keiner in Mogontiacum widersprechen und die Gefangenen laufen lassen.« Lucius zeigte auf den Lageplan im Sand, »Du ziehst mit Quintus' Truppe und der Ramme vor das Tor und ihr schlagt ordentlich Krach, wenn nicht sofort geöffnet wird. Das sollte für genug Ablenkung sorgen. Ich werde mit Silvanus' Männern durch die Geheimpforte eindringen und wir verteilen uns auf dem Gelände. Wir stürmen die Villa und greifen uns Gaius Fabricius und seine rechte Hand Rufinus.«

Lucius stand auf und wischte die Hände vom Sand ab. »Vitus und Claudius haben die beiden letzten Tage die Villa heimlich beobachtet und sagen, dass außer dem Hausherren auch ein paar Gäste da sind. Ob die mit Fabricius unter einer Decke stecken, müssen wir herausfinden. Deshalb werden erstmal alle nach Mogontiacum gebracht.« Lucius schaute nach dem Sonnenstand und sagte: »Wir sollten auch noch eine Kleinigkeit essen und marschieren dann los. In gut einer Stunde bricht der Abend an.«

Im Schutz der Dunkelheit sammelten sich die Soldaten um Lucius und Silvanus lautlos am Waldrand hinter dem Anwesen. Nur ein paar Fuß waren es von dort bis zu der versteckten Türe in der Umfassungsmauer. Lucius hockte sich hin und hielt eine Faust in die Luft als Zeichen an die Männer, es ihm gleichzutun. Er lauschte und wartete auf das Signal von der anderen Gruppe im Süden des Villenkomplexes.

Nach einer Weile wurde es unruhig hinter der Mauer. Die Auxiliare hörten verärgerte Stimmen und lautes Gepolter am Eingang. Lucius stand auf und schlich leise über das kurze freie Stück zu der Geheimtüre, seine Männer hinter ihm. Er steckte den Schlüssel ins Schloss und drehte ihn herum. Sachte drückte er die Holztüre einen Spalt auf und spähte erst in das Gelände. Dann schlüpfte er durch die Türe und ging im Schatten der Mauer in Deckung. Einer nach dem anderen kam nun in den Hof hinein. Die Gruppe ging an der Mauer entlang, bis sie nahe genug an der Therme angelangt waren. Lucius sah die Soldaten an und teilte sie mit Handzeichen in drei Gruppen auf. Zwei Trupps sollten in einer Zangenbewegung um die Villa vorpreschen, sich vor dem Eingang versammeln und hineingehen. Er würde mit den verbliebenen Männern durch die Therme in das Gebäude eindringen.

Ein lauter Knall hallte zu ihnen herüber. »Anscheinend sind wir nicht willkommen«, dachte Lucius und lächelte grimmig. Jetzt kam die Ramme zum Einsatz. Sie war ein Belagerungsgerät mit einem Gestell aus Holz, in das ein dicker Baumstamm mit einem Metallkopf an der Spitze an Seilen aufgehängt war. Das Gestell lagerte auf vier Rädern und konnte von einem Esel- oder Ochsengespann gezogen werden. Aineas Männer hatten die Ramme vor das Tor gerollt und schwangen den Balken hin und her, bis der Kopf gegen das Holz donnerte.

Lucius gab das Zeichen zum Aufbruch und lief los. Er drang durch eine Seitentüre in die Therme ein und zog sein Schwert. Er erkannte den Raum als eine Kammer, in dem gebrauchte Tücher und Decken zum Waschen abgelegt waren. Weiter ging es in einen Flur und sie erreichten das Caldarium. Die Wände waren reichhaltig mit erotischen Szenen aus Mosaik geschmückt. Der Widerschein von ein paar Fackeln spiegelte sich in dem stillen Wasser des Beckens.

Lucius erinnerte sich jetzt wieder an die Raumaufteilung und ging zielstrebig auf die zweiflügelige Türe zu, die das Bad vom Vorraum trennte. Seine Männer folgten ihm auf dem Fuße. Vor der Türe prallte er mit einem Sklaven zusammen, der vor Schreck einen Stapel Tücher fallen ließ und ausrief: »Bei allen Göttern.« Lucius hielt ihm die Schwertspitze vor das Gesicht und gab einem Soldaten ein Zeichen, den Mann zu fesseln und zu knebeln und hastete weiter. Sie erreichten den Säulengang, der zum Haupthaus führte, und liefen den Verbindungsweg entlang.

Lucius erreichte den Zugang zur Villa und öffnete die Türe vorsichtig. Er blickte durch den Spalt in einen leeren Flur und ging hinein. Mit einem Handzeichen forderte er seine Männer auf, ihm leise zu folgen. Aufgeregte Stimmen waren durch die Wände zu hören. Sie schlichen durch den Flur und bogen um die Ecke, als sich eine Zimmertür öffnete und ein Sklave sie überrascht anstarrte und den Mund öffnete. Lucius packte den Mann schnell und drückte ihn gegen die Wand, er hielt ihm den Mund zu. Dann schlug er seine Faust gegen die Schläfe und der Sklave sank bewusstlos zusammen.

Lucius blickte zwei seiner Männer an und deutete nach der Küchentüre. Die beiden Legionäre öffneten sie mit einem Ruck und drangen in die Küche ein. Den überrumpelten Köchen und Sklaven hielten sie ihre Schwerter vor und befahlen ihnen, ruhig zu bleiben. Der Offizier ging weiter auf das Triclinium zu. Durch eine Wandtüre wurden von den Bediensteten die Mahlzeiten gebracht. Er stellte sich mit den verbliebenen zwei Auxiliaren neben die Türe auf und lauschte. Durch die Wände drang das Stakkato schneller Schritte von genagelten Sohlen auf Marmor. Die Gruppe um Silvanus hatte die Porticus erreicht und fiel in die Eingangshalle ein.

Lucius lächelte bissig und öffnete die Türe. Im Speisezimmer standen Männer in weißen Tuniken, die mit vornehmen purpurnen Streifen verbrämt waren, und redeten aufgeregt durcheinander. Die meisten hatten Lucius den Rücken gekehrt und bemerkten ihn gar nicht. Die Aufmerksamkeit richtete sich auf die Eingangstüre zum Triclinium, die Gaius Fabricius Magnus geöffnet hatte und jetzt breitbeinig blockierte. »Was hat das zu bedeuten«, polterte er los. Dimetrius Silvanus kam mit seinen Soldaten durch die Eingangshalle auf ihn zu und stellte sich vor ihn. Über die Schulter sah der Beneficiarius zu Lucius hin und lächelte: »Das fragst du am besten Lucius Ovinius Secundus«, er streckte lässig den Arm aus und zeigte auf die Männer hinter den Gästen. Der Hausherr fuhr herum und sah Lucius geschockt an. Die Köpfe der Gäste drehten sich sofort zu ihm um. Lucius blickte in zahlreiche verwirrte und weit aufgerissene Augen. Er schaute in jedes Gesicht, einige Männer kannte er aus der Provinzhauptstadt oder der Nachbarschaft der Villa. Andere waren ihm unbekannt, aber ihrer noblen Kleidung nach schien es sich um wohlhabende Geschäftspartner des Hausherrn zu handeln.

Rufinus war nicht unter den Männern zu sehen.

Er ging langsam durch die Schar zu Gaius Fabricius. Lucius hatte immer noch seinen Gladius in der Hand und unwillkürlich wichen die meisten davor zurück. Gaius hatte sich wieder gefangen und sah Lucius wütend entgegen: »Was hat das Militär hier zu suchen?«, brüllte er los, »Du wagst es, mich in meinem Haus zu bedrohen?«

Gelassen baute sich Lucius vor ihm auf: »Überrascht, mich zu sehen?«, fragte er mit ruhiger Stimme, und als Gaius in ohnmächtigem Zorn die Lippen zusammenpresste, »Ich spare mir die Drohung und nehme dich gleich gefangen, Gaius Fabricius Magnus. Ich kann beweisen, dass du der Kopf einer Bande bist, die seit Monaten Falschgeld herstellt und es in Umlauf bringt.«

Gaius sah ihn hochmütig an und höhnte: »Gar nichts kannst du. Glaubst du wirklich, ein einfacher Optio kann mich als Gefangenen nach Mogontiacum bringen und ungeschoren davonkommen? Ich bin schneller wieder zu Hause, als du deine Abzeichen beim Centurio abgeben kannst, um dich als einfachen Legionär wiederzufinden und den Appellplatz zu kehren.«

Lucius lächelte sanft, was Gaius noch mehr aufbrachte, und sagte: »Du hast ganz recht, ich habe tatsächlich nicht die Befugnis dafür. Aber ich habe jemand dabei, der die Vollmachten dafür hat.« Er sah Aineas entgegen, der jetzt mit weiteren Legionären die Villa betrat und auf sie zusteuerte. »Aineas hat als kaiserlicher Sklave direkte Vollmachten und ist nicht dem Legaten unterstellt. Wir nehmen dich gefangen, weil du der Falschmünzerei und der Verbreitung von Falschgeld überführt bist.«

In dem feisten Gesicht des Gaius Fabricius zuckte es kurz auf, dann schrie er: »Das ist lachhaft. In Rom werdet ihr mit dieser unsinnigen Geschichte nicht durchkommen. Meine Familie ist mächtig und hat einflussreiche Freunde. Für diese Vermessenheit werdet ihr büßen. Alle.«

Protestierendes Gemurmel hatte sich im Speisezimmer erhoben. Die Gäste hatten sich von dem Schock erholt und mancher machte seinem Ärger über die Störung des gemütlichen Abends laut Luft. Dimetrius Silvanus beorderte ein paar Legionäre in den Raum, um für Ruhe zu sorgen. Lucius packte kurzerhand den Arm von Gaius Fabricius und führte ihn aus dem Triclinium. Er schob den Hausherrn zu einem Raum, der als Arbeitszimmer genutzt wurde, und fesselte dem Überraschten die Hände auf dem Rücken zusammen. Dann gab er zwei Soldaten den Wink, den Mann zu bewachen.

Vor der Türe stand er mit Aineas und Silvanus zusammen. »Quintus bewacht das Gelände«, sagte Aineas gerade. Lucius nickte und sagte: »Jeder einzelne der Gäste muss befragt werden. Wir müssen wissen, wer von denen mit in dem Falschgeldschmuggel hängt. Das können wir aber nicht hier herausfinden. Wir brauchen ausreichend Wagen; die Männer müssen alle nach Mogontiacum gebracht werden.«

»Darum kann sich Quintus draußen kümmern«, warf Silvanus ein.

Lucius nickte und sagte: »Gut. Du sorgst auch für den Schmied und seinen Sohn. Ich will, dass der Mann von den anderen getrennt und beschützt wird. Er ist im Moment unser wichtigster Zeuge. Es muss alles sichergestellt werden, was an Falschmünzen, Rohlingen und Gießformen in der Werkstatt gefunden wird. Aineas und ich werden das Arbeitszimmer nach Listen durchsuchen und alle Unterlagen mitnehmen.«

Silvanus wandte sich um und ging nach draußen. Lucius und Aineas betraten das Arbeitszimmer und schlossen die Türe hinter sich. Der junge Mann sah Gaius Fabricius eine Weile an. Der Hausherr saß aufrecht in einem Prachtschemel und blickte Lucius entrüstet ins Gesicht: »Was fällt dir ein? Mach gefälligst die Fesseln los.«

»Wo ist Rufinus?«, fragte Lucius ruhig.

»Ich weiß es nicht«, antwortete Gaius und seine Miene erhellte sich, »Aber ich weiß, dass er dafür sorgen wird, dass du für deine Amtsanmaßung bestraft wirst.«

Lucius lachte trocken auf, »Wenn er das mit so viel Geschick erledigt, wie mit dem Feuer in der Beneficiarierstation oder dem Fluchtäfelchen, brauche ich mir ja keine Sorgen zu machen.« Aineas biss sich auf die Lippen, um sich ein Grinsen zu verkneifen. Gaius Stirn wurde rot vor Zorn und an seiner Stirn klopfte sichtbar eine Ader. »Wo ist er also?«, fragte Lucius nochmal. Langsam hob Gaius den Kopf und blickte Lucius eisig schweigend an.

Der zuckte nur gleichmütig mit den Schultern, »Du hast Falschgeld im Wert von 500.000 Sesterzen unters Volk gebracht. Die Auswirkungen dieser Geldschwemme haben wir ja in den letzten Wochen alle zu spüren gekriegt. Das Leben in der Germania Superior ist ganz schön teuer geworden, Brot, Wein, von dem wenigen vertrockneten Gemüse oder Importwaren mal ganz zu schweigen. Also dir ist das zu verdanken.«

Für einen kurzen Moment war die Maske des Fabricius erschüttert, es überraschte ihn, dass Lucius die Menge an Falschgeld so genau benennen konnte. Aber er fing sich schnell wieder und erwiderte: »Ich habe genug eigenes Geld, was sollte ich mit Falschgeld anfangen?«

Diesmal antwortete Aineas: »Ob du wirklich so gut dastehst, werde ich anhand deiner Listen feststellen.« Gaius drehte arrogant den Kopf weg.

Lucius ging zu dem reich verzierten Schreibtisch des Hausherrn und lehnte sich bequem dagegen, er setzte nach: »Da du offensichtlich kein wirtschaftliches Eigeninteresse an dem Chaos haben kannst, das du angerichtet hast, bleibt nur noch der politische Zweck übrig. Dazu passen ja auch die Verleumdungen, die du über den Statthalter in Umlauf gebracht hast.« Ironisch verbeugte er sich vor Gaius Fabricius. »Dabei hat dir Marcus Servilius sehr geholfen. Der stellvertretende Statthalter hat vor Ort dafür gesorgt, dass deine Pläne nicht gestört werden, nicht wahr? Ich gratuliere, das war gut eingefädelt und es hat für genug Unruhe in der Provinz gesorgt.«

»Du scheinst ja meinen Rat, das große Ganze zu betrachten, angenommen zu haben«, sagte Gaius säuerlich, »Antonius Laetorius ist einfach der falsche Mann für den Posten. Eine der wichtigsten Provinzen im Römischen Reich braucht einen Mann mit Weitsicht und Visionen. Laetorius sieht nur die militärische Basis und will seinen Frieden haben. Alles andere interessiert ihn nicht.«

»Du siehst dich also als den richtigen Mann an der Spitze an«, stellte Lucius seelenruhig fest.

»Natürlich!«, grollte Gaius Fabricius, »Ich hätte dem Land die Stabilität gegeben und die Ordnung wieder hergestellt.«

»Die du ja vorher ins Wanken gebracht hast«, unterbrach in Lucius und sah den dicken Mann nachdenklich an, »Du hast recht. Man muss das große Ganze sehen. Es ging dir gar nicht um den Statthalterposten, nicht wahr?«

Die Augen des Argentarius funkelten böse, »Du bist doch schlauer, als ich dachte. Schade – an meiner Seite hättest du es weit bringen können. Glaubst du etwa, ein Mann wie ich will hier in der Provinz versauern? In Rom kann ich doch viel mehr erreichen. Aber nicht aus meiner gegenwärtigen Position heraus. In der Capitale braucht man schon einen ganz anderen Rang. Als starker Mann vom Rhenus, als Retter der Germania Superior hätte ich es dagegen leicht zum Consul geschafft.«

Lucius und Aineas sahen sich lange in die Augen, dann sagte der Vertraute des Kaisers: »Nun, ich bin sicher, dass man in Rom für deine hochfliegenden Pläne wenig Verständnis haben wird, auch von deiner Familie nicht. Eine ruinierte Provinz ist für einen Consularposten ein zu hoher Preis.«

Gaius Fabricius sah, dass er bei Lucius und dem Beneficiarier von Ulmena kein Verständnis erwarten konnte, und warf hastig ein: »Lucius, ich erhöhe mein Angebot für eine Katze. Sie ist mir sogar 1.000 Sesterzen wert. Befreie mich, und du wirst es nicht bereuen. Das Gleiche gilt natürlich auch für diesen Sklaven. Also 2.000. Es wäre ja keine Bestechung, du hast mir lediglich ein wertvolles Tierchen verkauft.«

Lucius hob den Kopf und blickte Gaius verständnislos in die Augen: »Du würdest uns nicht lange genug leben lassen, um das Geld auszugeben. Wie kommst du auf die Idee, dass wir dich laufen lassen?« Angewidert verzog er den Mund. Er rückte vom Tisch ab und ging durch den Raum. »Aineas, du stellst alle Schriftrollen sicher. Ich habe noch etwas zu erledigen.«

Vor dem Arbeitszimmer sah er, wie die Soldaten die Gäste fesselten und nach draußen zur Porticus brachten, wo Transportwagen auf sie warteten.

Lucius ging durch die Zimmerfluchten und öffnete jede Türe. Als er einen Bediensteten fand, fragte er nach Irmingard. Aber der Junge schüttelte nur den Kopf. Lucius ging weiter und kam in den Flur, an den auch die Küche grenzte. Schon vor der Türe hörte das aufgeregte Stimmengewirr dahinter. Er öffnete und augenblicklich verstummte es. Mit großen Augen blickten die Küchenleute auf den fremden Offizier.

»Ich bin auf der Suche nach einem blonden Mädchen. Es ist die Tochter des Schmieds und wird hier im Haus gefangen gehalten«, sagte er laut und blickte sich im Raum um. Die meisten senkten die Köpfe und schüttelten sie. Lucius zog die Augenbrauen zusammen. Er nahm eine große Schöpfkelle in die Hand und ging zu einem Tisch. Dann holte er aus und schlug die Kelle mit Wucht auf die Holzplatte. Der laute Knall ließ Köche und Gehilfen zusammenzucken. Erschrocken sahen sie auf.

»Ich habe weder Zeit noch Lust, mich mit sinnlosen Fragen aufzuhalten«, grollte er, »Antwortet gefälligst. Wo ist das Mädchen? Ihr Name ist Irmingard, sie hat langes blondes Haar und blaue Augen.« Die Frauen und Männer zögerten und Lucius sah, wie ein kräftiger, älterer Mann die anderen mit Blicken zu schweigen befahl. Der schien in der Küche das Sagen zu haben.

Lucius ging hin, packte den Koch fest am Arm und fragte nochmal: »Also, wo ist das Mädchen?« Drohend blickte er ihn an. Der Koch zitterte und versteckte seine Hände auf dem Rücken.

Eine Frau mit einem fleckigen Kittel trat vor und sagte einfach: »Ich zeige dir, wo sie ist. Folge mir.« Sie ging mit Lucius durch mehrere Gänge zu einer schmalen Treppe, die in den oberen Stock führte. Lucius erkannte das Gästezimmer wieder, in dem er schon übernachtet hatte. Sie gingen daran vorbei zum Ende des Flurs. »Irmingard ist die Hure unseres Herrn«, sagte die Küchenhilfe gehässig und schnaubte durch die Nase, »Er kleidet sie wie eine Edle, aber dabei ist sie nichts anderes als wir auch.«

Lucius spürte, wie ihm das Blut in den Kopf schoss, und sagte verärgert: »Halt den Mund und zeig mir, wo ich sie finde.«

Die Frau zeigte auf eine schmale Türe und antwortete: »Da rechts. Der Schlüssel steckt.« Sie blieb stehen und starrte auf ihre Füße, »Was passiert jetzt mit uns?«, fragte sie ängstlich.

»Das soll nicht mein Problem sein. Gaius Fabricius wird sich in Mogontiacum für seine Verbrechen verantworten müssen. Er wird nicht mehr zurückkommen.« Damit ließ er die Küchenhilfe stehen und lief zu der Türe hin. Er drehte den Schlüssel und öffnete sofort.

Der Raum war dunkel, ein einziges Öllämpchen verbreitete ein warmes Licht. Darin sah er eine schlanke Gestalt auf dem Bettrand sitzen. Der helle Kopf fuhr zu ihm herum, dass die blonden Strähnen flogen. Lucius blieb im Türrahmen stehen und betrachtete gebannt das Mädchen. Die junge Frau trug eine lange Tunika aus fließendem Stoff, der ihre Figur umschmeichelte. Kreuzweise über der Brust geknotete golddurchwirkte

Bänder und ein goldener Gürtel betonten den Schwung ihrer Hüften. Ein Schlangenarmreif schmückte ihr Handgelenk und um den zarten Hals trug sie eine Kette mit Perlen. Das Haar trug sie kunstvoll geflochten auf dem Kopf, mit perlenbesetzten Haarnadeln, einzelne Strähnen lagen auf der schimmernden Schulter. Gaius Fabricius hatte sie reichlich mit Goldschmuck ausstaffiert. Der niedergeschlagene Gesichtsausdruck wollte nicht so recht zu all dem Glanz passen. Er sah die feine, gerade Nase und ihre vollen rosigen Lippen. Die großen Augen starrten ihn erschrocken an.

Er hob die Hand und beschwichtigte: »Irmingard, du musst keine Angst haben. Ich habe deinem Vater Hatto versprochen, dich zu befreien. Dein Bruder ist auch in Sicherheit.«

Irmingard atmete heftig: »Was passiert hier? Ich dachte schon, wir würden überfallen«, fragte sie zitternd.

Lucius trat in die Kammer ein und ging langsam auf sie zu. Sachte berührte er sie am Arm, »Komm, ich bringe dich nach draußen. Wir haben Gaius Fabricius gefangen genommen. Er wird deiner Familie nichts mehr antun können.«

Die junge Frau keuchte hell auf und hob ihre Hände zum Mund, »Ist das wahr?«, rief sie, »Bei allen Göttern.« In den nachtblauen Augen funkelten Lichter auf. Lucius fühlte, wie ihm der Hals eng wurde und das Herz klopfte. Ein frischer Blumenduft umhüllte sie. Er schluckte und starrte sie wie versteinert an. Sie stand nur einen Schritt von ihm entfernt und strahlte über das ganze Gesicht. »Komm«, seine Stimme klang belegt und er räusperte sich verlegen, »Wir gehen runter. Deine Familie wartet.« Lucius drehte sich zur Türe und schalt sich einen Narren. Aber ihre unmittelbare Nähe machte ihn unruhig.

Vor der Villa standen viele Wagen und Bedienstete spannten Pferde und Maultiere vor ihnen an. Die Gäste der Festtafel saßen bereits auf den Ladeflächen und wurden von Soldaten bewacht. Empörte Stimmen protestierten über die ungerechte Behandlung. Lucius blickte von der Höhe der Proticus auf das sich ordnende Chaos, er suchte nach Hatto und Gernot. Ein leiser Aufschrei neben ihm zeigte, dass Irmingard ihren Vater im Gedränge entdeckt hatte und mit dem Arm auf ihn wies. Er schaute in die Richtung und sah den alten und jungen Schmied ein wenig abseits auf einem Lastkarren sitzen, auf der Ladefläche stapelten sich mehrere Kisten. Lucius legte den Arm um das schöne Mädchen und eilte mit ihr die Stufen hinab.

Irmingard lief durch das Menschengewühl auf den Karren zu. Hatto war schon von der Kutschbank gesprungen und fing seine Tochter auf, als sie sich lachend und weinend in seine Arme stürzte. Lucius spürte in seinem Herzen einen kleinen Stich, er erkannte, dass er den Vater beneidete. Die hellen Augen des alten Schmieds blickten tränenblind zu ihm hin. »Du hast dein Wort gehalten«, sagte er rau, »Ich halte das Meine. Wohin wirst du sie bringen?«

»Ich stelle deine Kinder unter den Schutz des Baldruus von Ulmena«, sagte Lucius ruhig, »In dem Vicus sind sie in Sicherheit, bis ich sie persönlich schützen kann. Es wird eine Weile dauern, bis sich die Aufregung in Mogontiacum gelegt hat und ich sie holen kann. Bis das so weit ist, schaue ich regelmäßig nach ihnen und sorge für ihren Unterhalt.«

Irmingard drehte sich um und sah Lucius verwirrt an: »Und mein Vater? Bleiben wir etwa nicht zusammen?« Der Principalis sah die Verzweiflung in den Augen des Mädchens aufflackern. Hatto nahm das Gesicht seiner Tochter in die Hände und sah sie fest an: »Ich werde gegen Gaius Fabricius aussagen. Das war die Bedingung, damit du und dein Bruder in Freiheit leben könnt. Aber ich habe das Falschgeld hergestellt und erwarte nicht, dass ich dafür verschont werde.« Irmingard schüttelte so heftig den Kopf, dass sich die Flechten auflösten und der Haarschmuck zu Boden fiel, aber der kräftige Schmied ließ nicht los, »Das Einzige, was ich wollte, ist, dass ihr beiden in Sicherheit seid.« Er rief Gernot zu sich und nahm seine beiden Kinder in den Armen, »Die Matronen allein wissen, ob wir uns wiedersehen werden. Ihr sollt leben, das ist das Einzige, was ich mir noch erhoffe. Mögen die Götter euch schützen.«

Lucius ritt mit Irmingard und Gernot alleine die Straße nach Ulmena. Quintus und Silvanus würden den Tross mit ihren Gefangenen zur Beneficiarierstation bringen. Dort sollten die Freunde wieder zusammentreffen und gemeinsam nach Mogontiacum aufbrechen.

Die Geschwister saßen auf einem Pferd und hielten sich mühsam im Sattel. Lucius führte ihr Pferd daher am Zügel neben sich her. Irmingard weinte leise und auch der jüngere Gernot schluckte mehrmals. Hatto hatte ihm beim Abschied erklärt, dass er jetzt für seine Schwester das Familienhaupt wäre. Gernot hatte sein Bündel vom Wagen geholt und Irmingard mitgezogen, die sich immer wieder umdrehte und nach dem Vater schrie.

Lucius hatte zwei Pferde satteln lassen und sie waren noch vor den Gefangenen aufgebrochen. Unterwegs hatte Gernot schüchtern gefragt, was er jetzt machen sollte. »Ihr beide bleibt für eine Weil in Ulmena bei Baldruus. Wir haben noch nicht alle aus der Bande gefangen. Solange Rufinus noch frei herumläuft, ist jeder in Gefahr.« Bei dem Namen des unheimlichen Haussklaven erschauerte das Mädchen. »Du hast bei deinem Vater das Handwerk gelernt. In Ulmena kannst du beim Schmied weiterarbeiten. Irmingard wird im Haus von Baldruus aushelfen können.« Lucius sah, wie sich das Mädchen aufrichtete und wortlos begann, den Armreif und die Ketten abzulegen. Dann löste es die Haarnadeln und ließ die blonden Flechten lose herunterhängen. »Ich will das nicht«, rief Irmingard angewidert aus und hielt Lucius den goldglitzernden Haufen hin. »Nein, behalte es, aber vergrabe den Schmuck«, befahl er, »Wir wissen nicht, was die Götter für euch bereithalten. Vielleicht braucht ihr ihn eines Tages ja. Lasst niemanden wissen, was ihr an Wert habt.« Gernot schnürte sein Bündel auf und legte den Schmuck hinein.

Der Vollmond leuchtete auf dem Weg, als die drei Reiter das Dorf erreichten. Ein Mann trat aus dem Schatten der Ulme, rief sie an und hielt eine Lanze vorgestreckt. Lucius erkannte den Stellmacher von Ulmena und sagte: »Indutio, ich bin Lucius Ovinius. Ich muss sofort Baldruus sprechen. Bitte hole ihn.« Der kräftige Chatte lief los zum Langhaus des Dorfältesten und kam bald mit ihm zurück. Baldruus rieb sich das Gesicht vom Schlaf frei und sah die Reiter erstaunt an: »Bei Intarabus, was ist passiert?«

Lucius stieg vom Pferd und gab den Geschwistern ein Zeichen, abzusteigen. »Wir haben heute Nacht Gaius Fabricius Magnus und seine Geldfälscherbande gefangen genommen und in seiner Palastvilla jede

Menge Falschgeld und Beweise sichergestellt. Er hat die Flut an Falschmünzen und die Unruhen in der Provinz zu verantworten.« Baldruus und Indutio sahen den Offizier sprachlos vor Erstaunen an. »Diese beiden waren Gefangene auf dem Gut«, Lucius zeigte auf Gernot und Irmingard, »Mit ihnen wurde der Goldschmied, ihr Vater erpresst, die Falschmünzen herzustellen. Sie stehen unter meinem Schutz. Aber ich muss weiter nach Mogontiacum und es wird eine Weile dauern, bis der Prozess um Gaius vorbei ist. Bitte nimm sie in dein Haus auf, bis es sicher für sie ist und ich sie zu mir holen kann.«

Baldruus fuhr mit der Hand durch das graue Haar und sah das junge Paar vor ihm an. Er holte tief Luft und sagte: »Natürlich. Hier kann ihnen nichts passieren. Aber das Mädchen sollte sich anders kleiden, so fällt sie zu sehr auf.« Lucius suchte seinen Geldbeutel und gab ihm den Dorfvorsteher. »Sie mussten aus der Villa flüchten, so wie sie sind. Hier, nimm das und gib ihnen passende Kleider. Sobald es geht, komme ich wieder.«

Er drehte sich zu den Geschwistern um und sagte: »Gernot, Irmingard, ihr bleibt bei Baldruus und haltet euch versteckt. Vermeidet jedes Aufsehen. Wir werden weiter nach Rufinus suchen lassen. Ich hoffe, dass die Gefahr für euch bald vorbei ist.«

»Rufinus läuft noch frei herum?«, fragte Baldruus und schüttelte den Kopf, »Der Kerl ist mir unheimlich.«

»Unheimlich und ein Mörder«, ergänzte Lucius, »Haltet die Augen offen.«

Das Mädchen sah scheu zu ihm auf: »Wann kommst du wieder?«, fragte sie leise. Im Mondlicht leuchtete ihr Gesicht weiß, die Wimpern warfen lange Schatten auf die Wangen. Lucius hatte das Gefühl, in dem Nachtblau ihrer Augen zu versinken.

»So schnell, wie es möglich ist, das verspreche ich dir«, sagte er rau, »Die kommenden Tage werden das reinste Chaos werden. In Mogontiacum gibt es noch ein paar Helfer, die mit Gaius unter einer Decke stecken. Erst wenn alle in den Zellen einsitzen, seid ihr außer Gefahr.« Irmingard senkte den Kopf.

Baldruus hatte Lucius beobachtet und die Blicke gesehen, die er dem schönen Mädchen zuwarf. Der weise Dorfvorsteher lächelte nachsichtig und sagte laut: »Dann kommt, ihr beiden. Vielleicht gönnen uns die Götter ja noch ein paar Stunden Schlaf nach all der Aufregung.« Er packte Lucius am Arm und drückte ihn fest, »Du kannst beruhigt ziehen. Sie sind Gäste in meinem Haus und stehen unter dem Schutz des Dorfes.«

Murilega hockte auf der Fensterbank in Lucius' Wohnung und starrte nach draußen. Sie wartete schon seit Tagen auf seine Rückkehr und machte sich Sorgen. Ihre Jungen waren jetzt groß genug, dass sie nur noch selten gesäugt wurden. Nachts ging sie mit der kleinen Schar nach draußen in die Gärten und legte sich auf die Lauer. Sie brachte ihren Welpen bei, sich lautlos an die Mäuselöcher anzuschleichen und geduldig darauf zu warten, dass ein Nager seinen Kopf herausstreckte. Sie nahm die Kätzchen sogar an den Hafen mit und zeigte ihnen, wie man geschickt Fischreste stibitzte.

Tagsüber schaute sie den Jungen beim Spielen und Toben zu. Nur wenige Teller und Becher hatten die Kletterversuche der Kätzchen auf Tisch und Regale überlebt, der Rest lag als Tonscherben verteilt auf dem Boden. Muri schnurrte belustigt auf, als sie das Chaos überblickte.

Ihre Ohren drehten sich, sie hatte Schritte auf der Treppe, die zur Wohnung führte, gehört. Die Katze wandte den Kopf in Richtung Türe, als ihr Herz plötzlich schneller schlug. Das war nicht Lucius, der die Stufen hochkam. Seine Schritte klangen anders. Muri sprang von der Fensterbank und rief ihre Jungen zu sich. Die Katzen verkrochen sich unters Bett in die hinterste Ecke. »Seid still«, warnte sie die Welpen, »Keinen Laut will ich von euch hören.«

Sie vernahm, wie sich jemand an der Türe zu schaffen machte. Plötzlich ging die Pforte auf und Murilega sah die Füße eines fremden Mannes ins Zimmer kommen. Er blieb stehen und drehte sich ein paar Mal um. Muri schnüffelte und flehmte den Geruch des Fremden ein. Sie fühlte ein Entsetzen auf ihrer Haut, als sie den Hass und die Grausamkeit spürte und den Mann wiedererkannte. Es war der Dunkle, der die Fluchtafel vergraben hatte. Ihr Herz hämmerte in der Brust.

Das graugetigerte Kätzchen wurde unruhig und wollte neugierig nach vorne, aber Muri zog es mit der Pfote zurück. Laut piepsend protestierte die Kleine. Murilega erschrak, der Mann hatte das Geräusch gehört, bückte sich jetzt auf den Boden und schaute unter das Bett. Sie sah ein dunkles Gesicht, das von einer langen Narbe geteilt war. Hämisch grinste der Fremde: »Schau an, hier versteckst du dich. Und Junge hast du auch; die werden mir viel Geld einbringen.« Er streckte den Arm vor und wollte nach den Katzen greifen. Muri fauchte spuckend auf und schlug mit den Krallen nach seiner Hand. Er zuckte die Hand zurück und fluchte: »Du elendes Mistvieh. Warte, bis ich mit deinem Herrn fertig bin, dann bist du dran. Ich stecke dich auf einen Spieß. Einen Braten mache ich aus dir.« Muri gab brummend einen Warnlaut von sich, ihre Jungen drängten sich furchtsam an ihren Leib.

Lucius und Aineas galoppierten im Höllentempo die Heeresstraße nach Mogontiacum. Nur wenige Meilen vor der Provinzhauptstadt hatten sie sich von der Gefangenengruppe abgesetzt. Sie hatten es eilig, in den Statthalterpalast zu kommen, um die beiden letzten Verräter gefangen zu nehmen, bevor die gewarnt werden konnten. Die Beneficiarier von Altiaia und Borbetomagus eskortierten mit ihren Soldaten weiter die Transportwagen mit den Gefangenen. Lucius und Aineas erreichten die Stadt in den frühen Morgenstunden.

Vor der Säulenhalle des Palastes sprangen sie von ihren Pferden und liefen die Stufen hinauf. Die schnellen Schritte hallten durch die Marmorhalle, ein Sklave kam ihnen entgegen und sah sie erstaunt an. »Wo ist Marcus Servilius?«, rief Lucius aus. Verwirrt drehte der Mann den Kopf in Richtung des Flurs, wo der stellvertretende Statthalter sein Dienstzimmer hatte. Lucius und sein Freund eilten auf die Türe zu und öffneten sie. Der Sekretär des Servilius saß am Schreibtisch und hob den Kopf. »Ihr seid nicht angemeldet«, sagte der Sklave abweisend.

Lucius ging auf den Mann zu und erwiderte: »Bei Verrätern brauche ich keine Anmeldung. Du gehörst doch auch dazu. Wenn ich mich richtig erinnere, hast du Quintus Vorenus befohlen, sich nicht weiter um das Falschgeld zu kümmern.« Der Sklave war aufgesprungen und öffnete den Mund, aber Lucius zog sein Schwert und hielt es an seinen Hals. Der Sekretär erstarrte und sah auf die Klinge. »Wo steckt Marcus Servilius?«, fragte Lucius warnend. Schweißtropfen bildeten sich auf der Stirn des Sklaven, seine Lippen bebten: »Er ist beim Statthalter«, sagte er kleinlaut.

»Du kommst mit uns«, befahl Lucius und winkte den Sklaven vor den Tisch. Aineas riss ein paar Schnüre von dem Vorhang vor den großen Fenstern und gemeinsam fesselten sie den Sekretär. Grob schubste Aineas den Sklaven in den Flur. Nach ein paar Fuß standen sie vor der verzierten Türe des Legaten.

Lucius öffnete die Türe weit und ging mit gezogenem Schwert in den prachtvollen Raum hinein. Am Schreibtisch standen Antonius Laetorius und Marcus Servilius und sahen der Gruppe verwundert entgegen. Lucius schritt auf den Stellvertreter zu und hielt ihm das Schwert vor die Brust: »Marcus Servilius, du bist als Verräter entlarvt. Du hast Gaius Fabricius Magnus bei seinem Falschgeldhandel unterstützt. Und du hast gegen den Statthalter intrigiert, um ihn zu stürzen.«

Servilius rief aus: »Bist du verrückt geworden? Weißt du eigentlich, wen du vor dir hast? Ich verbiete mir solche Verleumdungen«

Lucius klagte ihn an: »Wir haben Gaius und etliche andere gefangen genommen. Und wir haben in der Villa jede Menge Falschmünzen und Werkzeug gefunden. Du hast von hier aus gesorgt, dass der Umlauf des Falschgeldes nicht gestört wurde. Und du hast kräftig mitgeholfen, die Hetzreden gegen Antonius Laetorius in der Provinz zu schüren, um ihn als unfähigen Statthalter anzuprangern. Wir haben alles sichergestellt.«

Servilius drehte den Kopf zu seinem Vorgesetzten um und sagte: »Das ist nicht wahr. Ich habe dich niemals verraten. Ich muss mir das von ei nem ehemaligen und korrupten Beneficiarius nicht sagen lassen.«

»Ruhig Blut«, sagte Antonius Laetorius, »Die Anschuldigungen gegen Lucius Ovinius sind niemals bewiesen worden und ich selbst habe ihm den Auftrag gegeben, weiter der Spur der Falschmünzen zu folgen. Er hatte alle Vollmachten von mir.« Marcus Servilius sah den Statthalter bestürzt an.

Lucius lächelte sarkastisch zum Stellvertreter: »Du hast Quintus Vorenus von Borbetomagus befohlen, sich aus der Falschgeldsache herauszuhalten und sich nur um seine Station zu kümmern. Und wir haben dich sehr oft bei Gaius Fabricius gesehen.«

»Ich war nur als Gast dort«, warf Servilius hastig dazwischen.

»Marcus Servilius, du bist der Verräter«, rief Lucius ungeduldig aus, »Du bist in letzter Zeit sehr oft in der Villa ein- und ausgegangen, das konnten wir beobachten.« Er wandte sich an Antonius Laetorius: »Gaius Fabricius und die anderen Gefangenen sind auf dem Weg hierher, der Tross dürfte in gut einer Stunde hier sein. Die Beneficiarier von Altiaia und Borbetomagus geleiten ihn. Dann kannst du selber die Wahrheit sehen und hören. Wir haben säckeweise Falschgeld gefunden und das Werkzeug, mit dem es hergestellt wurde. Der Goldschmied hat sich freiwillig gestellt und sagt als Zeuge aus. Es ist vorbei.«

Marcus Servilius starrte vor sich hin. Er fühlte, wie sein Gesicht kalt wurde und Schweißtropfen auf die Stirn traten; er schluckte heftig.

Lucius bog in die kleine Straße ein, in der seine Wohnung lag. Er war jetzt seit mehr als eineinhalb Tagen auf den Beinen und zum Umfallen müde.

Er und Aineas hatten den stellvertretenden Statthalter in die unterirdischen Zellen gebracht. Kurz darauf traf der Zug von Quintus Vorenus und Dimetrius Silvanus mit den Gefangenen im Legionslager ein und verursachten einen ziemlichen Tumult.

Antonius Laetorius und der herbeigeeilte Centurio Marcus Glaucus sahen die Menge an Falschgeld, die gleich kistenweise auf dem Pritschenwagen mitgekommen war, sowie das Werkzeug und die Formen für die Herstellung der Münzen. Das Ausmaß schockierte jeden. In der Schatzkammer des Prätoriums musste erst einmal Platz geschaffen werden, um die Beute zu lagern.

Die Gefangenen wurden auf die Zellen verteilt, wobei nur Gaius Fabricius und Hatto einzeln eine Zelle bekamen. Lucius schickte seine Soldaten zur Bewachung in den Trakt. Er wusste, dass er sich auf seine Männer verlassen konnte, die sich weder von Drohungen noch Bestechungsversuchen der inhaftierten Kaufleute beeindrucken lassen würden. Die nächsten Tage würden noch aufreibend genug sein, sie alle zu verhören.

Murilega hockte jetzt schon einen halben Tag mit ihren Jungen unter dem Bett und belauerte den hässlichen Störenfried. Der bewegte sich unruhig in der Wohnung hin und her. Als der dunkle Mann den Hühnerknochen auf dem Boden und das geschmolzene Blei in der erkalteten Herdstelle entdeckte, fluchte er gotteslästerlich. Muri wusste, dass Rufinus hier war, um ihren Lucius zu töten. Auch sie und ihre Jungen waren in großer Gefahr.

Murilega hatte Angst. Aber sie war ein Raubtier und würde ihren Nachwuchs bis zuletzt verteidigen und alles einsetzen, was sie an Schnelligkeit, Krallen und spitzen Zähnen hatte. Ihre Welpen hatten inzwischen Hunger, und obwohl sie kaum noch Milch hatte, ließ sie sie saugen. So vergingen Stunden, bis ihre feinen Ohren plötzlich Schritte auf der Außentreppe vernahmen und sie Lucius erkannte. Sie fing an, lautstark zu knurren.

Lucius hatte auf seinem Heimweg in einer Taverne eine hastige Mahlzeit eingenommen, er wollte nur noch nach Hause und sich ins Bett legen. Langsam stieg er die Stufen zu seiner Wohnung hoch und drückte den Türriegel runter. Dabei fielen ihm die Speisereste, die er in ein Kohlblatt gewickelt für die Katzen mitgenommen hatte, aus der Hand. Leise fluchend bückte er sich und wollte sie aufheben.

Da hörte er das drohende Grollen und Fauchen von Murilega durch den Raum. Lucius stutzte und blickte sich suchend im Zimmer um. Er sah niemanden, aber ein warnender Schauer im Nacken ließ ihn nach seinem Schwert greifen. Er zog die Klinge und warf die Türe mit einem Schwung ganz auf, dass sie an die Wand knallte. Dann sprang er mit einem Satz hinein und drehte den Kopf in alle Richtungen. In der Kochecke lagen Scherben von heruntergefallenen Tellern und Bechern auf den Boden. Ein paar Katzenköttel in den Ecken verbreiteten einen ekelerregenden Gestank.

Er blickte zur Schlafstatt in dem hinteren Teil der Wohnung und ging vorsichtig darauf zu. Muri hatte ihn gehört und steigerte ihr Knurren zu einem schrillen Kreischen. Lucius packte das Schwert mit beiden Händen und näherte sich der Trennwand. Dahinter glitt plötzlich ein Schatten hervor. Eine Klinge sauste nieder und prallte mit einem hellen

Ton auf seine Schneide. Rufinus sprang in den Durchgang und Lucius wich einen Schritt zurück, um Raum für eine Parade zu haben. »Du hast so viele Leben wie dein Mistvieh«, knurrte der Narbengesichtige, »Aber jetzt endet es.«

»Dafür willst ausgerechnet du sorgen?«, höhnte Lucius und sah ihn scharf an. Volius schwang sein Schwert hoch und ließ es auf Lucius' Kopf sausen. Der parierte, indem er schnell auswich und mit seiner Klinge blockte. Rufinus schwang das Schwert von der Seite herauf, Lucius hob seinen Arm und kreuzte seine Klinge dagegen. Blitzschnell drehte er sich auf dem Fuß um die eigene Achse und schlug mit dem anderen Ellenbogen gegen den Hals des Sklaven. Der stolperte ein paar Schritte in die Bettkammer hinein, fing sich aber wieder.

»Du solltest aufgeben. Deinen Herrn haben wir schon dingfest gemacht«, rief Lucius, »Ihr alle seid aufgeflogen.«

»Das wirst du nicht überleben«, schrie Rufinus und stieß sein Schwert nach vorne. Lucius machte einen Ausfallschritt und schwang sein Schwert von oben auf den Sklaven nieder. Der hob seine Klinge seitlich an und parierte den Schlag. Der Offizier zog einen Bogen um seinen Kopf und griff die Flanke seines Gegners an. Lautes Klingen von Metall auf Metall hallte in der kleinen Wohnung. Keuchend sprangen die beiden Männer umher und schlugen oder stachen immer wieder zu.

Murilegas Herz klopfte zum Zerspringen, sie stand tausend Ängste um Lucius aus. »Rührt euch nicht von Fleck«, schrie sie ihre Jungen an, die sich sofort in die hinterste Ecke verzogen und zusammendrängten. Dann kroch die Katze vorsichtig unter dem Bett hervor und schaute nach den Kämpfern. Sie hörte die Schwertklingen in rasend schneller Folge aufeinanderknallen. Muri sah, wie das Gesicht von Lucius vor Schweiß glänzte. Sie roch seine Anspannung und spürte, dass er immer mehr an Schwung verlor. Angstvoll miaute sie auf und fuhr ihre Krallen aus.

Rufinus hielt das Schwert vor sich und zielte auf den Kopf seines Gegners, Lucius blockte den Angriff und lenkte die Klinge zur Seite ab. Der Sklave machte einen Schritt nach vorne und drehte dabei sein Schwert im Handgelenk seitwärts ab, dass Lucius' Linke nach unten abrutschte und er das Gleichgewicht verlor. Rufinus schlug mit dem Schwertknauf

auf den Arm von Lucius und boxte ihm mit einem Aufwärtshaken seines Ellbogens gegen das Kinn. Lucius stürzte benommen über die Füße zu Boden und rollte auf den Rücken. Triumphierend drehte sich Rufinus zu ihm herum und hob das Schwert senkrecht über den Kopf, um es seinem Gegner in den Leib zu rammen. Seine Augen glühten dabei vor Hass und ein grässliches Lächeln verzerrte sein Gesicht.

Mit einem mörderischen Schrei stürzte Murilega zu dem dunklen Mann hin und krallte sich in zwei gewaltigen Sätzen zu seinem Kopf hoch. Wutschnaubend schlug sie ihre Krallen tief in die Fratze des Feindes und riss die Haut auf. Mit spitzen Zähnen biss sie in die Nase hinein und versperrte Rufinus die Sicht. Er brüllte auf und wankte, er konnte nichts mehr sehen. Eine Hand löste sich vom Schwert, packte die Katze am Fell und wollte sie runterreißen, aber Murilega hatte sich festgekrallt und ließ nicht los. Sie kreischte in tödlicher Raserei.

Lucius schüttelte heftig den Kopf, um sich von dem Schlag zu erholen und sah den Kampf, den seine Katze mit dem Sklaven ausführte. Sofort hob er seine Waffe an und stieß die Klinge von unten in die Brust des Gegners. Lucius kam schnell auf die Beine und drückte das Schwert bis zum Heft in das Fleisch. Ächzend ließ Rufinus sein Schwert fallen und griff sich an die Brust. Muri sprang von seinem Gesicht runter und lief außer Reichweite. Sie hockte sich hin und leckte sich ein paar Mal über die Schnauze. Mit vor Zorn geweiteten Pupillen beobachtete sie das Narbengesicht, das Fell gesträubt. Ihr Schwanz peitschte wild hin und her. Noch immer knurrte sie angriffslustig ihr grässliches »Meeauwauauu.«

Rufinus fiel auf die Knie und blinzelte Lucius fassungslos an, aus zahlreichen Rissen im Gesicht blutete er. Ein Auge war rot von Blut und halb geschlossen. Er wollte etwas sagen, aber er röchelte nur. Ein Schwall Blut kam aus seinem Mund geflossen. Der Sklave lag auf dem Boden und atmete rasselnd, aus seinen Augen sandte er seinen ohnmächtigen Hass aus. Dann hustete er ein letztes Mal auf und sank tot zusammen. Seine Augen verloren ihr unheimliches Glühen und wurden matt.

Lucius stand keuchend über sein Schwert gebeugt und betrachtete den Toten. Der Kampf hatte seine letzten Reserven gekostet und er hatte das Gefühl, sich nicht mal einen Fingerbreit rühren zu können. Alle Muskeln in seinem Körper brannten wie Feuer. Er spürte ein weiches Fell an seinem Bein und schaute runter. Murilega strich um seine Wade und blickte ihn mit fragenden Augen an. »Muri«, krächzte er heiser. Dann wankte er zum Bett und ließ sich erschöpft darauf fallen. Er streckte seine Hand nach der Katze aus und Murilega kam sofort zu ihm gelaufen und schmiegte ihr Köpfchen an.

Lucius sah lange in die grünen Augen seiner Katze und sagte einfach: »Danke.« Muri schnurrte auf und leckte mit ihrer rauen Zunge seine Hand. Sie legte sich auf seine Brust und Lucius streichelte ihren Kopf. Er spürte, wie die Anspannung seinen Körper verließ und sein Blut ruhiger durch die Adern floss. Sein Atem wurde tiefer und gleichmäßiger. Und langsam kam die Energie wieder zurück. Unendliche Dankbarkeit durchströmte ihn, und er dachte daran, der Göttin Isis einen Opferstein zu weihen.

Der Augenblick der Ruhe hielt nicht lange an. Durch die plötzliche Stille neugierig gemacht, krochen die Welpen maunzend unter dem Bettgestell hervor und suchten nach ihrer Mutter. Nacheinander sprangen sie alle auf das Bett und umringten Lucius. Interessiert schnüffelten sie an ihm herum und rochen Schweiß und Blut. Lucius staunte, dass sie in den wenigen Tagen, die er unterwegs war, schon wieder gewachsen und nur noch einen Kopf kleiner als Murilega waren. Der braune Kater hatte einen etwas dickeren Kopf als seine Schwestern, seine gelben Augen sahen ihn selbstbewusst an. Das graugetigerte Weibchen hatte die grünen Augen geerbt. Das sandfarbene war der Mutter am ähnlichsten, bis auf den schwarz geringelten Schwanz und die gelben Augen. Alle drei waren kräftig und munter. Lucius war stolz auf die Kätzchen.

Dann fiel ihm doch etwas ein. »Habt ihr die Sauerei in der Küche veranstaltet?«, fragte er streng.

Neue Heimat

Lucius' Männer standen in Reih und Glied zusammen mit den Auxiliaren Quintus Vorenus' und Dimetrius Silvanus' im Innenhof des Prätorium. Eingerahmt wurde die Gruppe von zwei Aquilifer mit den Feldzeichen der Legio XXII Primigenia. Der Glanz der polierten Schilde, Lanzen und Helme wetteiferte mit den stolzen Blicken und strahlenden Mienen der Männer. Sie hatten erfolgreich eine Falschgeldbande entlarvt und eingefangen und eine kritische Situation in der Germania Superior verhindert. Dafür gebührte ihnen allen eine Belohnung.

Im Fahnenheiligtum des Palastes sah Antonius Laetorius lächelnd auf die drei Offiziere vor ihm. »Ihr habt stark, mit Mut und Klugheit eine gefährliche Krise in diesem Land verhindert. Rom verdankt es euch, dass wir weiterhin Frieden in der Provinz haben. Die Nachwirkungen werden noch eine Zeitlang zu spüren sein; und es dauert, bis wir alle Falschmünzen aus dem Umlauf entfernt haben. Aber das kriegen wir in den Griff. Ich habe sofort nach der Festnahme von Gaius Fabricius und seinen Mitwissern den Kaiser von der Gefahr unterrichten lassen und in diesen Tagen Antwort aus Rom erhalten«, trug der Statthalter laut vor, »Lucius Ovinius Secundus und die beiden Beneficiarier aus Altiaia und Borbetomagus: Ihr habt euch um Rom in besonderem Maß verdient gemacht und Rom wird euch dafür belohnen. Lucius Ovinius, du wirst hiermit zum Centurio befördert.« Laetorius schüttelte Lucius die Hand zur Gratulation und reichte ihm ein Bündel mit Vitis, dem Centuriostock, der Armilla, einem silbernen Armband und einem Torques, einem offenen Halsring, den Insignien seiner neuen Stellung. Zusätzlich händigte er ihm eine Schriftrolle aus Pergament aus. Der Statthalter erklärte dazu: »Mit dieser Urkunde schenkt dir der Kaiser einen Besitz mit allen Rechten in der Nähe von Ulmena. Du bist ein gemachter Mann, Lucius. Wenn du das Gut klug verwaltest, kannst du dir eine Villa darauf bauen. Ich gratuliere dir auch dazu.« Der junge Mann blickte überrascht auf: »Ich weiß nicht, was ich sagen soll«, sprach er.

Der Statthalter und Centurio Marcus Glaucus, der der Zeremonie beiwohnte, lachten herzlich auf. Dann wurden auch Quintus Vorenus und Dimetrius Silvanus zu Centurionen ernannt. »Euer Dienst als Beneficiarier ist beendet. Für euch stehen bedeutendere Aufgaben an. Du Quintus Vorenus wirst hier als Centurio die Leitung über eine Centurie übernehmen«, sagte Laetorius und reichte Quintus seine Ernennungsinsignien. »Dimetrius Silvanus, du gehst als Centurio nach Confluentes.« Auch Silvanus nahm freudestrahlend seine Insignien entgegen. »Eure Legionäre bekommen jeder eine Donativa, eine Belohnung von 1.000 Sesterzen. Danken wir den Göttern mit einem Opfer, meine Freunde«, rief der Statthalter aus und gemeinsam gingen sie in den Innenhof. Unter dem Jubel und Ave-Rufen der Soldaten hielten Lucius und seine Freunde ihre Rangabzeichen hoch.

Abends wurde in einer Taverne in der Nähe des Prätoriums ein Festmahl zu Ehren der neuen Centurionen ausgerichtet. Caelius, der Koch, hatte es sich nicht nehmen lassen, extra dafür aus Ulmena anzureisen und die ausgesuchtesten Leckereien aufzutischen. Am späten Abend verabredete sich Lucius mit seinen Freunden für den nächsten Tag in seiner Wohnung. Er hatte auch noch ein Geschenk für sie.

Mit schwerem Schädel erwachte Lucius am frühen Morgen. Er schob erstmal alle Katzen beiseite, die sich in der Nacht an ihn gekuschelt hatten, und stand auf. Langsam beugte er seinen hämmernden Kopf über die Waschschüssel und spritzte sich das Wasser ins Gesicht. Wohl zum hundertsten Mal schwor er sich: »Nie wieder Wein!« Einigermaßen erfrischt zog er sich an und frühstückte ein einfaches Brot mit Öl und ein paar Oliven. Dann besorgte er sich in der Nachbarschaft eine Kanne mit frischer Milch und schüttete sie in eine Schale, die er auf den Boden stellte. Sofort kamen alle Katzen hinzugelaufen und tauchten ihre Mäuler in die weiße Flüssigkeit.

Lucius setzte sich auf einen Stuhl und beobachtete die kleine Familie. Murilega spürte etwas wie Melancholie in ihm und schaute beunruhigt hoch. Sie miaute kurz auf. Lucius sah in ihre grünen Augen und sagte: »Heute ist es so weit. Deine Jungen werden es gut haben, das verspreche ich dir. Aber sie gehen heute fort von hier.« Muri stand auf, leckte sich die Schnauze und kam auf ihn zu. Sie sprang auf seinen Schoß und sah ihn durchdringend an.

»Das habe ich kommen sehen, aber so ist die Natur. Wenn ich dir doch nur erklären könnte, dass es ganz normal für uns Katzen ist, dass die Jungen weggehen. Manchmal vertreiben wir sogar die Kinder aus unserem Revier. Sie müssen doch lernen, für sich selber zu sorgen.« Lucius hörte sie nur laut und beruhigend schnurren. Allmählich entspannte er sich und streichelte den Kopf seiner Katze. Es war für ihn noch immer ein Rätsel, das er ihre Absichten erfühlen konnte. Aber er akzeptierte, dass es ein besonderes Band zu seiner Murilega gab.

Es klopfte laut und Lucius öffnete die Eingangstüre: »Kommt rein.« Quintus und Silvanus betraten die kleine Wohnung. Lucius begrüßte sie herzlich. Erstaunt blickten die beiden auf die Katzenfamilie am Boden. »Ich habe schon davon gehört, sie aber noch nie so nahe gesehen«, staunte Silvanus. Die drei Freunde setzten sich um den Tisch und schauten den verspielten Kätzchen eine Weile zu.

Dann fragte Quintus: »Hast du schon gehört, was aus Gaius Fabricius wird?«

»Er müsste jetzt auf dem Weg nach Italia sein«, antwortete Lucius, »Aineas ist mit dem Gefangenentross gezogen. Er kehrt endgültig nach Rom zurück. Wir bleiben aber in Verbindung.«

»Ob das fette Schwein seine Strafe erhält?«, zweifelte Silvanus.

Lucius grunzte auf und zog sarkastisch den Mund nach unten: »Das glaube ich weniger. Ich wette um einen falschen Aureus, dass seine Familie schon dafür sorgen wird, dass er nicht verbannt wird, wie es das Gesetz verlangt. Sie gehören zu einer der besten Familien Roms und haben großen Einfluss. Aber es wird sie ein Vermögen kosten. Der Schmied Hatto hat Glück gehabt, dass ihn der Statthalter nur zum Sklavendienst in dem Legionslager verurteilt hat. In ein paar Jahren kann er vielleicht begnadigt werden und freikommen.« Die beiden Freunde nickten dazu.

»Hast du dir schon Gedanken gemacht, was du mit deinem neuen Besitz machen willst?«, fragte Silvanus weiter, »Du hast ja hier auch noch deine Aufgaben.«

»Ich schaue mir bald mein Gut an. Es gehört ein Stück Wald dazu und ein alter verfallener Bauernhof. Wenn ich weiß, welche Arbeiten dort gemacht werden müssen, suche ich mir die passenden Leute dazu. In Mogontiacum sind so viele Familien gestrandet, die wegen der Dürre ihren Hof aufgeben mussten und jetzt betteln. Es sind bestimmt etliche dabei, die für den Aufbau eines großen Gutshofs geeignet sind. Aber jetzt was Erfreuliches. Schaut euch die Katzen ruhig an«, sagte Lucius und hockte sich hin, »Das ist mein Geschenk an euch. Jeder darf ein Kätzchen mitnehmen.« Überraschte Ausrufe und begeistertes Lachen bekam er zur Antwort. Die neuen Centurionen hockten sich zu ihm auf den Boden und berührten die Kätzchen mit Vorsicht. Lucius lachte auf: »Passt auf, sie sind wehrhafter als ihr denkt.« Und schon zog Quintus schnell seine Hand zurück, in die das Graugetigerte angriffslustig seine Krallen geschlagen hatte.

Die nächste Stunde verbrachten die Freunde damit, mit den Jungen zu spielen und Vergleiche zwischen den drei Welpen anzustellen. Dabei zogen sie sich etliche Kratzer von den nadelspitzen Krallen zu. Lucius erzählte ihnen, was sie über das Zusammenleben mit Katzen wissen mussten. Für den braunen Kater hatte Lucius schon ein bestimmtes Zuhause im Sinn und so gab er das sandfarbene Kätzchen an Quintus. »Die hier ist ein bisschen sanfter, ich glaube, sie passt besser zu dir«, und das getigerte Weibchen an Silvanus »Du wirst mit ihrem Temperament schon fertig. Ach übrigens, es sind beides Weibchen. Wenn sie geschlechtsreif werden, jammern sie euch eines Nachts die Ohren voll, dass es nicht zum Aushalten ist. Dann solltet ihr schleunigst nach einem Kater suchen.«

Zum Mittag sattelte Lucius sein Pferd und wickelte den kleinen braunen Kater für den Ritt in seinen Mantel. Murilega hockte auf der Treppe und sah ihnen nach, bis sie an der nächsten Straßenecke verschwanden. Dann stand sie auf und ging durch das Katzenloch in die leere Wohnung zurück. Sie schnüffelte alle Ecken ab, an denen noch der Geruch ihrer Jungen anhaftete. Traurig maunzend rief sie nach ihnen. Aber es kam keine Antwort und nur noch die Erinnerungen leisteten ihr Gesellschaft. Muri setzte sich in die Mitte des Raumes hin und leckte ihre Pfoten. Plötzlich hob sie den Kopf und lauschte. Die Ohren drehte sie dabei in alle Richtungen. Es war ihr, als hätte eine ferne Stimme sie gerufen. Ihr Herz klopfte mit neuer Hoffnung. Entschlossen stand sie auf und sprang durch das Loch nach draußen. Mit eiligen Schritten trabte sie durch die Gassen Mogontiacums zum Isis-Tempel.

Lucius ritt auf der Heerstraße nach Ulmena. Er hielt das zusammengefaltete Paket in seinem Schoß fest. Hin und wieder maunzte es ungnädig unter dem Stoff. Bei einer Rast hatte er den kleinen Kater ausgepackt und etwas Wasser aus seiner hohlen Hand trinken lassen. Von weitem sah er schon die strohgedeckten Dächer des Vicus Ulmena in der goldenen Nachmittagsonne leuchten.

Lucius lenkte sein Pferd unter die schattige Ulme in der Dorfmitte und stieg ab. Ein Junge kam auf ihn zugelaufen und nahm die Zügel des Rosses. »Lass ihn nicht zu schnell trinken, er ist ziemlich überhitzt«, sagte Lucius und packte sein Bündel auf den Arm. Er ging auf das Haus des Dorfältesten zu. Baldruus erschien im offenen Türrahmen und grüßte ihn. Der Aresace rief ihm zu: »Du hast bestimmt nichts gegen eine frische Cervisia, nicht wahr?«

Lucius lachte auf: »Du rettest mir das Leben, Baldruus.«

Er ging mit dem älteren Mann ins Haus und setzte sich auf einen Schemel. Baldruus winkte eine Magd herbei und verlangte nach Bechern und einem Krug des Gerstengebräus. Lucius stellte das Stoffbündel auf dem Tisch ab und wickelte den kleinen Kater aus. Der schüttelte sofort seinen braunen Kopf und blickte sich dann neugierig in der großen Langhalle um. Er hob seine rosa Nase und schnupperte die neuen Gerüche ein.

Baldruus machte große Augen, »Was bringst du denn da mit?«, fragte er erstaunt. Er hielt eine Hand vorgestreckt und die kleine Katze witterte an den Fingern und leckte kurz daran.

»Ich habe ein Geschenk für die beiden Geschwister, die ich bei dir untergebracht habe. Vielleicht tröstet sie das über den Verlust ihres Vaters hinweg. Wo sind sie denn?«

»Den Jungen habe ich zum Dorfschmied geschickt. Es scheint, dass er bei seinem Vater schon sehr viel gelernt hat. Das wird einmal ein guter Schmied, der wird seinen Weg gehen. Das Mädchen ist mit den

Frauen am Fluss, Wäsche waschen. Sie macht mir ein wenig Sorgen. Hat fast nichts erzählt, was in der Villa vorgefallen ist, aber ich konnte vieles erraten. Die Frauen im Dorf behandeln sie ziemlich herablassend. Ich glaube, dabei stört sie weniger, dass sie Gaius Fabricius zu Willen sein musste, als dass sie so schön ist und eine Zeitlang im Luxus gelebt hat. Den jungen Kerlen im Dorf habe ich strengstens untersagt, respektlos gegen sie zu sein und sich Freiheiten herauszunehmen, nur weil sie keine Jungfrau mehr ist.« Baldruus rief laut nach einer Schale Milch und kraulte dabei den Kopf des Katers, bis der anfing zu schnurren.

»Das habe ich fast schon befürchtet«, sagte Lucius, »Aber sie muss das nicht mehr lange ertragen. Ich bin vom Statthalter zum Vormund für die beiden bestimmt worden. In ein paar Wochen kann ich sie zu mir nehmen.«

Die Magd kam mit einem Schälchen Milch zurück und stellte es dem Kater hin. Sofort sprang der hin und schleckte sie durstig auf. »Ich habe diese Tiere schon von weitem im Wald gesehen. Dort sind sie sehr scheu. Aber noch nie war ich ihnen zum Greifen nahe. Ich wusste nicht, dass sie so zutraulich sein können«, grinste Baldruus.

»Und hervorragende Mäusejäger sind sie. Seine Mutter hat ihm die Jagd beigebracht. Deine Kornvorräte sind damit sicher«, erklärte Lucius.

Helle Frauenstimmen und Lachen erklangen vom Eingang her. Baldruus‘ Frau Gundis kam mit ihren paar Mägden und Irmingard zurück. Als das blonde Mädchen Lucius am Tisch entdeckte, hellte sich ihr Gesicht auf. Die grauhaarige Frau des Dorfältesten grüßte den Centurio respektvoll und schickte das Mädchen gleich zum Tisch. Irmingard kam auf Lucius zugelaufen und fragte atemlos: »Weißt du, was mit meinem Vater ist?«

Lucius lächelte sie an. Sie war wie die Dorffrauen mit einer schlichten Tunika gekleidet und lief auf nackten Füßen. Ihre langen blonden Haare hatte sie zu Zöpfen geflochten und mit einem Kopftuch bedeckt. Das frische Gesicht wirkte auf den jungen Mann unvergleichlich anziehender, als die geschminkte und goldbehangene Kurtisane zu der Gaius Fabricius sie machen wollte. Unter den glutvollen Blicken des Mannes färbten sich die Wangen der jungen Frau rosa.

»Ich habe Neuigkeiten für dich und deinen Bruder. Geh und hole ihn, damit ich nicht alles zweimal erzählen muss«, sagte Lucius. Irmingard senkte die Augen, drehte sich um und lief hinaus. Kurze Zeit später kam sie mit Gernot zurück. Lucius sah sofort, dass die neue Umgebung und Arbeit dem Jungen gut getan hatte. Er hatte den Druck, der bei Fabricius auf ihm und seinem Vater gelastet hatte, abgeworfen und durch seine Geschicklichkeit im Umgang mit dem Metall an Sicherheit gewonnen. Jetzt legte er den Arm um seine ältere Schwester. Lucius gab es einen kleinen Stich ins Herz.

»Ich bin vom Statthalter von Mogontiacum zu eurem Vormund bestimmt worden. Euer Vater hat gegen Gaius Fabricius ausgesagt. Der ist schon auf dem Weg nach Rom, wo er vor Gericht gestellt und verurteilt wird. Ich muss euch leider sagen, dass Hatto zur Strafe für die Herstellung der Falschmünzen als Sklave im Legionslager dienen muss«, erklärte Lucius und sah, dass die jungen Leute bei seinem letzten Satz zusammenzuckten. Beschwichtigend fuhr er fort: »In ein paar Jahren werde ich um ein Gnadengesuch bitten. Dann kann er freikommen und ihr seht ihn wieder.«

Mit einer Geste winkte er die Geschwister zu sich und fasste beide an den Händen. »Euer Vater wollte, dass ihr am Leben und in Sicherheit seid. Das habe ich ihm versprochen und das kann ich jetzt einlösen. Ich habe ein paar Meilen von hier ein Gut zum Eigentum bekommen. Es liegt hinter dem Wald und ich will es mir bald ansehen. Wir werden den alten Bauernhof wieder aufbauen und neue Familien hinholen, um es zu bewirtschaften. Ich will auch ein Haus darauf bauen, das groß genug für mich und eine Familie wird. Es gibt jede Menge Arbeit. Und dazu brauche ich eure Hilfe. Bis in ein paar Wochen muss das Bauernhaus wieder soweit hergerichtet sein, dass ihr darin übersiedeln könnt.« Bruder und Schwester wechselten einen überraschten Blick.

Lucius spürte unter seinen Fingern die weiche Haut des Mädchens, vorsichtig streichelte er die Hand. Ihre Augen nahmen die Farbe von Indigo an und tauchten für einen kurzen Moment in seine Schwarzen. Ein leichter Schwindel erfasste Lucius und abrupt ließ er die Hände der Geschwister los und drehte sich zum Tisch um.

»Ich bin nicht allein gekommen«, sagte er nach einem verlegenen Schweigemoment und nahm den kleinen Kater vom Tisch, »Irmingard, ich habe dir das Katzenjunge mitgebracht. Ich hoffe, es tröstet dich ein wenig.« Er reichte ihr das Tierchen und sie staunte mit offenem Mund über das flauschige Wesen in ihren Händen. Die gelben Augen des Katers sahen das neue Gesicht interessiert an und das kleine Näschen mit den Schurrhaaren zuckte, um ihren Geruch einzufangen. Dann öffnete er sein Mäulchen und miaute sie mehrmals vernehmlich an. Irmingard lachte hell auf. Mit einem Satz sprang der braune Kater hoch und krallte sich an der Schulter im Stoff fest. Die junge Frau erschrak und hielt mit der Hand das Tierchen am Rücken fest. Neben ihrem Ohr fing er an, laut zu schnurren. Mit strahlenden Augen blickte sie auf den Mann runter. Lucius fühlte, wie sein Herz einen Satz machte.

Im Oktober drängelten sich mehrere große Transportwagen vor Lucius' Haus in Mogontiacum und versperrten die Straße. Auf den Pritschen stapelten sich Kisten, Säcke und Möbel. Ein paar Hilfskräfte waren dabei, die Ladung mit Seilen zu befestigen. Lucius dirigierte vom Pferd aus die Verladearbeiten. Heute würde es endlich zu seinem neuen Gutshof bei Ulmena gehen. Seit Tagen war der Centurio mit nichts anderem beschäftigt, als für den Winter bei den Kaufleuten und Markthändlern ausreichend Getreide und Vorräte für neun Menschen einzukaufen.

Es hatten sich schnell Arbeitskräfte für den Landsitz gefunden. Sobald bekannt wurde, dass Lucius Landwirte und Handwerker suchte, bekam er jede Menge Bewerbungen. Er hatte schließlich eine junge Familie mit zwei Kindern und ein älteres Paar ausgesucht, die ersten notwendigen Arbeiten am Bauernhof zu beginnen. Den grauhaarigen und besonnenen Treverer Alvin bestimmte er als Vorarbeiter, der im Fall seiner Abwesenheit über die Arbeiter gebot. Seine Frau Linde hatte die Geschwister Irmingard und Gernot sofort unter ihre Fittiche genommen.

Zusammen mit einem Zimmermann aus Ulmena und einem Caementarius setzten sie auf das verfallene Gebäude ein neues Dach und erweiterten den Bau, um ausreichend Platz für die Menschen und ein paar Tiere zu schaffen. Währenddessen wurde auch eine offene Schmiede geplant, in der Gernot seine Arbeit beginnen konnte. Rechtzeitig vor den ersten Nachtfrösten war das Haus im Rohbau fertig und die Mitbewohner konnten aus den behelfsmäßigen Zelten in die trockenen Mauern ziehen. Für den Neubau des Haupthauses im römischen Stil wurden auch schon die Grundmauern auf dem Bauplatz abgesteckt. Eine Villa mit Eckrisaliten, einer Halle, Wohnräumen und einem Bad hatte Lucius für sich und seine Familie geplant. Bei den Entwürfen zu dem Neubau waren seine Gedanken immer wieder von einem hellen Lachen und strahlend blauen Augen unterbrochen worden.

Lucius hatte sich seinen Dienst als Centurio so eingeteilt, dass er alle paar Wochen zu seinem Landgut reiten und nach dem Fortschritt der Arbeiten sehen konnte. Der junge Mann hatte sich entschieden, zukünftig im Legionslager zu wohnen; als Centurio stand ihm dort ein Quartier zu.

Murilega stand auf dem Treppenabsatz der alten Wohnung und betrachtete das durcheinander von oben. Sie hatte in den letzten Wochen die Veränderungen im Wesen von Lucius gespürt; er hatte heiter und zuversichtlich Pläne für sein Gut geschmiedet und ihr immer wieder von neuen Ideen erzählt. Die Katze hatte sich von der erwartungsfrohen Aufbruchstimmung anstecken lassen. Sie spürte, dass sie die große Stadt bald verlassen würde, und hatte sich vor ein paar Nächten von der Göttin Isis im Heiligtum verabschiedet. Der Tempel lag verlassen da. Nach dem Tod des Oberpriesters ging das Gerücht um, dass der Ort verflucht sei. Niemand wollte ihn betreten. Muri hatte vor der Statue der Isis gehockt und sie lange angeblickt. Sie dankte der Göttin für alles und bat sie um Schutz für ihre Zukunft.

Nun wartete Murilega gespannt auf den Moment, wo die Wagen end lich losfahren sollten. Nervös tapste sie von einer Pfote auf die andere. Lucius hörte immer wieder ihr ungeduldiges Miauen im Rücken. Auch jetzt drehte er sich um, »Jaaa. Gleich sind wir fertig, Muri.« Die Falbkatze konnte es kaum erwarten, wieder nach Ulmena zu kommen. Sie freute sich schon auf den Moment, wo sie den Wald sehen und hineinlaufen konnte.

»Ob er mich wiedererkennt?«, fragte sich Muri und dachte dabei an ihren graugestreiften, kräftigen Wildkater mit gelben Augen und einer schwarzen abgerundeten Schwanzspitze. Das Fell prickelte ihr vor Aufregung.

Endlich gab Lucius das Zeichen zum Aufsitzen. Mit langen Sätzen sprang Murilega die Treppe hinunter und krallte sich das erste Fuhrwerk hoch. Sie schlich über die Ladung bis zu der höchsten Stelle, wo eine Decke für sie auslag. Wie eine Sphinx legte sie sich hin und drehte den Kopf hin und her. Von hier aus hatte sie den besten Überblick. Übermütig miaute sie auf. Lucius musste grinsen und hob den Arm. Dann senkte er ihn und setzte sich an die Spitze des Zuges. Langsam kamen die Wagen ins rollen, und Muris Herz klopfte bis zum Hals. Voller Freude schnurrte sie auf. Bald würde sie Silvestris wiedersehen.

Glossar

Mogontiacum = Mainz
Ulmena = Nieder-Olm
Altiaia = Alzey
Borbetomagus = Worms
Bingium = Bingen
Augusta Treverorum = Trier
Argentorate = Straßburg
Confluentes = Koblenz
Durocortorum = Reims
Arelate = Arles
Colonia Claudia Ara Agrippinensium = Köln
Lugdunum = Lyon
Buconica = Oppenheim
Cruciniacum = Bad Kreuznach
Bonna = Bonn
Rhodanus = Rhone
Mosella = Mosel
Rhenus = Rhein
Nundinae = bezeichnet einen neuntägigen Zeitraum (Abstände z.B. von Markttagen)
Aresacen = Teilstamm der Treverer (→ Kelten)
Treverer = Keltischer Volksstamm im Gebiet von Gallia Belgiea und Germania Superior
Germania Superior = Obergermanien
Mediomatrici = Mediomatriker, keltischer Stamm in Nord-Ostfrankreich, Saarland
Lingonen = Keltischer Stamm im Süd-Westen Obergermanien
Argentarius = Bankier, Geldverleiher
Tabularius = Rechnungsführer
Caligae = Schuhe
Pluto = Gott der Unterwelt

Triclinium = Speisezimmer
Prandium = 2. Frühstück
Dis Pater = Fürst der Unterwelt
Februarius = Februar
Martius = März
Aprilis = April
Iulius = Juli
Intarabus = Keltische Gottheit der Treverer
Bastet = Ägytische Göttin mit Katzenkopf
Volcanus = Altitalischer Feuergott
Gladius = Schwert
Pilum = Wurfspieß, Wurflanze
Contubernium = Zimmergemeinschaft, kleinste Einheit (8 Mann)
Scutum = Schwerer Schild
Pugio = Dolch
Legatus Augusti pro praetore = Titel der Statthalter am Rhein
Aquilifer = (lat. „Adlerträger"), Feldzeichenträger

SPURENSUCHE

Die Geschichte der Hauskatzen in Deutschland

Anders als beim Haushund, der schon in der Frühgeschichte von Menschen vom Wolf zum Haustier domestiziert wurde, hat die Geschichte der Hauskatze eine etwas andere Entwicklung genommen. Die Vorfahren der Wildkatzen (Felidae, katzenartige Raubtiere) lebten schon vor 65 Millionen Jahren in unserer Region. Vor etwa 35 Millionen Jahren spalteten sich die Schleichkatzen als die Urahnen der katzenartigen Raubtiere ab. Wann und wo genau aus wilden Katzen Haustiere wurden, ist schwer zu präzisieren, doch scheint das Zusammenleben von Mensch und Katze nicht viel älter als 6.000 Jahre zu sein.

Zunächst unterscheiden wir zwischen der Wildkatze (lat. Felis silvestris silvestris), die schon vor 300.000 Jahren in Zentraleuropa gelebt hat, und der Hauskatze (lat. Felis silvestris forma catus Linnaeus). Die Wildkatze ist scheu und meidet auch heute noch den Menschen und seine Siedlungen. In Gefangenschaft verhält sie sich aggressiv und gilt als unzähmbar. Bei Annäherung wehrt sie sich durch Fauchen, Spucken und setzt ihre Krallen ein. Selbst handaufgezogene Jungkatzen zeigen dieses Verhalten und lassen sich nicht zähmen.

Unsere Hauskatzen stammen im Wesentlichen von der Falbkatze (lat. Felis silvestris libyca) aus dem Orient ab. Die in Afrika beheimatete nubische Falbkatze gilt als recht zutraulich. Sie ähnelt in Aussehen und Form stark den (kurzhaarigen) Hauskatzen. Sie ist eine schlanke, eher kleine Katze mit schmalem Kopf, großen Ohren und langem spitzem Schwanz. Die Falbkatze hat ein sandfarbenes bis rötlich braunes Fell, mit Flecken- oder Streifenmusterung. Im Unterschied zur europäischen Wildkatze ist das Streifenmuster weniger deutlich und der Schwanz am Ende eher spitz als stumpf zulaufend. Die Länge von Kopf bis Schwanzansatz beträgt etwa 50 cm, die Schwanzlänge 25 cm. Sie wiegt in der Regel etwa 5–6 kg, in Ausnahmefällen bis zu 8 kg. Die wilden Falbkatzen suchten immer wieder die Nähe des Menschen und ließen sich relativ leicht zähmen.

Wahrscheinlich waren die Ägypter die Ersten, die Katzen in großem Ausmaß züchteten. Bei ihnen genoss sie einen hohen Stellenwert und wurde Teil der kulturellen Bedeutung und religiöser Handlungen im Alten Ägypten. Um 1500 v. Chr. erreichte sie einen religiösen Kultstatus und hatte mit der katzenköpfgen Göttin Bastet sogar eine überirdische Position eingenommen. Wer eine Katze tötete, konnte deswegen selber zum Tode verurteilt werden. Die Verehrung reichte so weit, dass Katzen nach ihrem Tode einbalsamiert und feierlich mit Grabbeigaben z. B. in Form von einbalsamierten Mäusen oder Milch bestattet wurden. Auch Pharaonen wurden Katzen mit ins Jenseits gegeben. Funde von Katzenmumien in zahlreichen Gräbern belegen den besonderen Wert der Katzen.

Strenge Regelungen verboten die Ausfuhr von Katzen aus Ägypten, da sie als wertvolles und heiliges Gut galten. Doch gerade dieses Verbot reizte fremde Völker zum Diebstahl des kleinen Wüstentiers. Phönizier schmuggelten auf ihren Schiffen die ersten Katzen nach Italien, Gallien und Britannia. Die Perser nahmen sie von ihren Kriegszügen als Geschenke mit nach Hause, und römische Legionäre brachten sie nach Rom. Für die Römer waren Katzen praktische, mobile Mäusevernichter. Zu diesem Zweck wurden sie sogar bei den Eroberungsfeldzügen mitgeführt und eingesetzt.

Die Katze begann, das Frettchen und andere Konkurrenten im Kampf gegen die schädlichen Nager zu verdrängen. Vielleicht waren die Römer inzwischen des üblen Geruches überdrüssig, der mit der Haltung des Frettchens verbunden war, wahrscheinlich ärgerten sie sich aber mehr über die Verluste, die der eingefleischte Eierdieb und Kükenräuber im Hühnerstall verursachte. Jedenfalls begannen sie, der Katze allmählich den Vorzug zu geben.

Die Katze folgte mit den Eroberungsfeldzügen im Tross den Legionen über die Alpenpässe nach Germanien, Gallien und Britannia. Wo diese auch hinzogen, siedelte sich in den folgenden Jahrhunderten auch die Katze an. Anhand von zahlreichen Knochenfunden in Siedlungen der römischen Provinzen an Rhein und Donau ist das belegt. Die Datierun-

gen der Skelette weisen auf ein regelmäßiges Vorkommen der Hauskatze ab dem 1. Jahrhundert hin (z. B. Bad Kreuznach, Rottweil, Isny), aber auch aus den keltischen Gebieten des 2. - 1. Jahrhunderts v. Chr. existieren Funde. Kreuzungen mit den einheimischen Wildkatzen kamen immer wieder mal vor und trugen dazu bei, das Aussehen der heutigen europäischen Kurzhaarkatze zu beeinflussen.

Wahrscheinlich wurden immer nur einzelne Tiere eingeführt; Katzen haben im Gegensatz zu Hunden keinerlei Neigung, sich dem Leben umherziehender Menschen anzupassen und sie auf ihren ruhelosen Märschen zu begleiten. Sie sind ziemlich territorial veranlagt. So kam es im Laufe von Generationen in ganz Europa zu ihrer allmählichen Verbreitung. Handelsbeziehungen werden dabei auch eine Rolle gespielt haben, denn Katzen tauchten auch in Gegenden auf, die außerhalb des militärischen Machtbereiches Roms lagen, z. B. in Schleswig mit dem Handelszentrum Haithabu. Wie wertvoll Katzen als Nutztiere waren, wurde jedoch erst im 5. Jahrhundert im Kampf gegen eine furchtbare Rattenplage, die sich von Vorderasien und Russland aus nach Europa ergoss, erkannt.

Mit ihrer Verbreitung änderten sich natürlich auch die Bezeichnungen der Katzen. Aus dem nubischen »Kadiska« wurde das lateinische »Catus«, das italienische »Gatta«, später das französische »Chat«, das englische »Cat« – und auch unser deutsches Wort »Katze.«

Einige römische Legionen scheinen die Katze sogar als Wappentier verwendet zu haben, so die Legion »Ordines Augustei«, die eine meergrüne Katze auf silbernem Grund als Wappen hatte; und von der »Felices Seniores«, einer Legion der »Altgedienten«, heißt es, sie habe eine halbe rote Katze auf ihren Schildern gehabt.

Schon im Jahre 200 v. Chr. müssen Katzen im republikanischen Rom eine Rolle gespielt haben. In einem Tempel zu Ehren Libertas, der Göttin der Freiheit, war die Statue als Frauengestalt dargestellt, der zu Füßen eine große Katze als Symbol der Freiheit ruht. Auch in etlichen Mosaiken tauchten Katzenabbildungen auf.

In nordischen Gebieten war die Katze Begleiterin der Freya, auch Freyja genannt, der germanischen Liebes- und Fruchtbarkeitsgöttin. Sie soll deren Wagen gezogen haben. Im Zuge der Christianisierung wurden zugleich mit Freya dann auch die Katzen als Symbol des Teufels von der Kirche geächtet und im Mittelalter gnadenlos verfolgt.

Der Glaube in der griechischen, römischen und galloromanischen Welt, dass Haustiere ihren Halter noch nach ihrem Tod begleiten, zeigen zahlreiche Funde, z. B. die Grabstelle von Salamis (420 v. Chr.). Als weiteres Beispiel dient auch eine Stele aus Bordeaux. Die zeigt ein kleines Mädchen, das ein Kätzchen in seinen Armen trägt. Diese Katze hat die Aufgabe, das Kind vor den auf seinem Wege lauernden Tücken zu bewahren. Aus den stark zerstörten Inschriften ist nur noch LAETVS zu lesen, wobei vermutet wird, dass es sich bei dem Kind um Laetus Tochter handelt. Ich habe mir erlaubt, dieses Bild in dem Prolog zum Roman zu verwenden.

Amerikanische Archäologen haben einen alten Dachlehmziegel näher untersucht und festgestellt, dass es sich bei ihm um einen alten römischen Ziegel aus Britannia handelt. Auf diesem alten Lehmziegel wurden auch Abdrücke von der Pfote einer Katze entdeckt, die vermutlich damals, als der Lehm noch feucht war, über diesen lief und ihre Spur hinterlassen hat. Die Archäologen haben dem Ziegel nun einen Spitznamen »celtic kitty« gegeben, das heißt übersetzt »das keltische Kätzchen.«

Bereits im 9. Jahrhundert waren Katzen zahlreich in Nordeuropa vertreten, wie Knochenfunde belegen. Auch das Aussehen änderte sich im Laufe der Jahrhunderte. Spätestens zur Jahrtausendwende gehörte die Katze zum ganz normalen Haustierbestand. Im Jahr 1398 schreibt Glanvil in seinem Werk »Rerum Natura« von Hauskatzentypen mit weißen, roten, schwarzen sowie gefleckten und gesprenkelten Fellen. Die Christianisierung setze der Verehrung der Katze dann leider ein Ende.

Das Mittelalter sah in der Katze Symbole für das Böse und den Satan sowie verschiedene heidnische Kulte; es brach eine schreckliche Zeit für das Tierchen an. Die Kirche schrieb der Katze unberechenbare und Unheil bringende Kräfte zu; die Sinnlichkeit, Weiblichkeit und Sexualität symbolisierende Katze musste zerstört werden. Hunderttausende von Katzen wurden gejagt, gekreuzigt, bei lebendigem Leib gehäutet, in die Flammen geworfen, weil sie als Gefährten von

Hexen deren Schicksal teilen mussten. Die Inquisition veranstaltete wahre Gewaltexzesse, bis die Katzen in Europa so stark dezimiert waren, dass die Menschen der aufkommenden Pestepidemie, die ja von infizierten Mäusen und Ratten übertragen wurde, keine wirksame Waffe mehr entgegensetzen konnten.

In nachfolgenden Zeiten wurden Katzen zu einer wahren Kostbarkeit, die in Inventarbeständen, Testamenten und Nachlässen angeführt wurden. Eine weitere Rattenplage führte dann 1799 zur vollständigen Rehabilitation der Katze. Das Zeitalter der Aufklärung trug Weiteres dazu bei, den Hexenkult um die Samtpfoten zu entmystifizieren. Die Bedeutung der Katze als Mäusejäger wurde wieder im 18. Jhd. geschätzt. Es wurden sogar Gesetze gegen die Tötung der Tiere erlassen.

Im 18. Jhd. gibt es auch erste gezielte Ansätze zu einer Katzenzucht, z. B. Perser, Siam, Birma oder Norwegische Waldkatze. Davor war als Rassekatze der Karthäuser ab dem 14. Jhd. in Frankreich bekannt. Zwischen 1800 und 1899 kamen folgende neue Rassen dazu: Manx, Main Coon, Britisch Kurzhaar und Abessinier. Im Jahr 1897 fand die erste Katzenausstellung in Deutschland statt. Ab dem 20. Jhd. nahm die Rassevielfalt exponentiell zu.

Mit der wachsenden Popularität hielt die Katze vor allem seit Ende des 18. Jhd. Einzug in die Literatur, insbesondere Märchen und der bildenden Kunst. Kein anderes Tier konnte gleichzeitig eine so enge Beziehung zum Menschen entwickeln, ohne dabei ihre Unabhängigkeit zu verlieren, wie die Katze. Im 19. und 20. Jhd. gab es daher eine Vielzahl von Künstlern, die sich in ihrem Werk mit diesem gleichermaßen anziehenden wie rätselhaften Wesen beschäftigten.

Heute ist die Katze das beliebteste Haustier in unserem Land. Ihr Aufgaben haben sich in der modernen Gesellschaft gewandelt. Sie ist als Familienmitglied (oder Ersatzpartner im Singlehaushalt) eher gefragt denn als Nutztier. Die Funktion als Mäusefängerin erfüllt sie heute mehr zu Hobbyzwecken, weniger als notwendige Nahrungsaufnahme. Dafür sorgt eine ganze Tierfutterindustrie.

Die Katze ist das ideale Haustier für den Menschen des 21. Jhd., der in seinem Job gebunden ist, in der Stadt, vielleicht in einer Wohnung lebt und in seiner Freizeit viele andere Interessen hat. In Laufe der Jahrtausende hat die Katze damit eine wechselvolle und abenteuerliche Entwicklung mitgemacht.

In einem Roman stehen die historischen Tatsachen schon mal hinter der erzählerischen Freiheit zurück. Ich habe mich so weit wie möglich an die römische Geschichte unseres Landes gehalten, vor allem in den Details. Aber die Erzählung ist dennoch eine Fiktion; so könnte vielleicht die erste Hauskatze ins Rheinland gekommen sein. Vergleiche ich Murilega mit der Europäisch Kurzhaar von heute, sehe ich ein wenig die Urahnin in meiner eigenen Katze *Jule* – zumindest in der Augenfarbe.

Weitere Romane bei Ammianus

DIE GEISTER DES LANDES I – DAS ERWACHEN

Fiona wird Nacht für Nacht von prophetischen Träumen umgetrieben – lange Vergessenes regt sich in der Eifel, fremdartige Gestalten erwachen und treiben ihr Unwesen. Keiner würde ihr glauben, was sie nachts sieht; keiner außer drei Außenseitern, mit denen sie sich niemals freiwillig abgeben würde: Dora hält sich selbst für eine Hexe, Edi isst vegetarischen Döner und sammelt Unterschriften in Fußgängerzonen und Gregor läuft mit Schwertern bewaffnet über Mittelaltermärkte. Zähneknirschend geht Fiona mit diesen Nerds ein Bündnis wider Willen ein, aus dem nicht nur eine tiefe Freundschaft erwächst, sondern auch eine ungeahnte tödliche Gefahr.

Die Geister des Landes I – Das Erwachen
ISBN Print : 978-3-9812285-4-0
328 Seiten, Paperback
12,90 €

ISBN Ebook: 9783945025116

RICHARDA VON GRESSION I
DIE VISIONÄRIN

Im fünften Jahrhundert blühte im Gebiet zwischen Aachen, Köln und Jülich die unermesslich reiche Stadt Gression. Weil aber ihre gottlosen Bewohner sich zunehmend der Sünde hingaben, so heißt es, wurde Gression durch ein himmlisches Strafgericht zerstört ...

Als Richarda mehr als ein halbes Jahrtausend später geboren wird, ist die Geschichte um Gression nur noch eine uralte Sage. Das heranwachsende Mädchen aber ist fasziniert von dem Gedanken, ein neues und sündenfreies Gression zu gründen.

Mit einer Handvoll Gleichgesinnter zieht sich die charismatische Bauerntochter vor der großen Jahrtausendwende in den Wald zurück. Wie die meisten Menschen glauben auch die Eremiten an den bevorstehenden Weltuntergang. Als dieser ausbleibt, reift in ihnen die Überzeugung, dass Gott mit Richarda Großes vorhat ...

Die neue Romantrilogie von Günter Krieger nimmt sich der geheimnisvollen alten Sage um eine versunkene Stadt an – und einer außergewöhnlichen Frau: Richarda von Gression!

Richarda von Gression – Die Visionärin
ISBN: 978-3-9812285-7-1
Paperback, 288 Seiten / € 13,90

DIE TOTEN DES MEISTERS
Konrads erster Fall

Die Namen stehen alle auf seiner Liste ... der erste Mord war nur der Anfang. Der Meister ist in die Stadt gekommen.

Im Jahre des Herrn 1476 sorgt der brutale Mord an dem Ratsherrn Hermann Wilhelm von Grevenrath in Andernach für Aufregung. Der vermeintliche Täter ist schnell gefasst. Mit Blut an den Händen läuft der junge Gregor Kreuzer der Bürgerwache am Tatort in die Arme. Stadtrat und Schöffen drängen auf einen schnellen Prozess, weil Andernach hohen Besuch erwartet – die Delegationen von Habsburg und Burgund haben sich angekündigt. Ein ermordeter Ratsherr, ohne einen verurteilten Mörder, würde ein schlechtes Licht auf die Stadt werfen.
Ein Mann aber hat Zweifel, dass Gregor wirklich der Täter ist – Konrad. Keiner in der Stadt kennt seinen vollen Namen oder seine Herkunft. Als weitere Todesfälle die Stadt erschüttern, muss Konrad sich entscheiden: Er ist der einzige, der die Pläne des Mörders durchkreuzen kann. Doch dann gerät er selbst in Gefahr, denn sein Name steht auf der Todesliste des Meisters ...

Mit seinem Mittelalter-Krimi entführt uns Andreas J. Schulte ins späte 15. Jahrhundert. Andernach wird nicht nur zum Schauplatz deutscher Geheimdiplomatie, sondern auch Ort einer rätselhaften Mordserie.

Spannend geschrieben, gut recherchiert, einfach lesenswert!
Dr. Klaus Schäfer, Leiter des Stadtmuseums Andernach

ISBN 978-3-9812285-5-7
Paperback, 280 Seiten, 13,90 €